가장자리에서 지금을

ⓒ 홍승진, 2021

가장자리에서 지금을—하종오 리얼리즘의 서정과 서사

초판 1쇄 발행 2021년 09월 15일

지은이 홍승진 | 펴낸이 조기조
펴낸곳 도서출판 b | 등록 2003년 2월 24일(제2006-000054호)
주소 08772 서울특별시 관악구 난곡로 288 남진빌딩 302호
전화 02-6293-7070(대) | 팩시밀리 02-6293-8080
홈페이지 b-book.co.kr | 이메일 bbooks@naver.com

ISBN 979-11-89898-59-5 03810
값 16,000원

가장자리에서 지금을

하종오 리얼리즘의 서정과 서사

홍승진 비평집

도서출판 b

하종오 연작 시편의 장소와 시간

중학생 때부터 하종오 시인에게 가르침을 받았으니, 지금까지 맺어온 인연이 그리 얕지는 않다. 시 쓰는 방법의 기초와 시 읽는 안목의 기본을 그에게 배웠으니, 그의 시 세계에 관한 글들을 엮는 일이 그렇게 외람되지는 않을 것이다. 하종오 시집이 도서출판 b에서 처음 출간될 때에 거기서 아르바이트를 했고 그 후로 도서출판 b에서 꾸준히 발간되는 여러 하종오 시집에 해설을 썼으니, 도서출판 b에서 나온 하종오 시집들만을 다루어 이 비평집을 엮는다. 언젠가는 그 이전과 이후의 시집들에 관한 비평을 쓰고 싶다.

시는 어떻게 리얼리즘과 접합할 수 있으며, 시는 어떠한 리얼리즘을 지향해야 하는가? 그의 작품 세계로부터 얻은 화두를 한마디로 간추리면 바로 이 물음이다. 시의 주된 소재는 자연 사물이며 소설의 주된 소재는 사람의 삶이기에, 인간의 현실을 직시해야 한다는 리얼리즘의 원리는 시보다도 소설에 더 어울린다는 것이 아직도 적지 않은 이들의 무의식 속에 자리한 통념이다. 그러나 그의 시는 사람의 삶으로부터 가장 시적인 것을 찾을 수 있으며 찾아야 한다는, 어찌 보면 비상식적 고집에 가까운 신념 속에서 리얼리즘과 접합한다. 또한, 올바른 전망perspective을 앞세워야 올바른 현실을 직시할 수 있다는 것이 지금껏 암송되는 리얼리즘의 공식이다. 이와 달리 그의 시는 아무리 진리와 멀어 보이는 삶 속에서도 진리를 찾아내고 아무리 진리처럼 보이는 삶 속에서도 진리가 아닌 점을 찾아내며, 따라서 고정된 진리를 변화하는 삶에 적용하는 하향식이 아니라 무한히 다채로운 삶 속에서 끝없이 새로운 진리를 발견하는 상향식으로 리얼리즘을 지향한다. '가장자리에서 지금을'이라는 제목을 비평집에 붙인 까닭이 여기에 있다. 지난날에는 알맞았던 경직된 시야로는 제대로 볼 수 없는 장소를 가장자리라고 한다. 그곳을 제대로 바라보아야 비로소 지금에 걸맞은 새로운 시야가 열릴 것이다.

이처럼 그의 시는 리얼리즘 시이되 리얼리즘에 관한 고정관념에서 멀리 벗어나 있다. 따라서 그의 리얼리즘 시를 하종오 리얼리즘이라고 부른다. 임지연이 이 개념을 먼저 제시하고, 고명철이 그 의미를 보충하였다. 하지만 그들의 논의에는 조금씩 부족한 점이 있었다. (이에 관해서는 이 책의 제4부에 수록한 글 「외롭지 않을 수 있는 진실한 행위」의 보론을 참조하기 바란다.) 이 책에서는 하종오의 연작 시편이 기존 리얼리즘과 다른 측면을 여러 시집에 걸친 독해로써 밝혔으므로, 하종오식 리얼리즘이라는 기존 용어 대신에 하종오 리얼리즘이라는 새 낱말을 활용하고자 한다.

전통적인 문학 이론에서는 시간이 서정과 통하고 공간이 서사와 통한다고 간주한다. 반면에 하종오 리얼리즘의 시에서는 시간과 장소가 서로를 품어내며 서정과 서사가 마주쳐 빛을 발한다. 그리하여 이 비평집의 부제를 하종오 '리얼리즘의 서정과 서사'라고 붙인다.

하종오의 시는 사람의 삶에서 비롯하고, 사람의 삶은 시간과 장소 속에서 펼쳐진다. 따라서 그의 시에 관한 비평들을 시간과 장소의 축에 따라 구성하는 것이 알맞겠다고 생각했다. 1부와 2부는 장소의 축에 따라서, 그리고 3부와 4부는 시간이라는 축에 따라서 엮었다.

1부에서는 세계 또는 지구의 장소에 관한 시집을 살폈으며, 2부에서는 한국의 장소에 관한 시집을 조망했다. 1부와 2부의 제목을 처음에는 '세계'와 '한국'이라고 지었는데, 퇴고를 거친 뒤에는 '세계–한국'과 '한국–세계'라고 고쳤다. 하종오의 시 세계는 세계의 눈으로 한국을 바라보며 한국의 눈으로 세계를 바라보는 것이 그 특징임을 새삼 강조하고 싶어서다.

3부에서는 시인의 개인적 생애와 그 터전이 선명하게 나타나는 시집을 함께 읽고자 했으며, 4부에서는 사람들의 보편적 삶과 그 흐름이 또렷하게 드러나는 시집을 더불어 짚고자 했다. 3부와 4부의 제목을 원래는 '삶'과 '사람'이라고 달았는데, 다시 훑어보고 나서는 '삶–사람'과 '사람–삶'이라고 수정했다. 하종 오의 연작 시편은 삶의 개별적인 모습 속에서 사람살이의 전체적 인 모습을 드러내며, 사람의 보편성으로부터 삶의 유일무이함 을 밝히기 때문이다.

참고로 이 비평집에는 동학(천도교)에 관한 언급이 종종 나온 다. 그것은 내 신앙의 문제가 아니라 시 공부의 방법론이다. 지금까지 문학 연구와 작품 해석은 서구 이론을 적용하는 데 다소 기울어져 있지 않은가 한다. 한국의 자생적 사상은 한국문 학의 성취를 밝히는 새로운 관점이 될 수 있지 않을까 싶다.

비평으로 '정식' 등단하지 않은 자의 비평집에 귀한 발문을 붙여주신 이숭원 교수님께 진심으로 감사드린다. 김유중, 임홍 배, 김명환, 장성규 선생님께서는 문학 연구와 문학 창작을 병행하는 일이 얼마나 가치 있는 일인지를 자주 일깨워주셨다. 여기에 실은 글들을 읽어주시고 지적해주시며 손질해주신 도서 출판 b의 조기조, 김장미 선생님께 깊은 감사의 뜻을 표한다.

2021년 4월, 까치집에서
홍승진 모심

| 목 차 |

제1부

세계-한국

지구와 공생 가능한 인간다움의 발견

자아와 인류와 지구의 연결

하종오 시의 연작성은 미시적인 단위로서의 자아와 거시적인 단위로서의 세계 인류라는 두 가지 단위의 리듬이 서로 교차하며 직조해내는 교향악의 성격을 띤다. 그가 10여 년 전부터 지금까지 펴낸 시집 20여 권은 모두 뚜렷한 연작의 형식을 취하는데, 이 연작성은 한 권의 시집이 하나의 주제에 관한 시편으로 이루어짐을 의미한다. 그중에서 미시적인 단위로서의 자아에 초점을 맞춘 유형으로는 나이 들어감에 관한 연작, 농촌 현실에 관한 연작, 한국에서 시를 쓴다는 것의 의미에 관한 연작 등이 있다. 하종오는 손주와 함께 노는 할아버지이고, 농사도 짓는 강화도 거주민이며, 한국 시인인 것이다. 『초저녁』(2014), 『웃음과 울음의 순서』(2017), 『죽음에 다가가는 절차』(2018) 등은 인생의 초저녁에 접어들어 외손녀의 탄생 및 성장을 지켜보며 삶과 죽음 사이의 엄숙한 질서에 관한 여러 정서를 담은 시집들이다. 『신강화학파』(2014)에서 『신강화학파 12분파』(2016)를 거쳐 『신강화학파 33인』(2018)으로 이어진 신강화학파 연작은 나와 가장 가까이에서 저마다 지닌 생명의 빛깔을 뿜어내는 데 힘쓰는 뭇 인간과 동식물 각각이 그 자체로 어떠한 학문보다 더 고매하게 살아 숨 쉬는 지혜의 원천이자 터전임을 보여주었다. 『겨울 촛불집회 준비물에 관한 상상』(2017)과 『죽은 시인의 사회』(2020) 등은 한국에서 시를 쓴다는 일이 한국 사회의 상식적 정의를 훼손하는 모든 사태에 분노하는 행위와 다르지 않다는 관점에서 쓰였다. 근작 『세계적 대유행』 역시 코로나19 바이러스로 인하여 급변한 우리 주변의 삶을 세밀히 포착하기 위하여, 미시적 단위로서의 자아를 연작의 중요한 관찰 도구로 삼고 있다.

다른 한편 하종오 연작 시집은 세계적 시각을 통하여 인간다운 삶을 누리지 못하는 인류의 고통에까지 시적 관심을 넓혔다. 『세계의 시간』(2013)과 『남북주민보고서』(2013) 등은 폐쇄적 민족-국가의 관념에 근거를 둔 재래의 사고방식에서 벗어나 세계 인류의 관점에서 분단의 무의미함과 무가치함을 조망하였다. 『국경 없는 농장』(2015)과 『제주 예멘』(2019) 등은 농업 이주노동자나 난민 신청자와 같이 자국에서 생존의 위협이나 가난을 겪는 이들이 다른 국가로 자유로이 이주하여 평등하게 살아갈 수 있는 모든 권리를 누려야 한다고 역설하였다. 『세계적 대유행』은 코로나19 바이러스 앞에서 민족–국가 간의 반목과 각자도생이 이제 더는 불가능함을 증명한다는 점에서, 하종오 시의 세계적 관점이 현실의 사태와 생생하게 합치하는 하나의 전범을 이룩한다.

　미시적 단위로서의 자아와 거시적 단위로서의 세계 인류라는 하종오 연작 시편의 두 리듬은 이번 시집 『세계적 대유행』에서 극적인 종합을 이루었다. 이는 전작 『돈이라는 문제』(2019)에서 시도하였던 자아와 인류의 역동적 연결을 한층 더 심화시킨 것이다. 전자는 화폐라는 **인공적** 소재를 통하여 자아와 인류가 연결된 실상을 그려냈지만, 후자는 코로나19 바이러스라는 **자연적** 소재를 통하여 자아와 인류의 연결뿐만 아니라 인류와 자연의 연결, 달리 말하면 인류와 지구 생명체 전체의 연결에까지 이르고 있다. ‘세계적 대유행’에서 ‘세계적’이라는 말은 자아와 인류와 전 지구적 생명체가 밀접하게 연결되어 있음을 드러낸다.[1]

‥

1. 여기에서 필자는 하종오의 시 세계를 이해하기 위하여 ‘세계’와 ‘지구’라는 두 개념을 철저히 구분해야 한다고 주장하는 것이 아니다. 『세계적 대유행』에서 (시집 제목에도 들어 있는) ‘세계’는 그 이전까지의 하종오 시에서 다루었던 세계의 개념보다 한층 더 심화하고 확장된 측면이 있으며, 그 심화와 확장의 차원을 ‘지구적인 것’이라고 부를 수 있다고 필자는 생각한다. 하종오의 이전 시집들에 나타나는 ‘세계’가 ‘인간 중심적’ 세계였다면, 이번 시집에서 그리는 ‘세계’는 인간 이외의 지구 생명체도 인간만큼 중요한 주체로 등장하는 ‘지구적’ 세계라고 할

또한 '대유행'이라는 말은 그 지구적 차원의 연결이 '단순한' 유행이 아니라 '대大유행, 즉 근본적인 사태임을 나타낸다. 이 글에서는 『세계적 대유행』에 나타나는 자아와 인류와 지구의 연결을 크게 세 가지 양상으로 분석하고자 한다. 첫째는 바이러스를 지구가 인류에게 건네는 언어로 해석하는 것이고, 둘째는 그 해석의 과정에서 인간 본질에 관한 재래의 의미 규정을 반성하는 것이며, 셋째는 인간과 비인간의 위계를 전복하는 것이다.

감염병이라는 지구 언어에 귀 기울이기

시집 『세계적 대유행』은 코로나19 바이러스라는 감염병을 하나의 언어, 그것도 매우 중요한 의미가 담겨 있는 언어로 해석한다. 일반적으로 우리는 언어를 인간의 전유물로 여긴다. 고도의 지적인 사유를 할 줄 아는 것은 오직 인간뿐이며, 그에 따라 복잡하게 발달한 언어로 소통할 수 있는 것은 오직 인간뿐이라고 믿어왔기 때문이다. 그러한 믿음 자체가 인간의 오만에서 비롯한 미신이라는 듯이, 시인은 바이러스를 지구가 인간에게 건네는 언어처럼 받아들인다. 다만 지구의 언어는 인간의 언어와 전혀 다른 기호로 전혀 다른 의미를 전달하는 언어이기에 인간에게 낯설게 들릴 뿐이다.

• •

수 있다.

이 지점에서 시인의 시 쓰기는 중요한 의미를 띤다. 시인은 인간의 언어를 갱신하는 자인 동시에, 지구의 언어에 귀 기울이며 그것을 해석하여 인간에게 들려주는 자이다. 인간의 낡은 언어에 새로운 빛을 비추는 시의 힘은 인간이 듣기 힘든 지구의 언어를 오롯하게 받아들이는 자세에서 비롯할 때가 있다.

> 코로나19 바이러스는 왜 사람을 숙주로 삼으면서
> 사람이 죽든 말든 저만 살아남기 위해 번지려고 할까
>
> —「숙주 · 4」, 부분

> 코로나19 바이러스는 인간에게
> 모여서 함께 잘 살기를 금지하는 것 같고
> 흩어져서 각자 겨우 살기를 요구하는 것 같다
>
> —「밀집」, 부분

「숙주 · 4」에서 시적 화자는 코로나19 바이러스가 사람을 숙주로 전파되어야 살아남을 수 있음에도 그 숙주인 사람을 죽이기까지 한다는 사실에 당혹스러워한다. 이는 인간의 일반적인 사고방식과 다르기 때문이다. 인간은 먹을거리를 먹어야 살 수 있기에 먹을거리를 애써 기른다. 반면에 바이러스가 인간을 숙주로 번식함에도 인간을 해친다는 사실을 시적 화자는 이해하기 힘들다. 이러한 사태 속에서도 인간은 그 난해한 바이

러스의 의미를 이해하지 못한다면 살아남기 힘들 것이다. 특히 코로나19 바이러스가 왜 생겨났는지, 어째서 그토록 전파력이 강한지, 어떻게 하면 예방될 수 있는지 등과 같은 그 바이러스에 관한 의미를 인간이 해석하지 못한다면, 그것은 인류 생존을 심각한 위험 속으로 몰아넣을 수 있다. 인간에게 바이러스는 그처럼 해석하기 어려운 의미로 다가올 뿐만 아니라, 해석을 강제하는 의미로 다가온다.

「밀집」의 시적 화자는 코로나19 바이러스라는 언어의 의미를 조금이나마 이해하고 있는데, 그렇게 해독된 내용 역시 인간의 상식을 뛰어넘어 충격을 준다. 더 크게 힘을 모아서 더욱 번영한 삶을 누리는 사람들이 그렇지 못한 사람들보다 더욱 잘 살아남을 수 있다는 것은 인류 역사가 증명하는 상식과 같이 여겨지고는 한다. 그러나 인간이 해석할 수 있는 바이러스의 메시지는 그 '상식'을 송두리째 무너뜨린다. 모이는 대신에 흩어져야 살 수 있으며, 잘 살려고 하지 말아야 생명을 보존할 수 있다는 것. 그것이 바이러스 시대의 인간이 받아들이지 않을 수 없는 엄중한 진실이다. 바이러스라는 지구의 언어가 인간의 상식을 넘어선다는 사실은, 바이러스 앞에서 인간이 근본적인 자기 성찰을 수행할 수 있는지에 따라 인류의 생사가 달라질 수도 있음을 의미한다. "사시사철 마스크를 착용하여 분명해진 문제는 / 나와 상대방의 생사"인 것이다(「마스크 · 8」).

시인이 바이러스로부터 요구받은 반성은 두 가지이다. 하나는 세상을 현재와 같이 바이러스가 창궐하는 곳으로 만들어 젊고 어린 세대에게 물려준 기성세대의 반성이다. 다른 하나는 인간이라는 생물 종으로 존재한다는 것에 대한 반성이다. 전자는 어른의 어른됨에 대한 반성, 후자는 사람의 사람됨에 대한 반성이라고 할 수 있다.

> 늙은 내가 잘못 살아와서 어린 손자가 잘 살아가지 못하게 되었다는 자책감이 들었다
>
> ―「등원登園」, 부분

> 어린 손자가 교사의 가르침을 듣기는 해도
> 뒤돌아보는 법을 배우지 않아서
> 제가 걸어온 뒤쪽을 기억하지 않을지도 모르고
> 제 뒷모습을 누군가 지켜본다는 생각을 하지 않을지도 모르고
> 저보다 뒤처져 있는 아이들을 챙기지 않을지도 모른다
>
> ―「투명 가림판·1」, 부분

「등원」의 시적 화자는 자신의 손자가 처음 유치원 갈 날을 고대하였으나 코로나19 바이러스로 인하여 그 등원이 연기되고 만 일을 안타까워한다. 그 상황에서 시적 화자는 코로나19 바이러스가 자신과 같이 나이가 많은 세대에게 특히 치명적이라는 사실을 떠올리며, 자기 손주 또래의 어린 세대에게 안전한 세상

을 물려주지 못한 탓으로 벌을 받은 것처럼 느낀다. 필자 주변의
나이 지긋한 지인 중에도 실제로 다음 세대에게 미안함과 죄책감
같은 것을 느끼며 반성의 태도를 보이는 경우가 적지 않았다.
이렇게 바이러스 시대에 기성세대의 상당수가 느끼는 반성
의식을 하종오의 시는 예민하게 포착하여 시적으로 표현한다.

　이번 시집에서 나이 들어가는 시적 화자의 시각으로 한창
성장해가는 손주 또래를 바라보는 여러 작품의 시적 성취는
이처럼 어른의 어른됨에 대한 반성 의식이라는 맥락에서 비롯한
다. 이번 시집의 뛰어난 작품 중 하나인 「투명 가림판·1」의
시적 깊이도 그러하다. 이 작품에서 시적 화자는 투명 가림판이
세워진 책상에서 공부하는 아이들이 행여 나중에 뒤쪽과 옆쪽을
제대로 살필 줄 모르는 사람으로 자라지는 않을까 걱정한다.
그러한 걱정은 자칫 '나 때는' 뒤쪽도 옆쪽도 잘 살피는 법을
배우면서 컸는데 '요즘 애들은' 그렇지 못하다는 식의 '꼰대'
같은 소리처럼 들릴지도 모른다. 하지만 그 걱정의 이면에는
어른들이 이러한 세상을 물려줘서 미안하다는 반성 의식이
깔려 있다는 점을 고려하고 다시 읽어보면 이 시의 행간에
숨은 의미를 새롭게 읽을 수 있다.

　아이들이 뒤쪽도 옆쪽도 잘 살피지 못하게 된 세상은 누가
만들었는가? 바로 시적 화자와 같은 어른들이다. 그렇다면 어른
들은 어떻게 살아왔기에 이러한 세상을 만들었는가? 어른들이
야말로 뒤쪽도 옆쪽도 제대로 살피지 않고 오직 앞쪽만 바라보며

경쟁하기를 요구하는 사회에 길든 이들 아닌가. 자신을 반성하기보다는 자랑해야 하고 남을 살피기보다는 짓밟아야 하는 사회의 비인간성을 바꾸지 못하고 오히려 심화시켜온 것이 어른들의 삶은 아니었을까. 어른에 대한 비판을 직접 드러내지 않았는데도 아이들의 현실을 통해 어른의 잘못까지 느낄 수 있게 하는 작품의 행간이 웅숭깊다.

하종오의 이처럼 치열한 시적 통찰은 어른의 어른됨에 대한 반성에서 사람의 사람됨에 대한 반성으로까지 나아간다. 기성세대인 사람들이 자신의 잘못을 스스로 반성하지 않는다면 다음 세대인 사람들도 똑같은 잘못을 되풀이할 것이며, 그리하여 기성세대와 다음 세대를 포함한 사람 모두가 그 잘못에서 벗어날 가능성은 좁아들 것이기 때문이다. 앞쪽만 바라보느라 뒤쪽과 옆쪽을 제대로 살피지 않던 어른들의 삶이 결국 책상 위에 투명 가림판을 세워놓고 공부하는 아이들의 삶에서 더욱 증폭되는 것처럼.

> 만약에 코로나19 바이러스가 지구상에 나타난 목적이
> 자연계에서 너무 많은 개체를 유지하고 있는 종을 줄이는 데 있다면
> 내가 해당되지 않는다고 볼 순 없겠다
>
> ―「숙주·6」, 부분

사람들이 맞대면하지 않는다면

그곳을

'세상'이라는 오래 써온 낱말 말고

새로운 명사로 지칭해야 할 것 같다

—「비대면 · 1」, 부분

코로나19 바이러스는 인류 역사상 가장 빨리, 가장 널리 인류에게 퍼져나간 바이러스라고 할 수 있다. 「숙주 · 6」의 시적 화자는 그것을 인류에게 보내는 지구의 경고로 해석한다. 코로나19 바이러스의 발생 원인에 관한 유력한 설은 인간이 마구잡이로 야생의 생태계에 간섭하였기 때문이라는 것이다. 예를 들어 박쥐의 몸속에는 무수한 종류의 바이러스가 들어 있지만, 인간이 박쥐의 생태계를 잠식할수록 그것의 배설물 등을 통하여 바이러스가 인간에게 전파될 확률이 높아진다. 인간과 박쥐의 간격이 지나치게 가까워진 만큼 인간의 개체 수가 지나치게 많다면, 그것이 원인이 되어 발생한 바이러스가 수많은 인간의 생존을 위협한다는 것은 인간 개체의 과잉 자체에 대한 경고와 다르지 않을 것이다.

인간 개체 수의 과잉을 줄여야 한다는 경고로서의 바이러스는 인간이 받아들이기에 버겁지만 진지하게 받아들여야 하는 지구의 언어이다. 지구의 언어에 귀 기울인다는 것은 모든 삶의 방식을 바꿔야 한다는 것을 뜻하며, 지금까지 세상이 작동되어

온 방식을 전환해야 한다는 것을 뜻한다. 예컨대 「비대면 · 1」은 지금까지 인류가 "맞대면"하는 방식으로 소통을 해왔지만, 오늘날에는 맞대면하지 않는 방식으로 소통하며 살아남아야 하는 현실을 통찰한다. 이 작품이 참신한 발상으로 묘파한 것과 같이, 코로나19 바이러스는 오늘날의 세상을 우리에게 오래 통용되어 온 '세상'의 의미와 전혀 다른 모습으로 바꾸어놓고 있다. 지구가 인류에게 건네는 언어를 받아들이기 위해서 우리는 우리의 낡은 언어를 버리고 문명의 대전환에 걸맞은 "새로운 명사"를 찾아야 한다.

욕망과 국가를 떠난 인간다움의 발견

사람들이 맞대면하지 않는 곳을 '세상'이라는 낱말이 아니라 새로운 이름으로 불러야 할 것 같다는 시인의 사유는 기존 인류 문명이 전혀 새로운 형태의 문명으로 전환되어야 한다는 발언처럼 들린다. 하지만 변화를 힘주어 부르짖는 듯한 그 당위의 목소리 밑바탕에는 인간이 맞대면하며 살아가는 세상의 소중함을 아쉬워하는 비애의 음조가 희미하면서도 분명하게 흐르고 있다. 앞서 인용한 「비대면 · 1」의 문장은 '할 것이다'라고 단정 짓기보다도 "할 것 같다"라는 여운을 남기며 끝나고 있지 않은가. 이때의 "같다"가 남기는 여운에는 맞대면하지 않아야 살아남을 수 있음을 알면서도 맞대면할 수 있는 삶이 인간다운 삶이라고 믿는 복잡한 심리가 묻어 있다. 인간이 지나치게 개체를 증식하며 지구 생태계에 심각한 위협을 가해왔던 기존의 인간 중심적 문명이 바이러스의 경고 앞에 종언을 고하고 그와 전혀 다른 문명으로 새롭게 전환되어야 함은 거스를 수 없는 현실이다. 그러므로 시인은 인간 중심적인 문명의 세상이 심각한 한계에 이르렀다고 말하지만, 그렇다고 인간의 인간다움 자체를 버리자고 말하는 것은 아니다. "서로 양팔로 끌어안은 다음 / 서로 두 뺨을 감싸고 뽀뽀한 다음 / 서로 오른손을 잡고 흔드는 것"처럼, "오직 인간만이 할 수 있는 행위를 / 서로가 서로에게 알게 해주는 일"은 시인에게 결코 포기할 수 없는 고귀한 일이기 때문이다(「포옹과 입맞춤과 악수」).

하종오가 생각하기에 코로나19 바이러스의 세계적 대유행으로 드러난 인간중심주의의 한계는 지금까지 우리가 '인간다움'이라고 믿어온 것의 오류일 따름이다. '인간다움'과 '인간답지 않음'은 구분될 수 있을 뿐만 아니라 구분되어야 하며, 다만 지금까지 '인간다움'으로 규정되어온 것이 실제로는 '인간답지 않음', 즉 거짓된 인간다움일지도 모른다고 시인은 생각한다. 이러한 상황에서 시인은 인간다움을 손쉽게 부정하거나 폐기하기보다도 기존과는 완전히 다른 내용의 인간다움을 새로이 발견하고자 한다. 최근 서구에서 유행하는 일부 포스트휴머니즘 담론은 인간다움을 추구하는 것 자체가 인간 중심적 한계에 물들어 있는 발상이라고 여기며, 그 때문에 인간다움과 인간답지 않음의 구획은 해체되어야 한다고 주장한다. 반면에 하종오는 인간중심주의의 한계로부터 자유로울 뿐만 아니라 인간중심주의에서의 인간성과 전혀 다른 인간다움을 모색하는 이채로운 시적 사유의 길을 택한다.

코로나19 바이러스의 근본 원인이 되는 인간중심주의는 인간다움을 어떻게 규정하는가? 그것은 '욕망'을 인간의 중요한 본질 중 하나로 규정한다. 인간 중심적 사유에 근거한 문명의 구조 안에서 인간은 '욕망하는 인간'으로 규정된다. 인간의 본질을 합리성으로 규정할 때도 그 합리성은 도구적 합리성, 즉 자신만의 이익과 욕망 충족을 위하여 자기 이외의 모든 것을 통제하고 조작하려는 전략으로 작동한다. 탐욕은 생태계를 파괴하고, 파괴된 생태계는 인간을 파괴하는 방식으로 응답한다. 문제의 근본 원인을 고치지 않고서는 그 문제의 근본 해결이 불가능한 것처럼, 이기적 욕망에 따른 삶의 방식을 근본적으로 바꾸지 않고서는 코로나19 바이러스뿐만 아니라 그 이후에 더욱 위협적으로 닥칠 신종 바이러스들의 발생을 막을 수는 없을 것이다. 이번 시집의 서문에서 시인이 다음과 같은 질문을 제기한 이유도 그 때문이다. "인간의 욕망으로 사회와 생태의 질서가 교란되고 파괴된 지구의 어딘가에서 출현한 코로나19 바이러스, 자꾸 변이한다는 코로나19 바이러스를 인간의 욕망으로 제압할 수 있을까?(「시인의 말」)"

코로나19 바이러스를 초래한 것이 인간의 욕망이라면, 그 바이러스가 세계적으로 유행할 수 있게 만든 원인은 무엇인가?

그 주요한 원인 중 하나로는 폐쇄적 민족-국가 중심주의를 꼽을 수 있다. 한 국가에서 아무리 방역을 성공적으로 수행한다고 하여도 다른 국가의 방역에 구멍이 뚫리면 아무 소용이 없다. 바이러스의 세계적 대유행으로부터 살아남기 위해서는 국경의 무의미함과 지구적 연대의 필요성을 자각해야만 한다. 이러한 현실의 절박한 과제와는 전혀 부합하지 않게, 인류 역사는 국가와 같은 민족 단위의 공동체가 출현한 이래로 지금까지 '국적' 또는 '민족성' 등을 인간적 정체성의 핵심 요소로 규정해 왔다. 우리는 자국 또는 자민족이 타국 또는 타민족보다 우월해지는 데 이바지하는 삶을 가치 있는 인간의 삶으로 칭송하는 데 얼마나 익숙한가. 그러한 배타적 국가관과 위계적 민족성을 인간다움의 본질로 규정하는 한, 바이러스의 세계적 대유행을 근본적으로 막을 길은 없을 것이다.

시인은 바이러스의 세계적 대유행을 지구의 언어, 더 구체적으로 말하자면 지구가 인류에게 던지는 질문으로 받아들인다. 그 질문의 내용은 두 가지이다. 인간다움을 욕망 아닌 것으로 다시 규정할 수 있는가? 인간의 본질을 국가 너머의 무엇인가로 새롭게 정의할 수 있는가? 인간다움의 내용을 새롭게 구성함으로써 인간 중심적 한계의 극복 방향을 타진하는 시인의 시적 사유는 그 두 가지 질문을 수반한다. 예컨대 다음의 작품들은 이기적 욕망의 바깥에서 인간다움을 찾아낸 기록이다.

멋이 나지 않는 방호복을 입고
코로나19 바이러스 감염 환자를 돌보는 의료인이
인간으로서 가장 멋있어 보여 절로 경외하였다
방호복이 없어 비닐로 온몸을 감싼 어떤 국가의 의료인은 더더욱
—「방호복에 관한 견해」, 부분

사람 간에 코로나19 바이러스가 대유행할 수 있다는
허위사실을 인터넷에 유포했다고 해서
공안에 체포되어 경고와 훈계를 받았던 그는
평소 이렇게 말했다
"정의는 사람들의 마음속에 있다"
"음미할 수 없는 삶은 살 만한 가치가 없다"
—「세계적 대유행 · 1」, 부분

　「방호복에 관한 견해」는 '옷'과 '멋'이라는 소재를 통하여
인간의 욕망이 무엇이며 또한 인간다움의 본질이 무엇인지와
같은 근본적 질문들을 던진다. 인간다운 삶의 필수 요소인 옷에
는 두 가지 성질이 얽혀 있다. 하나는 외부로부터 신체를 보호하
거나 체온을 유지하는 실용성이며, 다른 하나는 감각적 차원에
서 사람의 겉모습을 꾸미어 나타내는 장식성이다. 코로나19
바이러스 감염 환자를 돌볼 때 의료진들이 입는 방호복은 실용성
이 장식성을 압도하는 옷이다. 나아가 방호복의 실용성은 자신

을 위한 측면보다도 남을 위한 측면이 더욱 크다. 더운 날씨에 입는 방호복은 의료진을 탈진 상태에 이르게 할 수 있음에도 방호복을 입고자 한 의료진의 선택은 자신의 안위보다 타인의 생명을 소중히 하는 인간다움의 증명이었다. 남보다 자신을 더 빛내고 앞세우려는 욕망의 산물이 지금까지의 '멋'이었다면, 자신보다 남을 살리려는 고결한 인간성의 표현이 시인에게는 기존의 멋보다 더욱 근본적인 아름다움으로서 새롭게 인식된다.

「세계적 대유행」 연작의 첫머리에 놓인 작품은 중국 정부의 탄압을 무릅쓰고 코로나19 바이러스를 세상에 처음 알린 의사 리원량 씨의 이야기이다. 그가 자기만의 안위를 걱정했다면, 공안의 "경고와 훈계"를 두려워하며 진실을 알리고자 하지는 않았을 것이다. 그가 자신의 목숨만을 중시했다면, 감염 환자를 치료하다 자신이 감염된 이후에도 의료 현장으로 복귀하기를 원하지는 않았을 것이다. 그의 삶은 이기적 욕망이 아니라 정의가 "사람들의 마음속에" 살아 있는 인간다움의 본질임을 알리고 있다. 방호복이 본질적인 인간다움의 멋을 드러내듯이, 권력을 두려워하지 않고 진실을 말하는 삶은 "음미할 만한 삶", 즉 본질적인 인간다움의 맛味을 드러낸다.

리원량 씨의 삶은 이기적 욕망이 아닌 인간다움을 보여줄 뿐만 아니라 국가 너머의 인간다움을 보여준다는 점에서도 「세계적 대유행」 연작에 나타나는 시인의 세계적 시각에 중요한 통찰을 제공한다. 그는 중국 인민뿐만 아니라 세계 인류에게도 중요한 진실을 알리고자 하였지만, 중국 정부는 오직 자국의 명예와 이익이 실추되는 것이 두려워 그를 탄압하였다. 바이러스 전파로부터 사람을 구하는 일을 국가 권력이 방해하거나 막아선다면 그 국가 권력은 무능하고 무력한 것으로서 비판받아야 한다. 코로나19 바이러스의 세계적 대유행이 중요한 이유 중의 하나는, 가장 유능하고 가장 강력한 국가로 손꼽히는 '선진국'이 오히려 더 무능하고 무력한 체제였다는 사실을 적나라하게 드러내었다는 점이다. 하종오의 「세계적 대유행」 연작 중에서 소위 '선진국'의 현실에 관한 시편은 그와 같이 중대한 의미를 놓치지 않고 비판적인 시선으로 포착함으로써 시대 현실의 핵심을 건드리는 문학의 진경을 보여준다. 그 예는 서구와 일본의 현실에 관한 작품에서 잘 나타난다.

영국 시위대가 윌리엄 워즈워스를 읽는 국민이라면
프랑스 시위대가 폴 발레리를 읽는 국민이라면
독일 시위대가 하인리히 하이네를 읽는 국민이라면
코로나19 바이러스에 감염되지 않을 권리를 포기한 채
코로나19 바이러스에 병사하지 않을 권리를 포기한 채
마스크를 착용하지 않을 자유를 위하여
시위를 하진 않으리라

―「세계적 대유행 · 15」, 부분

안전 문제라면 으뜸가는 국가로 자부하던 일본 정부가

코로나19 바이러스 사태에선 무능하기 짝이 없었다

한 가지 더, 후쿠시마 원자력발전소 사고 대책에도 마찬가지였
다

―「세계적 대유행 · 9」, 부분

「세계적 대유행 · 15」와 「세계적 대유행 · 9」는 서구나 일본 등 역사적으로 오랜 기간 '선진국'으로 자타가 공인해온 국가들이 코로나19 바이러스 앞에서도 과연 진정한 '선진국'이라고 할 수 있는가라는 질문을 제기한다. 먼저 「세계적 대유행 · 15」는 서구에서 벌어진 '마스크 착용 거부 시위' 사건을 다루고 있다. "마스크를 착용하지 않을 자유"라는 것은 서구적 사고방식에서의 자유 개념이 지극히 개인주의적인 의미의 자유에 한정되어 있음을 알 수 있다.[2] 서구인들이 요구하는 개인주의적

---

2. '마스크 착용 거부 시위'는 조르조 아감벤 등과 같은 서구의 저명한 철학자 등에 의하여 공개적으로 옹호되거나 이론적으로 뒷받침되었다. 시위가 일어나기 전부터 아감벤은 코로나19 바이러스보다 더 경계해야 할 것은 방역을 핑계 삼아 시민의 자유를 억압하는 국가 권력이라고 꾸준히 주장하였다. '마스크 착용 거부 시위'와 코로나19 바이러스에 관한 비상식적 반응은 '서구적인 사유가 가장 보편적인 사유이다'라는 고정관념을 추문으로 만든다. 이에 관하여 더욱 자세한 내용은 홍승진, 「아감벤은 왜 생명을 잘못 보았나」, 가타오카 류 외, 『우리는 어디로 가야 하는가』, 모시는사람들, 2020, 166~176쪽을 참조.

자유는 사람을 살릴 수 있는 "권리"를 포기하는 거짓 자유일 뿐임을 이 작품은 역설적인 풍자의 어조로 암시한다.

나아가 시인은 「세계적 대유행·9」에서 아시아 선진국의 허상과 실체까지 해부한다. 일본이 지금까지 '선진국'으로 인정받았던 이유 중 하나는 "안전 문제라면 으뜸가는 국가로 자부"하였기 때문이다. 그런 일본이 "코로나19 바이러스 사태에선 무능하기 짝이 없었다"는 사실은 일본이 이제 "안전 문제라면 으뜸가는 국가"가 아님을 의미하며, 일본이 이제 '선진국'으로 불릴 수 없음을 뜻할 것이다. 특히 이 시가 더욱 놀라운 점은 일본의 방역 실패가 "후쿠시마 원자력발전소 사고" 때부터 예견되어 있었음을 지적하였기 때문이다. 이렇게 본다면 '경제적으로는 선진국'이 사실상 자연 생태계를 파괴하는 데 가장 앞장선 나라, 코로나19 바이러스 사태의 발생에 가장 책임이 큰 나라일 수 있다.

그렇다면 전통적인 '선진국'은 아니었으나 점차 '선진국'의 반열에 드는 것이 자연스러워지고 있는 한국의 현실은 어떠한가? 한국의 사례가 성공적인 방역 모델로서 세계의 주목을 받으며 'K-방역'이라고 불리기도 했듯이, 시인에게 한국의 현실은 선진국의 한계를 비판하고 후진국의 문제를 고민하는 하나의 모델이 된다.

봉쇄령이 내려지지 않은 나라에서 사는 나는

먹을거리가 모자라지 않은 나라에서 사는 나는

봉쇄령을 해제하겠다는 어떤 잘사는 나라의 최고 권력자를
비난하고

봉쇄령을 해제하라는 어떤 못사는 나라의 가난한 주민들을
염려한다

　　　　　　　　　　　　　　 —「세계적 대유행 · 11」, 부분

얼핏 이 작품은 "어떤 잘사는 나라"나 "어떤 못사는 나라"보다
한국이 더 낫다고 암시하는 것처럼 읽힐 수 있다. 그러나 여기에
서 하종오의 시 세계가 철저히 인민을 국가보다 중요시하는
관점에 입각한다는 점을 고려할 필요가 있다. 자국민과 외국인
모두를 포함한 모든 인간의 인간다운 삶을 보장하지 못하는
국가는 엄중하게 비판되어야 한다는 것, 국가는 권력자나 지배
층만을 위하는 것이 아니라 평범한 사람들의 평범한 삶을 보장할
때만 국가로서 의유효하다는 것은 이주노동자와 난민 신청자에
관한 작품들을 통하여 시인이 일관되게 견지해온 관점이다.
이 시에서 한국이 어떤 '선진국'이나 어떤 '후진국'보다 나은
것처럼 그려지는 이유도 그러한 관점에 기인한다. 시적 화자가
한국을 긍정적으로 바라보는 까닭은 "봉쇄령이 내려지지 않은
나라"인 동시에 "먹을거리가 모자라지 않은 나라"이기 때문이
다. 인민의 생계 활동을 보장하였고 국가의 책임을 회피하지
않았기 때문이다. 그렇지 않았다면 시인은 한국 역시 국가로서

인정될 수 없다고 비판했을 것이다.

위 작품에서 주목해야 할 지점은 시적 화자가 "최고 권력자"의 봉쇄령 해제 주장에 대해서는 강하게 "비난"하지만 "주민들"의 봉쇄령 해제 요구에 대해서는 안타깝게 "연민"하는 대목이다. "잘사는 나라"는 봉쇄령을 유지하더라도 자국민의 생계를 보장할 수 있는 여력이 있지만, "어떤 잘사는 나라의 최고 권력자"는 자국민의 안전을 우선시하기보다도 국가의 재정 부담을 덜기 위해서 봉쇄령을 해제하고자 한다. 이는 국가의 안위를 위하여 인민을 희생하려는 논리이므로 시적 화자의 비난을 불러일으킨다. 반면에 "어떤 못사는 나라의 가난한 주민들"은 밖에 나가지 못하면 바이러스에 걸리지 않더라도 일을 못 해서 굶게 되니, 밖에 나가서 바이러스에 걸릴 위험이 있더라도 일을 할 수 있도록 봉쇄령을 해제해달라고 요구한다. 이는 국가가 인민의 생존을 보장하지 못하여 인민이 국가의 통제를 거부하게 된 현실이므로 시적 화자의 연민을 불러일으킨다. 사회 구조나 지배 권력이 유죄일 수는 있어도 평범하게 살아가는 사람들은 근본적으로 무죄라고 말하는 하종오의 시적 태도는 인간중심주의의 한계를 통렬하게 짚으면서도 참된 인간다움의 가치를 끝내 포기하지 않고 옹호하려는 몸짓과 같다. 요컨대 인간다움의 본질을 이기적 욕망이 아닌 이타적 욕망으로 재인식할 때에야 바이러스 사태의 근본 원인을 해결할 수 있듯이, 모든 인간을 살리는 방향으로 국가 제도를 재구성할 때에야 바이러스의 세계적 대유행을 막을 수 있다는 것이 「세계적 대유행」 연작에 담긴 놀라운 통찰이다.

주체와 객체의 자리바꿈과 그 의미

이기적 욕망의 틀 밖에서 바라보면, 인류는 다른 생물 종들을 지배할 수 있는 종이 아니라 우주 생명 전체와 평등한 종이라는 진실이 드러난다. 거짓된 국가의 틀 밖에서 바라보면, 자연적인 생명 활동의 힘은 국가 권력을 초과한다는 진실이 드러난다. "그리하여 사람들에게 자연과 국가 중 무엇이 강한지를 / 나는 생각해보기로 했다(「긴급재난지원금 · 3」)" 욕망과 국가의 외부에서 새로운 인간다움을 발견하는 것은 곧 인간중심주의의 한계를 초극하려는 하종오 시의 고유한 방식이 된다.

인간 중심적인 사고방식 안에서는 인간들끼리 누가 더 잘나고 못났는지 따지게 되며, 너와 내가 어떻게 다른지를 가리게 되기 쉽다. 반면 시인은 인간 중심적 사고방식을 뛰어넘어 코로나19 바이러스의 시선으로 인류를 바라본다. 이처럼 독특한 시적 상상력 앞에서 인간들 사이의 사소하고 미미한 구분은 사라지며, 인류는 여타의 생물 종과 대등한 생물 종으로 드러난다. "코로나19 바이러스는 당신과 나를 동일한 인간으로 볼 것"이기 때문이다(「숙주 · 2」). 바이러스의 시선은 자연과 거리가 멀어 보이는 도시 문명의 가장 깊숙한 곳까지 침투하여, 자연보다 우월하다고 여겨지는 문명의 겉치레를 들추어내고, 인류가 근

본적으로 하나의 자연적 생물 종일 뿐임을 폭로한다. "지하철이
역에 정차할 때마다 / 흰 마스크를 착용한 그도 타고 / 검은 마스
크를 착용한 그도 타서 / 수없이 많아지는 그 곁에서 / 나는 그가
되고 그는 내가 되어 / 서로 바라보지 않을 뿐더러 / 흰 마스크와
검은 마스크를 구분하지 않게 된다(「마스크 · 6」)" 홍수나 사막
화 같은 자연의 위력은 특정 장소에서만 문명을 압도하지만,
코로나19 바이러스는 문명의 모든 세목 속에서 나타나 그것들을
통하여 퍼지며 그것들을 압도한다.

그렇게 인간중심주의가 무너진 자리로는 그동안 인간과 소통
이 단절되어 있던 우주 생명과 자연 사물들이 저마다 웅성거리는
목소리를 내며 몰려들기 시작한다. 인간중심주의의 사고방식에
따라 작성된 문학에서는 인간만이 주어의 위치를 차지하며,
인간이 아닌 우주 생명과 자연 사물은 목적어의 위치에 갇히기
쉽다. 그러나 인간중심주의 너머의 상상력을 작동시키는 문학
에서는 인간 아닌 것이 인간에게 전달하는 의미와 힘을 은폐하지
않는다. 시인의 시 세계에는 인간과 인간 아닌 것이 주체와
객체의 자리를 자유롭게 바꾸는 시적 형식이 곳곳에서 나타난
다. 이는 인간의 특권을 상대화하며 인간 아닌 것의 목소리를
표현하려는 시적 자세의 예술적 결정체이다. 『세계적 대유
행』에서 그 장면이 가장 흥미롭게 표현되는 대목은 「마스크」
연작이다.

내가 착용한 마스크가 거리에 나갔다가

도리어 나를 착용하고서

　　　　　　　　　　　　　　　　　　　　　ㅡ「마스크 · 4」, 부분

우울이 더 말을 붙이지 않고 떠나간 후

책과 꽃과 생각이 마스크를 착용하고는

갑자기 나를 찾아와서

더 많은 책과 꽃과 생각을 가진 자들과 만나보라고 속삭일

땐

코로나19 바이러스가 마스크를 착용하고는

갑자기 나를 찾아와서

나에게 마스크를 착용하지 않으면

병 깊이 들어 죽을 수 있다고 속삭여서

나는 즉시 착용한다

　　　　　　　　　　　　　　　　　　　　　ㅡ「마스크 · 5」, 부분

「마스크 · 4」는 '사람이 마스크를 쓴다'는 고정관념을 '마스크가 무엇인가를 착용한다'는 상상력으로 전복시킨다. 이는 단순히 초현실주의적인 유희가 아니라 지금 여기의 생생한 실감이다. 오늘날은 인류가 자신의 의지에 따라 마스크 착용을 선택하는 시대가 아니라 마스크가 자신의 착용을 인류에게 강력히 요청하고 있는 시대이기 때문이다. 외출하는 사람들에

게는 마스크를 쓰라는 규제가 따라붙으며, 마스크를 쓰지 않은 사람은 죽음의 위험에 노출될 확률이 높다. 인간이 자신의 욕망에 따라 자기 의지를 세계에 관철할 가능성이 현재만큼 축소된 것은 미증유의 일이다. 자연 사물의 힘 앞에 인간 주체의 지배권과 통제력이 축소된다는 것은 우주가 스스로 자신을 정화해가는 과정일 것이다. 이 작품은 인간이 미미한 바이러스 하나 마음대로 죽일 수 없고 인공물에 불과한 마스크 하나 자유롭게 벗을 수 없음을 보여줌으로써, 인간 아닌 것 앞에 인간이 얼마나 더 겸손해야 하는지를 시적으로 형상화한다.

또한 「마스크 · 5」에서는 인간 이외의 존재자들이 마스크를 착용한다는 상상력을 통하여 인간만이 마스크를 쓴다는 관념을 해체한다. 이 시에서 그리고 있는 시적 정황은 '코로나 블루', 즉 코로나19 바이러스 사태 이후 사회적 활동의 많은 부분이 제약됨으로 인하여 사람들이 느끼는 우울을 연상시킨다. 시적 화자는 코로나19 바이러스가 창궐하여 모든 존재가 마스크를 쓰고 있는 것처럼 답답한 상황 속에서 '그만 살고 싶다'는 우울함에 시달린다. 우울함이 어느 정도 걷힐 때 시적 화자에게는 더 많은 책을 읽고, 더 많은 꽃을 보고, 더 많은 생각을 하고 싶다는 의욕이 피어난다. 그러나 얼마 지나지 않아 바이러스에 감염되지 않으려면 조심해야 한다는 경각심이 들어서 마스크를 다시 쓰게 되었다는 것이 이 시의 내용이다. 그처럼 시적 화자의 머릿속에 여러 다른 감정들이 번갈아 떠오르는 현상을 "마스크

를 착용하고는 / 갑자기 나를 찾아와서" 건네는 '속삭임'으로
표현한 점이 예사롭지 않게 읽힌다. 여기에서 "마스크"라는
시어는, 마치 모든 감정에 마스크가 씌워져 있는 것처럼 어떠한
종류의 감정도 바이러스를 의식하지 않고는 느낄 수 없는 이
시대의 현실을 압축적으로 상징한다.

　이전까지 인간은 자기가 느끼는 감정의 유일한 주인이라고
주저 없이 자부할 수가 있었으나, 이제는 인간의 모든 감정과
생각과 의식이 인간 주변의 우주와 자연과 사물에 영향을 받고
있으며 그 영향 속에서만 주어질 수 있음을 겸허하게 직시해야만
한다. 지구는 인간이 완벽하게 장악할 수 없는 것이며, 인간은
우주 생명의 일부분일 뿐이다. 이는 비극도 희극도 아닌 현실일
따름이다. 다만 이 현실을 제대로 직시하지 않고서는 인간을
비롯한 지구 생명 전체의 공멸을 막을 도리가 없다는 것이
시인의 경고이다. 그것은 바이러스와 같은 지구 언어에 귀 기울
일 때 겨우 얻을 수 있는 교훈, 다시 말해서 "땅과 하늘과 허공이
없으면 전혀 공부할 수 없"는 교훈이다 (「세계적 대유행」 · 13).
시인은 우주 생명을 인간에 의하여 완전하게 파악할 수 없는
신성과 경외의 영역으로 겸허히 받아들임으로써 그 우주의
생명력과 조화를 이루려 한다.

　　꽃을 숙주로 삼으려는 무엇인가가 꽃밭에 있어
　　햇빛이 환해진다고

풀을 숙주로 삼는 무엇인가가 풀숲에 있어

공중이 밝아진다고

숲을 숙주로 삼는 무엇인가가 산에 있어

녹음이 짙어진다고

내가 알 수 없는 그 무엇인가가 주변에 있다고

나는 말해야겠다

—「숙주 · 3」, 부분

꽃은 꽃밭 속에서 꽃으로 활짝 피어나 햇빛을 환히 비춘다. 풀숲은 풀을 자라게 도움으로써 공중을 밝힐 수 있다. 숲과 숲이 어울려 산을 이루고 산이 생성하고 변화하는 흐름 속에 숲이 어우러지므로 녹음이 짙어진다. 이처럼 우주 생명이 스스로 활동하는 힘은 인간 주체인 "나"가 알 수 없는 "무엇인가"일 따름이다. 인간은 자신을 지구의 유일한 지배자가 아니라 여러 생명의 숙주임을 자각함으로써 우주 생명을 더욱 생기 있게 살릴 수 있다. 이 작품은 발상이 단순하고 형식이 소박한 것처럼 보이지만, 이번 시집의 가장 아름다운 작품으로 꼽힐 만하다. 그 간결하고 정제된 발상과 형식 속에는 시집의 내용 전체가 담겨 있을 뿐만 아니라 그 이상의 희망 또는 예지까지 뿜어져 나오고 있는 탓이다.

『세계적 대유행』은 코로나19 바이러스를 지구가 인간에게 건네는 언어로 받아들인 시적 기록과 같다. 시인은 인간이 지금까지 귀를 닫아왔기에 인간에게는 낯설 수밖에 없는, 그 바이러 스라는 지구의 언어를 번역하여 들려준다. 인류가 살아남는 길은 인간중심주의를 버리는 길뿐이라는 것이 시인이 해독한 메시지이다. 놀랍게도 시인은 인간중심주의의 한계를 뼈저리게 반성하는 동시에, 인간다움 자체를 폐기하려 하지 않고 재구성 하려 한다. 바이러스 사태의 근본 원인은 거짓된 인간다움을 참된 인간다움이라고 잘못 여겨왔다는 데 있을 따름이라고 사유하며, 인간과 지구를 함께 살릴 수 있는 인간다움이 어딘가 에는 반드시 있으리라고 믿는 것이다. 그리하여 시인은 인간의 본질을 이기적 욕망과 그릇된 국가 권력을 넘어선 것으로서 새롭게 규정하고자 한다. 그렇게 균열이 간 인간중심주의의 틈새로, 시인은 인간과 자연 사물이 주체와 객체의 자리를 자유 롭게 바꾸며 서로 평등한 목소리로 발화하는 경이로움을 목격한 다.

세계시민사회를 향한 난민문학의 상상력

제주 예멘 난민 사건과 한국문학

제주 예멘 난민 사건은 한국이 세계시민사회의 올바른 일원으로 자리할 수 있는지를 판가름하는 시금석이다. 지금 한국 사회는 예멘 난민 신청자들을 난민으로 인정할 것이냐 하는 결정적 갈림길 위에 서 있다. 인도적 체류 허가가 아니라 난민 인정을 통해 한국 사회는 인간의 고통을 껴안을 수 있는 사회, 고통받는 인간들 모두에게 열려 있는 사회가 될 수 있을 것이다. 그들을 거부하고 추방하려 한다면, 한국에서 인간으로 인정받는 인간의 범위는 협소해질 것이며 인간다움을 지향하려는 인간의 꿈은 오래도록 억눌릴 것이다. 하종오 시집 『제주 예멘』은 물음을 던지고 있다. 제주에 온 예멘 난민 신청자들을 받아들일 수 있는 능력이 한국 사회에 존재하는가?

지금까지의 한국 시문학사에서는 전쟁을 피해 외국으로 나간 한국 시인의 작품은 있었어도, 전쟁을 피해 한국에 온 외국인의 삶을 다룬 한국 시인의 작품은 거의 없었다. 그러므로 한국 문학사에서는 난민문학보다도 디아스포라diaspora문학이 더 중요한 위상을 차지한다. 일반적으로 디아스포라문학은 자이니치在日 디아스포라, 중국 조선족 디아스포라, 미주美州 디아스포라 등과 같이, 원래의 민족적 공동체로부터 떠난 상황 속에서 자신의 태생적 정체성을 고민하는 문학을 일컫는다. 반면 한국에 온 예멘 난민 신청자들을 다룬 하종오의 이번 시집은 디아스포라문학이라는 범주로 설명되기 어렵다. 그것은 디아스포라에 의해서 직접 창작된 작품이 아니라, 디아스포라와 마주친 자에 의해서 창작된 작품이기 때문이다. 이러한 맥락에서 하종오의 난민문학은 디아스포라문학과 그 초점의 방향이 다른 개념이라 할 수 있다.

이를테면, 이인직의 신소설로부터 일제 말기 이용악의 시를 거쳐서 한국전쟁 중과 휴전 이후의 피난문학에 이르기까지, 기존의 한국 현대문학은 어디까지나 '한국을 떠난 한국인'에게 초점을 맞춰왔다. 이번 시집 『제주 예멘』에서 보여준 하종오의 난민문학은 '한국에 온 비한국인'에게 초점을 맞추고 있다. 그 때문에 시집 『제주 예멘』은 문학사의 맥락 속에서도 매우 독특한 위치를 점한다고 볼 수 있다.

그렇다면 하종오의 난민문학의 이례적인 문학사적 성취는

일국주의적 한계로부터 아직 완전히 자유롭지 못한 한국 현대문학에 새로운 상상력을 불어넣을 수 있지 않을까? 하종오 시집 『제주 예멘』은 이러한 물음을 허망한 전망이 아닌 실제 창작 사례로 육화시킨다.

공통의 감정과 감각을 일으키는 '거리 좁히기'

제주 예멘 난민 신청자들에 관한 시를 맞닥뜨리는 독자들은 '거리 조절'에 관한 문제를 염려할지도 모른다. 난민문학으로서의 시 작품이 제주 예멘 난민 신청자와 한국인 사이의 문학적 거리를 어떻게 조절할 수 있는가? 이는 자연스러운 고민일 뿐만 아니라, 꼭 필요한 고민이기도 하다. 제주 예멘 난민 사건을 접하고 많은 한국인이 적대감이나 당혹스러움을 느꼈던 이유 중의 하나는 한국인과 예멘인 사이의 정서적 관계가 부족했기 때문이리라. 물론 우리는 우리와 특별한 관계가 없는 이들이라도 고통에 처한 인간이라면 누구나 환대해야 한다는 당위적 윤리에 호소해볼 수 있다. 하지만 문학이 이뤄야 할 아름다움은 그 문학 속에서 꿈꾸고 있는 윤리가 얼마나 극단적으로 보편적일 수 있는지의 문제일 뿐만 아니라, 그 윤리가 얼마나 깊숙하게 내면을 진동시킬 수 있는지의 문제이기도 하다. 그러므로 난민과 그들을 환대해야 할 이들 사이의 공통 감정과 공통 감각을 불러일으키는 '거리 좁히기'는 난민문학이 성취해야 할 중요한 과제 중 하나라 할 수 있다.

'거리 좁히기'의 구체적인 본보기는 하종오의 『제주 예멘』 시편 속에서 찾을 수 있다. 이 시집의 맨 처음에 배치된 작품부터 '거리 좁히기' 속으로 독자들을 불러들인다. 「아라비안나이트」는 예멘인들의 아랍 문화가 한국인들의 삶과 실제로 얼마나 친밀한 것인지를 드러낸다. "아마도 한국에서 자란 소년이라면" 누구나 "아라비안나이트" 이야기를 접했을 것이기 때문이다. 시적 화자는 아랍인들의 이야기가 흥미진진하고 천진난만한 까닭을 그들 자체가 "흥미진진"하고 "천진난만"한 인간이기 때문이라고 생각한다. 이야기는 그 이야기를 만들어낸 공동체 구성원의 심성과 근본적인 관계를 맺고 있기 때문이다.

> 그 옛 사람들이 아랍인들이라면
> 그 후손 되는 아랍인들도
> 그렇게 일속에 흥미진진하겠고
> 그렇게 마음이 천진난만하겠다고
> 요즘엔들 추측하지 않을 이유가 없다
>
> 세계명작으로 일컬어지진 못해도
> 매사 흥미진진한 도깨비 매사 천진난만한 도깨비를
> 등장시킨 이야기를 많이 만든 한국 사람들 같은
> 　　　　　　　　　　　　　　—「아라비안나이트」, 4~5연

나아가 이 시의 화자는 한국인들도 아랍인들처럼 흥미진진하고 천진난만한 인간이라고 덧붙인다. 한국인들은 흥미진진하고 천진난만한 "도깨비"의 이야기를 많이 만들었기 때문이다(「아라비안나이트」). 한국인들이 소년 시절에 아랍인들의 이야기인 아라비안나이트에 매료되는 이유도, 흥미진진하고 천진난만한 심성이 한국인들과 아랍인들에게 공통적이기 때문일 것이다. 이처럼 하종오 시는 아라비안나이트가 한국인에게 친숙하다는 평범한 사실을 색다르게 주목함으로써, 아랍인과 한국인의 공통된 정서를 느끼게 하는 데 성공한다.

　비단 이야기뿐만 아니라 여러 가지 측면에서 예멘인과 한국인의 삶은 관계를 맺고 있다. 하종오의 『제주 예멘』 시편은 너무나 일상적이거나 사소해 보이는 일들 속에서 그 밀접한 관계성을 예리한 시선으로 포착해낸다. 단적인 예로 「커피나무」와 「예멘 모카커피」를 꼽을 수 있다. 커피를 마시는 일은 많은 한국인의 일상이다. 예멘은 한국인들이 즐겨 마시는 커피 품종의 산지이기도 하다. 제주 예멘 난민 사건이 일어나기 전부터, 예멘의 토양에서 자라난 커피 원두와 그 속에 담긴 예멘인들의 노동은 이미 한국인들의 신체와 접합되어 있었다. 하종오의 시에서 제주 예멘 난민 사건은 당혹스럽거나 불쾌한 일이 아니라, 커피 원두로 연결되어 있었던 예멘인과 한국인의 연결고리를 분명히 드러내는 사건으로 표현된다.

기쁠 때나 슬플 때나 외로울 때나 즐거울 때나
모두 모두 커피를 마셔왔을 것이다
커피나무를 국화로 삼은 나라에서 온 이들이라면
나와 희비애락을 같이 느끼겠다고 생각한다
　　　　　　　　　　　　　　　　　　－「커피나무」, 부분

이토록 맛있는 커피를 생산하는 사람들이
그토록 처참하게 고통을 받는다는 사실을 되새기게 된다
예멘 모카커피가 왜 맛있는 가운데서도 쓴지를 생각한다
　　　　　　　　　　　　　　　　　　－「예멘 모카커피」, 부분

　위에 인용한 작품 두 편은 감각적인 측면에서 커피의 물질성
을 통해 예멘인과 한국인의 숨은 연결고리를 드러내는 동시에,
감정적인 측면에서 예멘인과 한국인의 정서적 상호작용을 표현
한다. 「커피나무」의 시적 화자는 제주 예멘 난민 사건 이후로,
자신이 마시는 커피 속에서 예멘인들의 정서를 느낀다. 예멘인
도 한국인처럼 기쁨과 슬픔과 외로움과 즐거움을 느낄 때마다
커피를 마셨으리라.
　이 시는 예멘인의 "희비애락"이 한국인의 "희비애락"에 영향
을 미치고, 그리하여 한국인이 자신의 "희비애락"을 통해 예멘
인의 "희비애락"을 짐작해보는 정서적 상호작용을 형상화한다.
하종오의 난민 신청자 시편은 난민을 불쌍히 여겨야 한다는

거짓된 동정 또는 당위적 구호 일체를 멀리한다. 다만 예멘인들도 "나와" 같이 "희비애락을 느"낄 수 있는 존재임을 느끼는 것에서부터 출발하고자 한다. 난민을 희비애락을 느끼는 인간으로 느끼는 것. 그 느낌은 인간성을 훼손하는 모든 권력에 대해 최소한도의, 그리고 근본적인 균열을 가한다고 할 수 있다.

또한 「예멘 모카커피」는 공통 감각과 공통 정서를 놀라울 만큼 절묘하게 통합시킨다. 미각만큼 개인과 민족에 따른 차이가 크기도 하지만, 또 미각만큼 인류 전체에 보편적인 생명의 감각도 없을 것이다. 예멘 모카커피가 "맛있는 가운데서도 쓴" 맛을 낸다는 것은 미학적이면서도 고통스러운 인간적 삶의 감각을 느끼게 한다. 그 때문에 시적 화자는 그 "맛있는 커피를 생산하는 사람들이 / 그토록 처참하게 고통을 받는다는 사실을 되새기게 된다"고 진술한다. 예멘인과 한국인에게 커피는 맛있으면서도 쓰다는 공통 감각을 발생시킨다. 이러한 커피의 공통 감각은 한국인 시적 화자의 정서가 내전으로 고통받는 예멘인의 정서로부터 영향을 받도록 하는 것이다.

하종오의 난민 신청자 시편은 제주 예멘 난민 사건을 풀어가는 데 가장 중요한 것이 정치도 경제도 윤리도 아니라 감각과 정서의 문제라는 사유에서 출발한다. 정서라는 차원에 토대를 두지 않은 사고방식은 인간의 인간다움과 필연적으로 괴리될 위험이 있다. 이토록 단순해 보일 만큼 근본적인 하종오 시의 사유는 상상력과 감정이 메마른 우리의 마음속에서 눈물과 같은 최소한의 물기를 끌어올리고 있다. 감각과 정서는 가장 근본적으로 사회적이며 정치적이다. 그 때문에 하종오의 난민 시편은 '거리 좁히기'가 사회 구조 속에서 실질적으로 얼마나 중대한 문제인지를 날카롭게 포착한다.

내전 중인 조국에서
총 맞아 죽기 싫어 떠난 예멘 젊은이들이
갑자기 제주에 몰려들어와 난민 신청했을 때
아랍어를 쓰는 그들로 해서
이이상 씨는 실업자가 될지도 모른다는 뜬금없는 불안이 생겨
그들을 추방해야 한다고 주장했다

예멘 젊은이들이 한국에서 살아가지 않게 된다면
이이상 씨는 수능 시험을 쳤던 아랍어 한 낱말이라도
말로 하거나 글로 쓸 기회가 있을지 미처 생각하지 못했다
　　　　　　　　　　　　　　　　—「제2외국어」, 3~4연

김일국 씨의 아버지가 못살던 시절을 아예 잊어버리고는
처음부터 잘살았다는 행세해도
아무렇지도 않은 나라 한국으로
중동에서 젊은 아랍인들이 난민으로 들어오자,
일자리가 줄어들지 모른다고 불안해하는 또래들과 함께

그는 강제 출국을 청원했다

　　물론 김일국 씨는 미취업자여도

　　애당초 젊은 아랍인들이 다닐 수 없는 직장을 선택해야 하는

　고학력자라는 걸

　　그의 아버지는 자랑스러워하면서

　　자신이 오직 돈 벌려고 중동에 갔다가 온 이력을 감추고

　　늦둥이 자식의 행동거지에도 눈감았다

—「중동」, 3~4연

　　위에 인용한 두 편의 시는 모두 예멘 난민 신청자의 강제 추방을 주장하는 한국인 청년들을 다룬다. 이는 시인 하종오가 『제주 예멘』 시편을 창작하게 되었던 주요 동기이기도 하다. '시인의 말'에서 하종오는 『제주 예멘』의 집필이 그 현상으로부터 촉발되었다고 밝혔다. 한국의 "청년과 여성 다수가" 제주에 입국한 예멘인들을 거부하면서 "난민 수용 반대 집회를 개최"했던 상황이 시인에게는 "대단히 충격적인 사건이었"기 때문이다. 하종오의 시편은 난민 신청자에 대한 일부 한국인들의 적대 현상을 '거리 좁히기'의 부족에서 비롯한 것으로 진단한다. 예컨대 "난민 수용 반대"와 같은 정치적 사건은 공통된 감각과 정서의 결여를 극명하게 드러내는 사건이다.

　　그러나 하종오 시 세계의 소중한 덕목 중 하나는 어떠한

인간이라도 책망과 힐난의 대상으로 규정하지 않는다는 점이다. 「제2외국어」와 「중동」은 난민 추방을 주장하는 한국의 청년들이 윤리적이지 못하다고 질타하지 않는다. 오히려 이 작품들은 한국 청년들이 그렇게 비인간적인 주장을 하게 된 데에도 나름의 인간적인 이유가 있다고 성찰한다. 「제2외국어」의 등장인물 "이이상 씨"는 대학을 졸업하고도 직업을 구하지 못한 상태다. 그는 예멘 난민 신청자들이 가뜩이나 부족한 한국 내의 일자리를 더 부족하게 만들지 않을까 하는 "불안" 때문에 난민들을 "추방해야 한다고 주장"한다. 또한 「중동」의 등장인물 "김일국 씨"는 자신의 아버지가 "오직 돈 벌려고 중동에 갔다가 온" 사실, 그렇게 자신의 "아버지가 못살던" 사실을 "아예 잊어버"리고 있다. 그 때문에 그는 "일자리가 줄어들지 모른다고 불안해하"면서 난민의 "강제 출국을 청원"한다.

　「제2외국어」와 「중동」에서 한국의 청년들이 난민 수용에 반대했던 까닭은 일자리가 부족하다는 불안을 느끼기 때문이다. 이처럼 난민에 대한 한국 청년의 적대감은 한국 청년의 탓이 아니라 일자리를 충분히 제공하지 못하는 국가의 구조적 문제에서 비롯됨을 하종오의 시는 날카롭게 포착한다. 우리는 누군가의 비윤리적인 행위를 순전히 그 사람의 책임으로 돌리는 데 익숙하다. 하지만 하종오의 시는 그것이 '사실'이 아님을 드러냄으로써, 우리의 익숙한 사고방식에 신선한 충격을 던져준다. 오히려 모든 인간이 비윤리적이지 않다는 '사실', 우리가 간과해

버리기 쉬운 그 '사실'을 드러냄으로써 독특하고도 탁월한 시적 성취를 거둔다. 하종오의 시를 '하종오 리얼리즘'으로 명명할 수 있는 까닭도 거기에 있다.

나아가 하종오의 시는 모든 인간이 서로를 잘살게 만들 수 있다는 진실까지 표현해낸다. 「제2외국어」에서 "이이상 씨"는 "수능 시험"의 "제2외국어" 과목으로 "아랍어"를 공부했다. 따라서 난민 신청한 "예멘 젊은이"들이 한국에서 살아간다면 "이이상 씨"는 자신이 공부했던 "아랍어"를 활용할 기회가 많아질 것이며, 자신의 능력을 활용해서 직업을 얻을 기회도 더 많아질 것이다. 또한 「중동」의 "김일국 씨"는 "애당초 젊은 아랍인들이 다닐 수 없는 직장을 선택해야 하는 고학력자"다. 한국 청년들의 학력이 높은 이유는, 그들의 부모 세대가 경제적으로 자녀 교육을 지원해줄 수 있었기 때문이다. 특히 "김일국 씨"의 아버지가 "김일국 씨"의 교육을 지원해줄 수 있었던 것은 "중동"에 가서 돈을 벌어왔기 때문이다. 먹고살기 위해서 자신의 고국까지 떠나야 하는 사람은 남을 못살게 하는 사람들이 아니다. 이처럼 하종오 시의 '거리 좁히기'는 예멘인들과 한국인들이 서로 잘 살게 할 수 있다는 사실을 제시한다.

하지만 예멘인과 한국인의 거리를 좁히는 하종오의 시적 상상력은 현시대에만 국한되지 않는다. 그의 시는 과거의 역사 속에서도 '거리 좁히기'의 가능성을 탐지한다. 단적인 예로 「아랍인」은 "삼국유사에 나오는 처용"과 같이 한국의 역사와 얽혀 있는 아랍인을 상기시킨다. 이 시의 화자는 예멘 난민 신청자를 "역신을 물리친 처용과 같은 아랍인"으로 상상해보자고 제안한다(「아랍인」). 『삼국유사』는 바다로부터 유입된 이방인을 배척해야 할 대상이 아니라 한국 내의 문제를 해결해주는 존재로 서술했다. 순혈주의적인 '단일민족'의 전통과 달리, 이방인들과 그들이 가져다줄 활력을 긍정했던 역사적 상상력이 우리의 기억 속에는 잠재해 있는 것이다. 이처럼 하종오 시는 예멘인들과 한국인들 사이의 '거리 좁히기'를 가능케 하는 역사적 기억을 환기한다. 특히 이번 시집의 표제작인 「제주 예멘」은 놀라움뿐만 아니라 삶의 비애와 역사의 무게까지 함께 담아낸 문제작이다.

> 제주 청년 고남도 씨는 1948년
>
> 바람 세찬 어느 날
>
> 배에 숨어 일본으로 밀항했다
>
> 폭도로 몰려 토벌대에 학살당한 이웃들이
>
> 어디에 묻혔는지 알 수 없는 제주에서
>
> 비탈밭을 일구기가 괴로웠던 그는
>
> 일본인 밑에서 허드렛일하며 겨우 먹고 살아남아
>
> 일본말을 터득하고
>
> 일본에 세금 내는 거주민이 되었으나
>
> 제주에 불던 바람이 잊히지 않아

나무들이 흔들리는 날이면 날마다

비탈밭을 떠올리다가 늙어 죽었다

예멘 청년 모하메드 씨는 2018년

바람 세찬 어느 날

비행기를 타고 제주로 입국했다

반군과 정부군이 이웃들을 사이에 두고 총질하고

동네에 폭탄 터뜨리는 예멘에서

바람에 흔들리는 나무들에 대해서도 가르치던

초등학교 교사였던 그는

농사일을 해본 적 없고

고기잡이배를 타본 적 없어

말이 통하지 않는 제주에서

난민 신청자에게 주는 생계비로 버티며

우선 먹고 살아남을 일자리를 찾으러 다니다가

바람 부는 날이면 날마다

초등학교 교실을 떠올리며 살날을 헤아렸다

―「제주 예멘」, 전문

위 시는 1연의 제주 4·3 사건과 2연의 제주 예멘 난민 신청 사건을 구조적으로 짜임새 있게 병치시킨다. 전자의 사건과 후자의 사건 사이에는 "1948년"과 "2018년"이라는 70년의 시간적 격차가 존재한다. 더욱이 전자의 사건과 후자의 사건 사이에는 어떠한 인과관계도 존재하지 않는다. 하지만 위 작품은 각기 떨어져 있는 것처럼 보이는 두 개의 사건을 제주도라는 특정 장소 속에서 연결한다. "제주 청년 고남도 씨는" 4·3 사건의 트라우마로 인해 "일본으로 밀항"해야만 했던 난민이었다. 또한 "예멘 청년 모하메드 씨는" 내전 때문에 무고한 이들이 죽어가는 나라를 떠나 제주에 왔다. 이 작품에서 과거의 제주 청년과 현재의 예멘 청년은 시간적 인과관계라는 일상의 법칙을 벗어나서, 난민이 되어야만 했던 인간의 비극적 운명으로 묶여 있는 것이다.

이처럼 무관해 보이는 두 사건을 연관시키는 시적 사유는 아무런 의도도 없는 대지로부터, 그 위에서 살아가야 하는 인간의 비극적 운명을 신비롭게 발굴해낸다. 현실에서는 "고남도 씨"와 "모하메드 씨" 사이에 직접적인 연대가 이루어진 바 없다. 그러나 '거리 좁히기'의 상상력은 각 민족의 심장에 아로새겨진 살육에의 기억과 고통의 감정을 서로 공명시킴으로써 시공간적 경계 너머의 연대를 선취한다.

차이의 소통 가능성에 주목하는 '거리 유지하기'

한편 남들과 우리들 사이의 획일적 동화만을 강조하는 논리는 조화와 공생의 지향이 아니라 폭력과 억압의 반복을 낳는다. 그러므로 난민문학은 '거리 좁히기'라는 과제뿐만 아니라 '거리 유지하기'라는 과제를 동시에 수행해야 한다. 여기에서 거리를 유지한다는 것은 난민들과 그들을 받아들이는 이들 사이의 차이에 대해 섬세히 들여다보는 태도를 의미한다. '거리 유지하기'는 난민들과 그들을 받아들이는 이들이 서로 완전히 무관하다고 보는 태도와 거리가 멀다. 남들이 우리와 아무런 상관없는 남들일 뿐이라고 생각하는 태도는 우리가 남들에게 저지르는 차별과 폭력을 정당화한다. 우리가 남들과 전혀 별개의 우리일 뿐이라고 생각하는 태도는 우리를 폐쇄된 고립지대에 가둬놓는다. '거리 유지하기'는 남들과 우리들의 차이를 소통 불가능성의 원인으로 규정하는 것이 아니라, 그 차이가 오히려 소통 가능성의 근본 조건임을 고려하는 것이다.

> 그리고 이국에서 온 난민에게
> 한국인에 동화하기를 바라지 말아야 한다고
> 나는 주장한다
> 한국인도 각자 서로 달라서 말싸움도 하고 몸싸움도 한다
> 사람이 모두 생각과 느낌이 같은 존재가 되어버리면
> 혹자가 도둑을 꿈꾸게 될 때 나머지도 따라서 도둑을 꿈꾸게
> 되고
> 또 혹자가 죽음을 꿈꾸게 될 때 나머지도 따라서 죽음을 꿈꾸게
> 된다
>
> ─「끔찍한 인간사」, 부분

위 작품에서 시적 화자는 "이국에서 온 난민에게 / 한국인에 동화하기를 바라지 말아야 한다고" 주장한다. 서로 다른 국가의 인민들이 충돌하거나 교섭할 때, 동화와 이화의 문제는 중요하게 제기된다. 한국인의 역사적 체험 속에서 동화同化와 이화異化의 논리가 심각하게 대두한 경우로는 일제강점기를 꼽을 수 있다. 한편으로 일본 천황제 파시즘은 피식민지인 조선의 인민들에게 '동조동근同祖同根(한국인과 일본인은 조상도 같고 뿌리도 같다)' 과 같은 '내선일체內鮮一體(조선과 일본은 하나다)' 담론을 주입하고자 했다. 그와 같은 동화의 논리는 조선인의 주체성을 소거하려는 폭력적 논리였다. 다른 한편으로 동화의 논리는 이화의 논리와 동전의 양면 같은 관계를 맺고 있었다.

일본 제국주의는 표면적으로 조선인을 일본인에 동화시키고자 했을 뿐, 심층적으로는 조선인을 일본인보다 하위의 등급에 위치시키고자 했다. 이화의 논리는 '1등 국민'인 일본인에 의해서 '2등 국민'인 조선인이 지배·착취되는 것을 정당화하기 때문이다. 요컨대 동화의 논리는 서로 다른 국가의 인민들 사이에 우월과 열등의 일방적 위계서열을 설정하며, 우월한 쪽으로 열등한 쪽을 환원시키려는 폭력적 사고방식이라고 할 수 있다.

동화의 논리에 담긴 폭력성을 알기에, 위 시의 화자는 예멘 난민 신청자들에게 동화를 요구하지 말아야 한다고 사유한다. 그러면서도 위 시는 동화 작용으로 인해 "인간사"가 얼마나

"끔찍"해질 수 있는지를 논리적으로 설명하지 않는다. 대신에 동화의 끔찍함을 시적으로 표현한다. 동화의 궁극적 귀결점은 "사람이 모두 생각과 느낌이 같은 존재가 되어버리"는 것과 같다. 그렇게 되면 "혹자가 도둑을 꿈꾸게 될 때 나머지도 따라서 도둑을 꿈꾸게 되고 / 또 혹자가 죽음을 꿈꾸게 될 때 나머지도 따라서 죽음을 꿈꾸게" 될 수 있다. 동화의 논리에 담겨 있는 끔찍함을 이토록 압축적이고 참신하며 강렬하게 표현한 사례는 쉽게 찾아보기 힘들 것이다.

예멘 난민 신청자들을 한국인에 동화시키려면, 우선 '한국인'이라는 집단이 단일한 정체성을 지닌 것이어야 한다. '한국인'이라는 집단의 정체성이 단일하지 않으며 오히려 복잡하고 다양한 것이라면, 예멘 난민 신청자들을 한국인에 동화시킬 수 있다는 말 자체가 근본적으로 성립할 수 없기 때문이다. 하종오의 시적 사유는 '한국인'의 '단일한 정체성'이라는 허상 자체에 균열을 가함으로써, 동화의 논리를 가장 근본적인 관점에서 무력화한다. "한국인도 각자 서로 달라서 말싸움도 하고 몸싸움도 한다"는 것이다. 일부 한국인들이 대부분 무슬림인 예멘 난민 신청자들을 잠재적 범죄자로 여기며 두려워하는 것도, 예멘 난민 신청자들을 '단일한 정체성'으로 환원시키는 사고방식일 뿐이다.

하지만 하종오의 시적 사유는 예멘 난민 신청자들뿐만 아니라 한국인들도 잠재적으로 범죄자가 될 수 있다는 사실을 통렬하게 지적한다. 그러므로 하종오의 난민 시편에 나타나는 '거리 유지하기'는 난민을 신청한 집단이나 난민을 받아들이는 집단을 '단일한 정체성'으로 환원하는 것이 아니라, 어떠한 집단도 다양한 정체성으로 이루어져 있음을 드러낸다.

이처럼 「끔찍한 인간사」는 날카로운 시적 사유와 표현을 통해서, 예멘 난민 신청자들을 한국인에 동화시키려는 욕망이 얼마나 부조리하고 허황한 일인지를 잘 보여준다. 위의 작품이 주로 '한국인'이라는 집단 내부의 다양성을 드러낸다면, 또 다른 작품 「일 년 가족」은 '예멘 난민 신청자'라는 집단 내부에도 획일화할 수 없는 이질적 목소리들이 존재함을 묘파한다.

적어도 앞으로 일 년 동안
가족이 포탄에 맞거나 총에 맞아
피 흘리며 죽지 않고
일해서 밥 먹고 살 수 있도록
인도적 체류 허가를 한 한국에
유수프 씨는 일단 감사했다
지금 예멘에 머물고 있다면
일거리가 없어 먹고살기 힘들다는 걸
빤히 아는 처지에
난민으로 인정해주지 않는 한국에
불만을 가질 수는 없었다
그러나 부인 나지마 씨와 딸 카디라 소녀는

생각이 달라서 한국이 못마땅했다

인간이 일 년 동안엔 꿈을 이룰 수 없는데

예멘인에게 일 년 동안 인도적 체류 허가를 했다는 건

한국에선 아예 꿈을 꾸지 말라는 암시로

부인 나지마 씨가 해석했고

인간에게 꿈을 꾸지 말라는 암시는 몽매나 야만이라고

딸 카디라 소녀가 반응했다

가만히 듣고 있던 유수프 씨가 갑자기

예멘에서 전쟁하여 예멘인 모두의 꿈을 산산조각 낸

이슬람 수니파와 시아파가

더 몽매하고 더 야만하다고 소리를 질렀다

그건 그렇지만 …… 피난 온 가난한 예멘인들을

평화롭고 잘사는 한국이 넉넉하게 받아들이지 못하는 건 ……

부인 나지마 씨와 딸 카디라 소녀는 볼멘소리를 시작했다

—「일 년 가족」, 전문

위 작품에서 남편 "유수프 씨"는 예멘 난민 신청자들에게
"일 년 동안"만 "인도적 체류"를 "허가"한 한국 정부에 대해
"불만을 가질 수는 없"다고 생각한다. 그 허가 덕에 "적어도
앞으로 일 년 동안"은 전쟁의 위협을 피할 수 있기 때문이다.
그와 대조적으로 부인 "나지마 씨"와 딸 "카디라"는 난민 인정을
회피하는 한국 정부에 대해 불만을 드러낸다. 먼저 "나지마

씨"는 일 년이라는 기간이 인간의 꿈을 이루기에 너무 짧은 시간이므로, 겨우 일 년의 체류를 허가한 것은 "아예 꿈을 꾸지 말라는 암시"나 다름없다고 생각한다. 딸 "카디라"는 어머니의 생각을 더 심화한다. 어머니가 "꿈을 꾸지 말라는 암시"로 일 년의 체류 허가를 해석했다면, 딸은 "꿈을 꾸지 말라는 암시는 몽매나 야만이라고" 재해석한다. 이는 아버지와 어머니와 딸의 생각이 다양한 목소리로 분출되는 정황을 제시함으로써, 예멘 난민 신청자라는 집단이 단일한 정체성으로 환원될 수 없음을 느끼게 한다.

여기에서 특히 주목할 점은 작중 인물의 목소리를 분화시키는 형식적 기법의 놀라움이다. 첫째로, 작중 인물의 목소리는 젠더의 측면에서 나뉘고 있다. 아버지라는 남성 인물은 한국 정부의 결정에 감사한다고 발화한다. 반면에 어머니와 딸이라는 여성 인물의 목소리는 한국에 불만을 제기함으로써 남성 인물의 목소리와 충돌을 일으킨다. 문학 텍스트에서 '누가 어떻게 무엇을 말하는가?'에 해당하는 형식적 요소로서의 목소리는, 단순히 형식적 요소에만 그치지 않고 그 텍스트를 둘러싼 사회의 권력 구조나 이데올로기적 맥락과 밀접하게 맞물린다. 예컨대 위 시에서 "부인"과 "소녀"의 목소리는 "해석"이나 "반응"과 같이 내향적인 방식으로, 또는 "볼멘소리"와 같이 권위적이지 않은 방식으로 자신의 의사를 드러낸다. 반면 "소리를 질렀다"라는 표현에서 단적으로 확인할 수 있듯이, 남성 인물의 목소리는 외향적이며 권위적인 방식으로 발화된다. 이처럼 인물의 목소리를 젠더화한 시적 기법은 성별 간의 불평등한 권력 구조를 예리하게 드러낸다.

나아가 목소리의 젠더화 기법은 성별에 따라 다르게 작동하는 이데올로기를 효과적으로 표현해준다. 오늘날까지도 지배적인 이데올로기는 여성을 사적이고 내면적인 영역에 더욱 적합한 존재로, 남성을 공적이고 외면적인 영역에 더욱 적합한 존재로 배치하려 한다. 위 작품에서도 여성 인물의 목소리는 인간의 '꿈'이라는 사적·내면적 가치를 판단의 척도로 삼음에 따라서, 꿈의 실현을 허용치 않는 한국 정부의 몽매함과 야만성에 대해 비판적 언어를 발화한다. 이와 대조적으로 남성 인물의 목소리는 전쟁을 자행하는 "이슬람 수니파와 시아파"에 비해서 한국이 덜 몽매하고 덜 야만적이라는 생각을 표출한다. 이는 국가나 정파와 같은 공적·외면적 가치를 판단의 척도로 삼은 것이다. 요컨대 여성 인물의 목소리는 인간의 꿈이라는 가치 척도에 비춰서 한국이 그 척도에 미달함을 고발한다면, 남성 인물의 목소리는 정치적 권력이라는 가치 척도에 따라서 한국 정권을 예멘의 정치 집단보다 더 긍정적으로 평가한다.

그러나 위 시에서 가장 경이로운 대목은 여성과 남성을 사적 영역과 공적 영역에 배치하려는 기존의 지배적 이데올로기가 어떻게 전복되는지를 표현하는 데까지 나아간다는 점이다. 비록 한국이 예멘보다 더 평화롭고 잘사는 국가처럼 보일지 모르지만, 여성 인물은 인간의 꿈을 이룰 수 없게 하는 한국도 예멘처럼 한계가 있는 국가라고 말할 수 있다. 여성 인물의 목소리는 인간의 꿈과 같이 가장 보편적이고 이상적인 기준에 따라, 그 기준에 미치지 않는 국가들의 한계를 적극적으로 비판할 수 있는 것이다. 그 때문에 개인적이고 정서적인 견해처럼 발화되는 여성의 목소리는 오히려 "일 년"이라는 기간이나 "인도적 체류 허가"라는 제도로 한정될 수 없을 만큼 보편적이고 거시적인 견해로 확장된다. 반대로 남성 인물은 '예멘이냐 한국이냐'라는 국가 중심적 관점에 따라 예멘보다 한국이 더 낫다고 판단하면서, 한국에 대한 비판적 시선을 스스로 차단한다. 따라서 훨씬 더 정치적이고 공적인 견해처럼 발화되는 남성의 목소리는 오히려 한국 정부의 비인간적인 결정에 쉽게 순응해버릴 만큼 협소하고 근시안적인 견해였다는 진실이 드러난다.

위 시의 마지막 3행에서 여성의 목소리를 "그건 그렇지만"이나 줄임표("……")의 어조로 표현한 것도 그러한 맥락에서 해석할 수 있다. 먼저 "그건 그렇지만"은 앞의 내용을 인정하면서도 그 한계를 지적하기 위한 접속 부사다. 정치경제학적인 관점으로만 본다면 한국이 예멘보다 더 낫다는 남성 인물의 판단도 나름 타당하다고 볼 수 있다. 그 때문에 남성 인물의 발화는 "일단"과 같이 일시적이고 표피적인 긍정의 어법을 취한다. 하지만 어떠한 국가라도 인간에게 꿈을 이루지 말라고 암시한다면, 그 한계는 반드시 "그건 그렇지만"이라는 접속 부사를 통해

지적해야 할 것이다.

　다음으로 이 대목에서 줄임표는 적극적으로 주장하기 어려우나 분명히 하고 싶은 말이 있을 때 쓰는 문장 부호다. 비록 여성 인물의 목소리는 남성 인물이 크게 소리 지르는 것처럼 강하게 나타나지 않는다. 그러나 줄임표의 침묵은 이방인들이 아직도 한국에서 고통받고 있다는 여성의 목소리를 남성의 큰소리보다도 더 절절하게 전한다. 우리에게는 "일단"보다도 "그렇지만"과 줄임표의 어법이 더 많이 필요하다. 그것은 모든 인간이 저마다의 꿈을 이룰 수 있을 때까지 어떠한 타협이나 한계도 단호하게 거부하려는 언어 자체의 몸짓이라 할 수 있다.

　「일 년 가족」에서 '거리 유지하기'의 관점은 예멘 난민 신청자라는 집단 내부에 얼마나 다양하고 이질적인 목소리들이 공존하는지를 포착한다. 이러한 이질적 목소리는 더욱 근본적이고 보편적인 인간다움이 무엇인지를 더욱 환하게 열어 밝힌다. 요컨대 난민문학의 '거리 유지하기'는 인간의 다양성을 포착할 뿐만 아니라, 그 다양성이 지금보다 더 보편적인 인간다움을 마련할 수 있음을 감지하기에 이른다. 이와 같은 특성은 시집 『제주 예멘』의 맨 마지막에 있는 작품 「한국판 아라비안나이트」에서 극대화한다. 시집의 앞쪽에 배치된 「아라비안나이트」의 '거리 좁히기' 방식이 한국인과 아랍인 간의 공통성을 상기시킨다면, 그것과 짝을 이루는 「한국판 아라비안나이트」의 '거리 유지하기' 방식은 한국인과 아랍인 간의 문화적 이질성에 의해 더 풍요로운 문화가 창출될 수 있음을 예감케 한다.

한국에 온 예멘인들이 쉽사리
예멘으로 돌아가지 않기를 바란다
아이 적에 아라비안나이트를 읽은 노인은 많고
그 자손은 줄어드는 한국에서
예멘인들이 여기저기 흩어져
예멘계 한국아이들을 낳아 기르면서
아라비안나이트를 재창작하여
옛이야기로 들려주면 좋겠다
예멘에서 일어났던 전쟁이야기에선
부상당한 어른들과 굶주린 아이들을 구하는 주인공으로
김씨 성을 가진 새로운 알라딘을 등장시키면,
한국에서 살아온 예멘인들 이야기에선
힘없는 이웃을 도와주는 주인공으로
이씨 성을 가진 새로운 알리바바를 등장시키면,
예멘인들과 한국인들 사이가 좋아진 이야기에선
예멘인들이 한국 땅에 심어 키운 모카커피나무에서
원두를 따서 한국인들에게 나눠주는 주인공으로
박씨 성을 가진 새로운 신드바드를 등장시키면
예멘계 한국아이들이 듣고는
정주민 한국아이들에게 전할 적엔

스토리를 늘이고 줄이고

등장인물들을 보태고 빼어서

한국판 아라비안나이트를 재창작한다고 믿는다

예멘계 한국아이들이든 정주민 한국아이들이든

그중에 걸출한 입담꾼들이 있어

재미가 한층 더 나도록 서로 다투어 꾸며서 옛이야기를 풀어내면

너무나 다양해진 한국판 아라비안나이트가

수십 년 수백 년 입에서 입으로 전해지다가

세계아이들이 반드시 읽어야 하는 필독서,

각국어로 번역된 세계명작으로 출간되기를 바란다

　　　　　　　　　　　—「한국판 아라비안나이트」, 전문

　위 작품은 크게 세 부분으로 나누어볼 수 있다. 먼저 시의
1~8행은 예멘인들이 한국에서 자손을 낳으며 한국판 아라비안
나이트를 창작하면 좋겠다는 시적 화자의 바람을 표현한다.
다음으로 시의 9~23행은 "예멘계 한국아이들"이 어떠한 내용과
방법으로 한국판 아라비안나이트를 창작할 것인지에 관해서
시적 화자가 상상하는 부분이다. 마지막으로 시의 24행부터
마지막 30행은 한국판 아라비안나이트가 계속 다양해지며 전승
되어서 "세계아이들"의 필독서가 되기를 희망하는 내용이다.
　첫 번째 부분에서 시적 화자는 "한국에 온 예멘인들이 쉽사리
/ 예멘으로 돌아가지 않기를" 소망한다. 그렇게 되면 예멘인들

은 한국에서 아이들을 낳을 것이다. 그들의 부모가 그들에게 아라비안나이트 이야기를 들려주던 것처럼, 그들도 그들의 자손에게 이야기를 들려줄 것이라고 예상해볼 수 있다. 이야기에는 이야기꾼의 지문이 묻어난다. 이야기에는 그 이야기를 꾸며내고 전승하는 이들의 삶과 환경이 자연스레 녹아든다. 한국에 온 예멘인들의 이야기에도 그들 자신의 체험이 스밀 것이다. 오랫동안 예멘인들이 즐겨왔을 아라비안나이트는 한국에 퍼져나가 한국판 아라비안나이트로 바뀔 수 있다. 제각기 퍼져나간 씨앗들이 토양에 따라 전혀 다른 모양으로 싹을 틔우기도 하는 것처럼.

두 번째 부분에서는 한국판 아라비안나이트가 만들어지고 전파되는 과정을 더욱 구체화한다. 예멘 난민 신청자들은 예멘에서 전쟁을 체험했다. 그 체험은 한국판 아라비안나이트 속으로 스며든다. 전쟁의 비극 속에서 인간의 온정에 목말라했던 체험은 "부상당한 어른들과 굶주린 아이들을 구하는" 이야기 속에 스며들어 있는 것이다. 그와 마찬가지로 예멘 난민 신청자들이 한국인으로부터 환대를 체험한다면, 그 체험은 "힘없는 이웃을 도와주는" 이야기 속에 녹아들지 않겠는가.

아무리 굳건한 문화라도 이질적인 문화를 무조건 배척한다면 고립 속에서 메말라죽는 운명의 행로를 밟고야 만다. 반면 "예멘인들이 한국 땅에 심어 키운 모카커피나무"처럼, 위 작품에서 아라비안나이트라는 아랍인의 문화적 씨앗은 한국이라는 토양에 뿌리를 내림으로써 독특하고도 아름다운 꽃을 피운다.

이야기는 생물의 종種과 같이 진화론을 따른다. 현재와 미래에도 생명력이 있는 종은 계속 살아남듯이, 여전히 감동과 흥미를 줄 수 있는 이야기는 계속 살아남는다. 그리고 "예멘계 한국아이들"은 그들의 부모로부터 전해 들은 한국판 아라비안나이트를 "정주민 한국아이들"에게 전할 것이다. 나아가 특정 생물의 종이 주변 환경의 변화에 적응하며 진화하듯이, 특정한 이야기도 그 이야기를 공유하는 집단의 환경에 따라 끊임없이 진화한다. "예멘계 한국아이들"과 "정주민 한국아이들"도 한국판 아라비안나이트를 "수십 년 수백 년 입에서 입으로" 전승하며 "재미가 한층 더 나도록" 그 이야기를 끝없이 진화시킬 것이다.

한편으로 그 이야기는 예멘인들과 한국인들의 교류를 담고 있다. 이는 전 세계에서도 찾아보기 힘든 특수성을 지닌다. 동화가 어느 한 편의 특수성을 소거시켜서 다른 한편으로 일반화한다면, 교류는 각자의 특수성이 상실되지 않은 채 서로 어울려 제3의 특수성을 낳는다. '거리 유지하기'가 없다면, 이러한 교류는 가능하지 않을 것이다. 나아가 그 이야기는 예멘과 한국의 비인간적 현실에 대항하는 의지를 담고 있으며, 국경을 초월한 연대와 평화에의 꿈까지도 담고 있다. 이는 전 인류에게 길이 남을 수 있는 보편성을 지닌다. "부상당한 어른들과 굶주린 아이들을" 구하고 "힘없는 이웃을" 도와주는 인간의 마음씨는 시공간을 초월한 인류 공통의 가치이기 때문이다. 이렇게 하종오의 난민 시편에서 '거리 유지하기'는 이질적인 문화들의 교류가 더욱 새롭고 보편적인 문화로 이어질 수 있음을 입증해 보인다.

난민문학의 변증법을 향하여

한국문학은 이제 더 피할 수 없는 현실 앞에 서 있다. 국경을 넘어 전 지구적인 이동이 갈수록 활발하게 이루어지리라는 현실 앞에. 그러한 의미에서 제주 예멘 난민 신청자들을 다룬 하종오의 이번 시집은 단순히 사회적 이슈에 대한 것이 아니라 하나의 문학사적 지각변동과 같다.

하종오의 난민 시편은 지금까지 답보 상태에 머물러온 한국문학의 외연과 내포에 대해 근본적인 재검토의 필요성을 제기한다. 비한국인과 그들의 감성을 다룬 문학도 한국문학이라고 할 수 있는가? 이 물음에 대해 하종오의 시는 '거리 좁히기'라는 방법으로 응답한다. 한국문학이 한국인 중심의 시각에서 벗어나 비한국인의 문제를 표현할 수 있는가? 이 물음에 대해 하종오의 시는 '거리 유지하기'라는 방법으로 응답한다.

난민문학의 두 가지 과제, 즉 '거리 좁히기'와 '거리 유지하기'의 과제는 변증법적인 관계에 있다. '거리 유지하기'가 없는 '거리 좁히기'는 일방적으로 동화同化를 강요하는 것이다. '거리 좁히기'가 없는 '거리 유지하기'는 혐오와 편협함이 가장 잘 자랄 수 있는 이화異化의 환경을 제공한다.

그에 반해 하종오의 『제주 예멘』 시편은 난민문학의 변증법을 탁월하게 밀고 나간 하나의 모범이다. 여기에서 인간적 보편성과 문화적 다양성 사이의 역동적인 변증법은 난민문학의 진정한 가치를 이룩한다.

누온 속헹의 잠과 밥과 말을 위하여

농장에도 국경이 없는 이유

2020년 12월 20일 새벽에 31세의 캄보디아 출신 노동자 누온 속헹Nuon Sokkheng 씨는 경기도 포천시 일동면의 채소농장 비닐하우스 숙소에서 숨진 채 발견되었고, 2015년 시인 하종오는 한국 농촌에서 임노동을 하는 이주노동자에 관한 시집 『국경 없는 농장』을 펴냈다. 14편의 '비닐하우스 숙소' 연작을 비롯하여 시집에 실려 있는 작품들을 읽노라면, 5년 뒤에 속헹이 어떻게 죽어가게 될지를 이미 하종오의 시에서 말하고 있었다는 느낌이 든다. 그녀가 한국에서 농업노동자로 일하기 시작한 때는 2016년이었다. 하종오의 『국경 없는 농장』 시편이 독자들에게 현실을 보여주려고 했던 무렵에, 속헹은 그 시편 속의 현실을 살아가며 죽어갔다.

현실 앞을 서성이는 시의 무력함에 맞서서 이주 농업노동자의 현실을 무게감 있게 다룬 시집은 아직 『국경 없는 농장』밖에 없으므로 또다시 이 시집을 펼쳐 읽는다. 읽는 동안, 머릿속에는 이런 의문이 떠오른다. 왜 한국 시인들은 이주 농업노동자의 현실을 시로 쓰지 않는가? 무엇을 시로 쓸지는 시인 각자의 자유이므로 그 질문을 다음과 같이 고칠 필요가 있다. 어째서 하종오는 이주 농업노동자의 현실을 시로 쓸 수 있는가? 이주 농업노동자의 현실은 많은 이들의 눈에 걸리지 못하고 마음에 닿지 못하며 손끝에 가서 시로 쓰이지 못한다. 그것을 하종오는 눈에 담고 마음에 품어서 손끝으로 적었다. 그럴 수 있었던 까닭을 알아낸다면 나도 그럴 수 있을 것 같다. 이 글에서 그 방법을 아주 조금이라도 더 드러내어 알리는 것이, 지금도 이곳에서 되풀이되고 있을 속행의 고통을 아주 조금이라도 더 사라지게 할 수 있기를 희망한다.

『국경 없는 농장』은 하종오의 이주 '농업'노동자 시편이라는 점에서 특별하다. 시인은 이미 이주노동자의 현실을 다룬 시집을 여러 권 펴내었다. 그중에서도 특히 『국경 없는 공장』(삶이보이는창, 2007)은 그로부터 8년 뒤에 나온 『국경 없는 농장』과 그 제목에서부터 짝을 이룬다. 그렇다면 한국의 이주노동자들에게 '공장'과 '농장'은 어떻게 다른가? "한국에도 농촌에서 농사짓는 노동자가 / 도시에서 공장 다니는 노동자보다 / 수입이 적다는 걸 알지만 / 응엔 씨는 한국어 실력이 모자라서 / 도시

공장에선 일할 수 없고 / 농촌 축산농장에서만 일할 수 있었다
(「욕할 때」)" 이주노동자는 한국어 능력 시험에서 점수가 높으
면 공장으로 갈 수 있고 점수가 낮으면 농촌으로 가야 한다는
것이다. 이주 농업노동자가 한국어 능력이 부족하다는 이유
하나만으로 더 적은 임금을 받는 농촌에서, 한국말이 잘 통하지
않기에 얼마나 열악한 상황에 놓이기 쉬운가 하는 점은 충분히
짐작할 수 있는 일이다. 하종오 리얼리즘의 시선은 잘 사는
한국인이 아니라는 이유로 관심을 받지 못하는 이주노동자에게
로 향하며, 이주노동자 중에서도 더욱 열악한 상황에 내몰리는
이주 농업노동자에게로 파고든 것이다. 『국경 없는 농장』 중
「개 사육장」은 이주 공업노동자의 현실보다 더욱 절망적인
이주 농업노동자의 현실을, 그리고 더욱 절망적인 현실 쪽으로
파고드는 시인의 시선을 잘 보여준다.

　　가방공장 다니다가

　　개 사육장에서 일한 지 삼 년,

　　위레악 씨는

　　캄보디아 농촌을 떠나고 싶어

　　한국 공장에 취업했다가 그만두는 바람에

　　불법체류자 되어 농촌으로 숨어들었다

　　더 이상 갈 데 없는 자들이

마지막 찾아드는 곳이 농촌이라는 건
잘사는 한국이나 못사는 캄보디아나 비슷하다고
위례악 씨는 생각했다

도시에서 도금공장 하다가 말아먹고
농촌에서 개 사육장을 임대해 열었다는
사장의 신세타령을 들을 때면
개들이 개밥그릇에 채워지는 사료를
늘 최후의 식사로 알고 짖어대어도
몇 달치 봉급을 받지 못한 위례악 씨는
겨우 밥이나 주는 일자리나마 지키려고
입을 꾹 다물었다

위례악 씨가 몹시 아파 사육장에 나오지 못한 날,
사장이 아무 말도 하지 않고 개들을 팔아치우고 사라졌다

—「개 사육장」, 전문

위 작품은 잘사는 나라이든 못사는 나라이든 자본주의 사회인
나라라면 어디에서나 공장과 농장 사이의 철저한 위계서열이
존재함을 단순하면서도 짜임새 있는 서사로 표현한다. 한편으
로 위례악 씨가 캄보디아 농촌을 떠나 한국 공장에 취업했다는
서사는 농촌보다 공장이 자본주의 사회의 더 높은 서열에 있음을

이야기한다. 다른 한편으로 위레악 씨가 한국 공장을 그만두고 불법체류자가 되어 한국 농촌에 숨어들었다는 서사, 그리고 한국인 사장이 도시에서 공장을 운영하다가 말아먹고 농촌에서 개 사육장을 열었다는 서사는 공장보다 농촌이 자본주의 사회의 더 낮은 서열에 있음을 이야기한다. 위레악 씨가 농촌의 개 사육업에 종사한다는 서사적 설정, 그리고 위레악 씨가 몸이 아파서 출근하지 못한 날에 개 사육장이 처분된다는 서사적 결말은 그가 처한 현실의 비참함을 더욱 적실히 드러낸다. 월급도 주지 않는 농장에서 끼니만 해결하며 일하는 것은 "개들이 개밥그릇에 채워지는 사료를 / 늘 최후의 식사로 알고" 먹는 것과 병치를 이룬다. 그런 일자리마저도 위레악 씨가 일하지 못하는 날에 손쉽게 사라져버리는 것은 이윤이 나지 않는다는 이유로 사육장에서 키우던 개들을 팔아치우는 것과 근본적으로 다르지 않다는 진실이 위레악 씨와 개들의 병치를 통해서 더욱 차갑고 날카롭게 표현된다. 한국 청년들이 일하지 않는 한국 공장에서 이주노동자들이 일할 때, 시인의 시선은 이주 공업노동자들의 삶을 향했다. 그와 마찬가지로 공장에서 일할 수 없는 이주노동자들이 한국 농촌으로 밀려날 때, 시인의 시선은 이주 농업노동자들의 삶을 좇는 것이다.

　시의 본질적인 사명 가운데 하나는 보이지 않는 것을 보이게 하고 들리지 않는 것을 들리게 하는 일이다. 하종오의 이주민 시편은 한국 사회에서 살아가는 비한국인들의 삶을 통해서 그 사명을 수행한다. 더욱이 그는 비한국인 중에서도 한국어를 잘하지 못한다는 이유만으로 한국 사회가 귀 기울이려 하지 않는 사람들의 목소리를 한국어 시로 쓰고자 한다. 이러한 하종오 시의 특징을 '국경 없음'이라고 부를 수 있을 것이다. 시인이 국경 없는 시의 사명을 수행하도록, 즉 한국에서 소외당하고 고통받으며 살아가는 비한국인들의 삶을 한국어 시의 목소리로 표현하도록 추동하는 원천은 무엇인가? 시인에게는 한국 내의 세계인들도 한국인과 똑같은 사람이기 때문이다. 사람의 무한함 앞에서 국경들의 유한함은 너무도 작아서 없는 것과 같으며, 사람의 무한함은 이주 농업노동자의 삶까지 포함할 때에야 비로소 온전한 무한함일 수 있다. 사람이 국경보다도 훨씬 더 크고 넓다는 그 진리는, 공장에 국경이 없다는 것뿐만 아니라 농장에도 국경이 없다는 것까지 말하는 순간에 한결 더 뚜렷한 진리가 된다.

사회의 올바름을 판가름하는 사람다움의 조건

『국경 없는 농장』은 인간의 보편성, 즉 사람의 사람다움을 잠과 밥과 말에서 찾는다. 사람은 누구나 잘 잘 수 있어야 하고 잘 먹을 수 있어야 하며 잘 말할 수 있어야 한다는 것이다. 물론 사람다움이라고 부를 수 있는 것은 그보다 더 다양하다. 하지만 이주 농업노동자들은 비닐하우스 숙소와 같이 열악한 잠자리에서 잠을 자느라 한겨울에는 자칫하면 목숨을 잃을 수 있는 상황에 놓여 있다. 그들은 자기 가족을 더욱 잘 먹이기 위해서 한국 농촌에 왔다. 그들은 말을 잘해야 더 많이 돈을 벌 수 있고 더 정당한 대우를 받을 수 있다. 요컨대 잠과 밥과 말은 이주노동자의 사람다움과 직결하는 문제들이다. 「비닐하우스 숙소 한 채」는 잠과 밥과 말이라는 세 가지 측면으로 이주 농업노동자의 현실을 이해할 때에 이 사회의 한계가 더욱 잘 드러날 수 있음을 증명하는 작품이다.

처음으로 비닐하우스에 들어온

미얀마 청년 소모쩌 씨는

스티로폼을 주워 와

땅바닥에 깔고 잤다

그 다음으로 비닐하우스에 들어온

네팔 청년 프리찬다 씨는

중고 가스레인지를 주워 와

밥을 해먹었다

마지막으로 비닐하우스에 들어온

타이 청년 타파우퉁 씨는

낡은 텔레비전을 주워 와

틈만 나면 켜고 한국말을 익혔다

축산농장 사장이

가난했던 시절 임시거처로 사용하다가 집을 짓고는 비워둔
비닐하우스
특용작물 재배사로 사용하다가 축사를 마련하고는 비워둔 비닐
하우스
세 청년에게 사용하게 해 숙소가 된 비닐하우스
그럴 때마다 새 비닐을 덧씌워 새 집으로 바꾸었다

미얀마 청년 소모쩌 씨는 잠 실컷 자고 싶은 티를 냈고
네팔 청년 프리찬다 씨는 밥 맛있게 해먹고 싶은 티를 냈고
타이 청년 타파우통 씨는 한국말 잘하고 싶은 티를 냈으나
세 청년은 속으론 서로에게 그 세 가지가 고루 충족되기를
바랐다

축산농장 사장은
자신도 가난할 적에 비닐하우스에 살았으니
가난한 노동자는
당연히 비닐하우스에서 살아야 한다고 생각했다
　　　　　　　　　　　　　　　　－「비닐하우스 숙소 한 채」, 전문

비닐하우스 숙소에는 제대로 된 침구도, 제대로 된 취사 시설
도, 제대로 된 한국어 교육의 기회도 마련되어 있지 않다. 그러한
곳에서도 주워 온 스티로폼을 땅바닥에 깔고 자거나, 주워 온

가스레인지로 밥을 해 먹거나, 주워 온 텔레비전으로 한국말을 익히는 세 청년의 행위는 잠과 밥과 말이 사람다움의 가장 근본적인 조건임을, 수동적이면서도 능동적인 방식으로 웅변하는 듯하다. 사람다움을 보장하지 않는 환경에서도 어떻게 해서는 사람다움을 찾으려는 세 청년의 안간힘이 만들어낸 비닐하우스 숙소의 그 기괴한 풍경은 독자에게 섬뜩한 충격을 가한다. 한편으로 그 충격은 어떤 사람의 삶은 누군가 쓰다 버린 것들로 지탱되고 있다는 사실, 즉 쓰레기에 파묻히는 삶이 있다는 사실에서 비롯한다. 다른 한편으로 그 충격은 쓰레기에 파묻히는 삶이라 할지라도 사람다움을 향한 의지를 완전히 잃어버리지 않는다는 사실에서 비롯한다.

　세 청년의 사람다움은 왜 쓰레기로 이루어진 환경 속에서 위협받아야 하는가? 축산농장 사장이 세 청년에게 비닐하우스를 숙소로 제공하는 까닭은 사장의 성품이 본래 사악하기 때문은 아니다. 사장에게는 사장 나름의 정당한 논리가 있다. "축산농장 사장은 / 자신도 가난할 적에 비닐하우스에 살았으니 / 가난한 노동자는 / 당연히 비닐하우스에서 살아야 한다고 생각"한다. 잘사는 나라의 국민인 자신은 과거의 가난을 거쳐서 잘살게 되었으므로, 못사는 나라의 국민인 세 청년도 잘살게 되기 전에는 당연히 가난을 거쳐야 한다는 것이 축산농장 사장의 논리이다. 잘사는 나라와 못사는 나라는 물리적으로 같은 시간에 있더라도 경제적으로는 다른 시간에 있다. 이처럼 자본주의 경제

체제는 경제적으로 성장하지 못한 상태에서 경제적으로 성장한 상태로의 직선적 발전을 기본 모델로 삼으며, 그에 따라서 못사는 나라가 잘사는 나라의 성장 궤도를 종속적으로 따라가도록 몰아세운다. 축산농장 사장이 자신의 가난했던 과거를 세 청년에게 강요하는 서사는 세계 자본주의 체제와 그로 인한 경제선진국과 개발도상국 사이의 종속 구조를 시적으로 압축시켜 형상화한 것이다.

자본주의 체제하의 국가 간 경제적 종속 구조가 이주 농업노동자의 사람다움을 훼손하고 있다면, 이 문제를 어떻게 풀어야할까? 하종오 리얼리즘은 문제의 해결책을 직접 제시하거나 소리 높여 주장하는 프로파간다와 철저하게 거리를 두면서도, 해결책은 없다는 식의 비관주의에 침잠하지 않는다. 현실과 무관하게 하늘에서 뚝 떨어진 것 같은 해결책을 거부하며 오로지 지극히 자연스럽고 상식적인 사람살이의 의지와 욕구와 희망 속에서만 해결책을 엿보게 한다는 데에 하종오 시의 미덕이 있다. 그의 시는 이주 농업노동자들이 한국 농촌에 가서 일하고 돈 벌려는 의지 자체를 부정적으로 평가하지 않는다. 나아가 그의 시는 한국 농장의 사장들이 이주 농업노동자를 고용하려는 것 또한 농장을 운영하는 자의 정당한 욕망으로 그린다. 하종오의 시는 자본주의 체제가 근본적으로 잘못되었다거나 국가 간 경제적 종속 구조가 전면적으로 해체되어야 한다고 주장하지 않는다.

이 점을 잘 보여주는 사례로는 「국경 없는 농장과 단속」을 꼽을 수 있다. 이 시의 주요 서사는 열무농장에서 일하던 이주 농업노동자 여섯 명이 불법체류자 단속반 차량에 실려 가면서 벌어지는 이야기이다. 단속이 있던 날 낮에는 일손이 없어서 수확하지 못한 열무가 모두 뭉개지고 짓이겨진다. 그날 밤에는 농장 사장이 농약을 마셔버린다. 그 사장은 수도권에 사는 지주 로부터 땅을 빌려서 농사를 지었는데, 열무 농사를 망쳐서 지주 에게 비싼 임차료를 낼 수 없게 되었으므로 삶의 희망을 잃은 것이다. 이 모든 사건이 하루 동안에 일어난다는 서사는 한국 농촌의 문제들이 얼마나 복잡하고 긴밀하게 얽혀 있는지를 효과적으로 보여주는 놀라운 시적 상상력이라고 할 수 있다. 농장 사장 대부분이 농지를 빌려서 농사를 짓는 임차농이며 농지의 소유자 대부분이 수도권에 살면서 농지 임대료를 받는 부재지주라는 것은 명백한 사실이다. 농장 사장이 비싼 임차료 를 감당하기 위해서 이주노동자를 합법적으로 고용하지 못하고 불법체류자를 쓰는 것 또한 엄연한 현실이다. 이러한 사실과 현실을 고려하지 않고 불법체류자를 무조건 단속하는 것은 임차농의 삶과 이주 농업노동자의 삶 모두를 위태롭게 할 뿐이 다.

『국경 없는 농장』은 어떠한 종류의 시스템하에서도 이주 농업노동자가 사람답게 살 수 있는 조건이 보장되어야 하는 까닭을 현실 속에서 증명한다. 이주 농업노동자로부터 사람다움의 조건을 빼앗는 것은 그들을 죽이는 일일 뿐 아니라 한국 농촌 사회를 죽이는 일임을 하종오의 시는 있는 그대로 보여준다. 서로서로 살릴 때만 모두가 살 수 있다는 것이 하종오 리얼리즘에서 깊은 울림으로 표현하는 진리이다. 수많은 누온 속헹들이 잠과 밥과 말의 권리를 얼마만큼 누릴 수 있는지에 따라서 한국 사회의 올바름이 드러난다는 성찰. 그 성찰은 잘 보이지 않고 잘 들리지 않는 이주 농업노동자의 현실을 시로 쓰도록 시인을 이끌었을 것이다.

아래로부터, 세계로부터의 탈분단

아래로부터 통일을 일상화하기

2013년에 나온 두 권의 시집 『남북주민보고서』와 『세계의 시간』은 하종오가 『남북상징어사전』(2011)과 『신북한학』(2012)을 거쳐서 모색해나간 '탈분단 시'의 한 단계 더 진화한 지점에 자리한다. 하종오의 그 연작 시편을 '분단 시'나 '통일 시'라고 하지 않고 '탈분단 시'라고 하는 까닭은 무엇인가? 지금까지 한국 현대시에서 분단의 극복 및 통일의 모색을 표현해 온 방식과는 구별되는 독특함이 하종오의 연작 시편에 나타나기 때문이다.

첫째로, 『남북주민보고서』와 『세계의 시간』은 남북한이 단일한 '한민족韓民族'이기 때문에 분단을 극복하고 통일을 모색해야 한다고 말하지 않는다. 특히 『세계의 시간』은 남북한의 통일이 한민족 간의 단일성을 되찾기 위한 문제라기보다도 오히려 전 세계 간의 연대성을 누리기 위한 문제라고 말한다. 하종오의 탈분단 시편은 '민족으로부터'가 아니라 '세계로부터'라는 특징을 드러내는 것이다.

둘째로, 두 연작 시집에서 분단과 통일을 표현하는 방식은 민족주의 이데올로기에 근거하지 않을 뿐만 아니라 모든 종류의 추상적이고 경직된 이데올로기를 벗어나 있다. 특히 『남북주민보고서』는 특정한 "정치경제사회적인 구상이나 기획이나 논리"로부터 벗어나서 남북한 주민들이 직접 서로의 삶을 공유할 때 진정한 탈분단이 가능함을 말한다. 하종오의 탈분단 시편은 '위로부터'가 아니라 '아래로부터'라는 특징을 나타내는 것이다. 그렇다면 하종오의 연작 시편은 '아래로부터'와 '세계로부터'라는 특징들을 시적으로 어떻게 표현하는가? 그것들은 어째서 탈분단을 위한 새로운 관점일 수 있는가?

일반적으로 분단과 통일의 문제에 관한 시집을 읽는다고 한다면, 독자는 '남북한 통일이 반드시 이루어져야 하는 이유'가 그 시집에서 강조될 것이라고 예상하기 쉽다. 그와 달리 시집 『남북주민보고서』는 특정 이데올로기에 끼워 맞춰서 탈분단을 모색하지 않기 때문에, 탈분단을 당위적인 것으로 제시하지 않는다. 그 때문에 '남북한이 마땅히 통일을 이루어야 할 이유는 무엇인가?'라는 물음으로 접근하면, 그 해답을 시집 속에서 찾아내기 힘들 것이다. 다만 하종오의 연작 시편은 탈분단에 이르지 못하는 상태는 무엇이며 또한 탈분단에 가까워지는 상태는 무엇인지를 고찰한다. 당위에 사실을 종속시키는 것이 아니라 현실에 관한 고찰을 어떠한 논리의 규정보다도 앞세우는 것. 그것이 하종오 리얼리즘의 독특한 인식 태도이자 표현 방법이라고 할 수 있다.

먼저 이 시집에서 남북한이 탈분단에 이르지 못하는 상태는 남북한 주민들이 서로의 삶을 알지 못하는 상태로 표현된다. 「전후 출생」이나 「동승」 등과 같은 작품이 그와 같은 유형에 해당한다. 「전후 출생」에 등장하는 그와 그녀는 모두 한국전쟁 휴전 이후에 각각 김포와 개성에서 태어났다. 그가 개성에 가본 적이 없어서 개성 인삼이 얼마나 몸에 좋은지를 잘 모르는 것은 당연하고, 그녀가 김포에 가본 적 없어서 김포 쌀이 얼마나 맛좋은지를 잘 모르는 것은 물론이다. 따라서 그는 개성에 가보고 싶어 하지 않고, 그녀는 김포에 가보고 싶어 하지 않는다. 그 행간 속에는 섬세한 주의를 기울여야 할 의미가 숨어 있다. 휴전 이후에 태어난 그와 그녀는 서로의 고향에 가보고 싶어 하지 않기 때문에 서로의 고향을 잘 모르는 것이 아니다. 개성의 "좋은 인삼을 먹"어본 적이 있고 "송악산 산봉우리 바라보며 시름을 내려놓"아본 적이 있다면, 그는 때때로 개성에 가보고 싶다고 생각할지도 모른다. 김포의 "맛있는 쌀을 먹"어본 적이 있고 "한강물 잔물결 바라보며 시름을 씻고 돌아"온 적이 있다면, 그녀는 이따금 김포에 가보고 싶은 마음을 품을지도 모른다.

이처럼 휴전 이후에 태어난 남북한 주민들은 서로의 고향을 잘 알지 못하기 때문에 서로의 고향에 가보고 싶어 하지 않는 것이다.

이처럼 분단 아래에서는 남북한 주민들이 서로의 삶을 잘 몰라서 서로에게 관심이 없게 된다면, 분단을 극복하고 통일을 성취하려는 마음 자체가 일어나지 않을 수 있다. 그러나 「동승」은 그처럼 변화의 가능성이 없어 보이는 사실 속에서도 변화의 가능성이 존재한다는 진실을 꿰뚫어 본다. 이 작품이 2011년 개정 11종 고등학교 문학 교과서에 수록될 만큼 그 중요성을 인정받은 까닭도 그 때문일 것이다. 남북한을 넘나드는 거시적 안목과 출퇴근 시간의 지하철 풍경을 해부하는 미시적 초점이 작품 속에서 매끄러운 솜씨로 직조된다.

> 내가 서울에서 지하철 타고 가다가 둘러보면
> 얼굴 아는 승객이 아무도 없다
> 그들과 같이 서울에서 산다는 것 말고는
> 남남이다
> 네가 평양에서 지하철 타고 가다가 둘러보면
> 얼굴 아는 승객이 아무도 없다
> 그들과 같이 평양에서 산다는 것 말고는
> 남남이다
> 그런 식으로 말하면
> 서울 사는 나와 평양 사는 너는

말할 것도 없이 남남이다

그래도 나와 네가

같은 시간대에 다른 지하철을 타고

각각 직장에 출퇴근할 때

남들도 전후좌우에서

얼굴 아는 승객이 아무도 없다고 여기며

각각 직장에 출퇴근한다고

나와 너는 믿는다

─「동승」, 부분

　'나'가 얼굴 모르는 승객들과 함께 서울 지하철을 타더라도, 그 승객들이 자신과 같이 출퇴근하는 사람들임을 '나'는 무의식적으로 자연스럽게 짐작할 수 있다. '너'가 얼굴 모르는 승객들과 더불어 평양 지하철을 이용하더라도, 그 승객들이 자신과 같이 직장을 오가는 사람들임을 '너'은 은연중에 충분히 느낄 수 있을 것이다. 각자가 지하철에서 마주치는 남들을 자신과 같은 일반인으로 헤아릴 줄 안다면, '나'와 '너'도 서로를 일반인이라고 추정하는 것은 얼마든지 가능한 일이다. 남북한 주민들이 서로의 얼굴을 알지 못하는 남남이라는 것은 사실이지만, 그만큼 그들이 평범하게 살아가는 사람들이라는 것도 진실이다. '각자를 모른다'라는 사실을 '함께 알고 있다'는 것은 진실이라고 할 수 있다.

이러한 해석 속에서 『남북주민보고서』가 표현하는 '아래로부터'의 두 가지 중요한 특징이 드러난다. 첫째로, 서로의 얼굴을 모르는 남북한 주민들의 삶 속에서 탈분단의 가능성을 감지할 수 있다는 것은, 뒤집어 말하면 서로의 얼굴을 아는 남북한 인사들에 의해서는 진정한 탈분단이 이루어지기 힘들다는 의미가 된다. 서로의 얼굴을 모르는 남북한의 평범한 주민들이 진정으로 탈분단을 이루는 주체일 수 있다는 것. 그것이 '아래로부터의 탈분단'이 제시하는 첫 번째 의미이다.

> 남한에서 한 번쯤 플래시 조명을 받으려면
> 권력형 비리혐의자나 반사회적 피의자쯤 돼야 하는데
> 직장 출퇴근길에 가로수 잎을 보며 즐기는
> 나는 기회가 없다
>
> 북한에서 한 번쯤 플래시 조명을 받으려면
> 권력자나 노동영웅쯤 돼야 하는데
> 날마다 장마당에서 겨우 장사하는
> 너는 능력이 없다
>
> ―「포토라인」, 부분

위 작품은 남북한 주민들에게 널리 얼굴이 알려진 인물들을 중심으로 해서는 왜 탈분단이 이루어지기 어려운지를 "플래시 조명"처럼 선명하고도 날카롭게 담아낸다. 남한에서 플래시 조명을 받는 "권력형 비리혐의자나 반사회적 피의자"는 남한 사회를 병들게 하는 인물일 것이며 따라서 탈분단을 이루는 주체일 수 없을 것이다. 북한에서 플래시 조명을 받는 "권력자나 노동영웅" 또한 탈분단을 가능케 하기 힘들 것인데, 왜냐하면 그들은 자신의 권력이나 위상을 변함없이 누리기 위하여 기존 체제가 유지되기를 바랄 것이기 때문이다. 무엇보다도 남북한에서 플래시 조명을 받는 인물들은 평범하게 살아가는 주민들에 비하면 그 숫자가 한 줌에 그친다고 할 수 있다. 진정한 탈분단은 한 줌의 남한 사람과 한 줌의 북한 사람들에 의하여 이루어질 수 있는 것이 아니라, 남한에 사는 사람 모두와 북한에 사는 사람 모두에 의하여 이루어질 수 있는 것이다.

다음으로 '아래로부터의 탈분단'은, 「동승」의 '나'와 '너'가 얼굴도 모르는 서로의 일상을 모두가 충분히 짐작할 수 있는 것처럼, 서로를 잘 모를 만큼 평범하게 살아가는 주민들이 그만큼 서로의 평범한 삶을 자연스럽게 알 수 있다는 데에서 진정한 탈분단이 비롯할 수 있음을 드러낸다. 권력자들이 주창하는 정치 이데올로기나 학자들이 주창하는 경제 논리에 따르는 것이 아니라, 남북한 주민들이 서로의 삶을 알아가는 것이 탈분단에 다가갈 수 있는 유일한 길이라고 『남북주민보고서』는 말한다. 하종오의 탈분단 시가 더욱 놀라운 대목은 '서로의 삶을 알아야 한다'고 말하기보다도 '서로의 삶을 아는 것은 자연스럽다'고 말한다는 점이다.

> 누군가에게 내가
> 이렇게 뒤척이며 잡생각 하는 나를 보여주고 싶으니
> 나에게 누군가도
> 그렇게 뒤척이며 잡생각 하는 자신을 보여주고 싶겠지
> 먼동이 강화와 개풍에 나누어 트이지 않으니
> 개풍 사는 누군가를 내가 상상하는 아침은
> 강화 사는 나를 누군가도 상상할 아침
>
> ―「먼동」, 부분

『남북주민보고서』에는 남한과 북한의 여러 지명을 교차시키는 작품이 적지 않은데, 그와 같은 교차는 어떠한 특성을 드러내기도 한다. 위에 인용한 「먼동」을 비롯하여 「인편」, 「뜬소문」, 「녹음」, 「헌책」 등처럼 남한의 강화와 북한의 개풍을 연결한 작품이 특히 많은 수를 이루며, 앞서 살핀 「전후 출생」은 김포와 개성을, 「반보기」는 파주와 개풍을 각각 겹쳐놓는다. 먼저 남한의 강화도는 실제로 하종오가 『남북주민보고서』 연작을 집필한 거처이며, 38선을 사이에 두고 북한의 개풍군과 맞닿아 있는 곳이다. 김포와 파주는 남한 땅 가운데에서도 38선에 접하는 북쪽 지역이며, 개성과 개풍은 북한 땅 가운데에서도 38선에 접하는 남쪽 지역이다. 강화 주민은 "개풍에 녹음이 보이지

않으면 얼굴이 어두워질 것"이며 개풍 주민은 "강화에 녹음이 보이지 않으면 얼굴이 어두워질 것"이라고 할 만큼(「녹음」), 연작 시편에서 교차시킨 남북한의 지역들은 서로 지리적으로 가까운 것이다. 그 때문에 "북풍이 불면 / 북한 밤나무들은 꽃향기를 날려서 / 남한 밤나무들에게 전"할 수 있고, "남풍이 불면 / 남한 밤나무들은 꽃향기를 날려서 / 북한 밤나무들에게 전"할 수 있다(「밤나무」). 자신과 가까운 곳에 사는 이들의 삶에 영향을 받고 관심을 보내는 것은 사람의 자연스러운 마음이듯이, 지리 적으로 가까운 남북한의 지명을 포개놓는 시적 기법은, 38선이 없다면 남북한 주민이 서로의 삶을 알아가는 일은 지극히 자연스 럽게 생겨나리라는 것을 느끼게 한다.

위에 인용한 「면동」에서 강화의 '나'와 개풍의 '누군가'가 각자의 "잡생각"을 서로에게 보여주고 싶어 하듯이, 남북한 주민들이 서로의 삶을 알아간다는 것은 서로의 아주 사소하고 평범한 몸짓과 행위와 이야기를 이해하는 일이다. "면동이 강화 와 개풍에 나누어 트이지 않"는 것처럼, 일하고 밥 먹고 놀고 꿈꾸는 것과 같은 사람의 자연스러운 활동 자체는 남북한 주민뿐 만 아니라 지구상의 모든 주민에게도 공통적이다. 그와 같이 정치 제도나 경제 구조의 차이를 뛰어넘는 사람살이의 본질적 공통점을 남북한 주민들이 서로 이야기하며 알아간다면, 38선 과 같이 인간의 소통을 막아서는 장치들은 그 공통점 앞에서 힘을 잃을 것이다. 시집 제목이 『남북주민보고서』인 까닭도 바로 여기에 있다. 탈분단은 남북한의 '주민'들에 의해서 이루어지는 것이며 서로의 삶을 서로에게 '보고'함으로써 이루어지는 것이라고 이 시집은 말한다. 이처럼 소수의 특정 계층이 아닌 평범한 주민들이 서로의 자연스러운 삶을 나누는 것은 38선뿐 아니라 모든 종류의 분단을 해소하는 가장 기본적인 방법이자 가장 필수적인 방법이다.

> 집집마다 주민들이
> 전기선이나 나일론 끈을 가지고 나와 이어 매달아서
> 세상에서 가장 긴 빨랫줄이 된다
> 지구에서라면 국경선을 능가하는
> 남북에서라면 휴전선을 능가하는
> 그 빨랫줄에 각국 주민들 모두 옷을 빨아 넌 뒤
> 다 마를 때까지 줄지어 마주앉아 시시덕거리자
> 햇볕도 잘 내리고 바람도 잘 분다
>
> —「빨랫줄」, 부분

세계로부터 분단을 주변화하기

앞서 우리는 각국 주민이 서로의 일상을 나누는 방식이 아니고서는 남북한 분단 문제를 해소할 수 없으며, 남북한 분단 문제를 해소하는 방식이 각국 주민의 일상 공유로부터 시작할 수밖에 없음을 살펴보았다. 이와 같은 『남북주민보고서』의 시적 사유 속에는 이미 『세계의 시간』의 시적 사유를 피워내는 씨앗이 담겨 있다. 『세계의 시간』 연작 시편은 남북한이 연결되는 것은 세계가 연결되는 것과 다르지 않다는 통찰에서 비롯하기 때문이다. 제1부와 제2부로 이루어지는 이 시집의 구성 방식 자체에서부터 그러한 통찰을 효과적으로 나타낸다. 제1부는 한국 밖에서 세계의 시선으로 남북한 분단 문제를 바라보는 시편들이며, 제2부는 한국 안에서 살고 있거나 살아본 적이 있는 이들의 눈으로 남북한 분단 문제가 세계와 연결되어 있음을 바라보는 시편들이다. 이와 같은 시집 구성 방식은 한국 내외의 시선을 통하여 남북한과 세계가 연결되어 있다는 진실을 총체적으로 포착하는 것이다.

제1부 시편 대부분은 외국인들이 주인공으로 등장한다. 그 외국인 주인공들은 한국이 아닌 국가에 남한 주민과 북한 주민이 자신들과 함께 모여 있는 모습을 목격한다. 예컨대 시집의 표제작인 「세계의 시간」은 베트남인과 필리핀인은 쿠웨이트 공사장에서 자신들과 함께 일하는 남한 노동자와 북한 노동자를 마주친다. 베트남과 필리핀에서 온 주인공들은 남한 노동자와 더불어 밥을 먹을 수 있고 북한 노동자와도 함께 말을 섞을 수 있지만, 정작 "같은 나라말을" 쓰며 "이목구비가 닮"아 있는 남한 노동자와 북한 노동자끼리 서로 외면하는 모습을 보고는 의아해한다. 이처럼 한국 밖에서 세계의 시선으로 바라보는 시적 기법은 남북한 분단 문제가 한반도 내부에서는 무척 심각한 문제일

수 있어도 그것을 한반도 외부에 가져다 놓고 보면 무척 이해하기 어려울 만큼 부조리한 문제임을 폭로함으로써 독자들의 인식에 충격을 일으킨다. 제1부의 시적 기법인 '세계의 시선으로 바라보기'는 이처럼 남북한 분단 문제의 이해할 수 없는 측면을 폭로하면서도, 한 걸음 더 나아가 남북한 분단으로 인한 고통에 관하여 새롭게 이해할 수 있는 측면을 드러내기도 한다.

북조선과 한국이 전쟁할 적에
참전했던 태국 병사 위랏찬트 씨,
그때 피난길 줄지어 가던
그들을 많이 봤는데
나라가 둘로 나누어져
한쪽은 못살고 한쪽은 잘산다니
참 독한 사람들로 여겨지지만
그렇게 서로 다르게 살게 되리라곤
짐작조차 하지 못했던 위랏찬트 씨,
자신은 전장에서 부상당하여
평생 괴로움을 받았기에
그들이 태국에 찾아와서
잠시 머물다가 떠나가는데도
이상하게도 위로가 된다

—「환영」, 부분

위 작품의 주인공인 위랏찬트 씨는 한국전쟁에 참전하였으며, 그때 당한 부상으로 태국에 돌아와서도 평생 괴로움을 받았다고 한다. 그런 그는 탈출을 위해서 태국에 오는 북조선 주민들과 관광을 위해서 태국에 오는 한국 주민들을 반갑게 맞이한다. 이 시의 제목이 「환영」인 까닭도 그 때문이라고 할 수 있다. 주인공이 태국에 오는 한국 주민들과 북조선 주민들을 환영하는 이유는 주인공이 그 주민들을 보며 이상하게도 위로를 받기 때문이다. 주인공이 한국전쟁에서 입은 부상은 신체적인 부상일 뿐만 아니라 정신적인 부상이기도 할 것이다. 한국 편이었든 북조선 편이었든, 전쟁터의 무수한 살육을 목격하는 일은 사람으로서 견디기 힘든 일일 것이다. 그러한 전쟁 속에서 살아남은 주민들 또는 그들의 자식들을 태국에서 다시 만난다는 일 자체가 주인공에게는 위로로 다가오는 것이 아닐까? 자신이 한반도의 주민들을 죽이는 데 동참하였다는 죄책감으로 귀국 후에도 평생 괴로워하였을 주인공에게는, 무슨 사정에서든 어느 편에서든 한반도 주민들이 태국을 찾아온 모습 자체가 반갑게 느껴지는 것이 아닐까? 이러한 주인공의 시선은 남북한의 문제가 태국 참전용사와 탈북자와 한국 관광객 사이를 연결하고 있음을 새롭게 이해함으로써, 그 연결 자체가 위로와 반가움이 될 수 있음을 한층 더 생생히 느끼게 한다.

다음으로 제2부 시편은 한국 안에서 살고 있거나 살아본

적이 있는 이들의 시선을 통하여, 남북한이 아무리 서로를 멀리 하더라도 각각이 이미 세계와 연결되어 있음을 통찰한다. 제1부 시편에서처럼 한국 밖에서 세계의 시선으로 바라보면, 남북한 이 세계와 연결되어 있다는 진실이 더 쉽게 보일 수 있다. 내부에 서는 내부가 잘 보이지 않기 때문이다. 그러나 제2부 시편은 내부에서도 내부의 실체를 들여다보는 데 성공한다. 그리하여 제1부를 읽고 나서 제2부까지 읽는 독자는 한국 안팎에서 남북한 과 세계의 숨은 실상과 연결성을 총체적으로 관찰할 수 있는 것이다.

로안 씨는 너무 가난해서
친정 식구를 돕기 위하여
박숙희 씨는 너무 가난해서
굶어 죽지 않기 위하여
한국에 왔다는 걸 아는 데는
둘 다 여전히 가난에 허덕이고 있었기에
그리 오래 걸리지 않았다

그래도 베트남에선 아사한 주민이 있었다는
뉴스를 들어본 적 없어서
로안 씨는 속으로 모국을 은근히 자랑스러워했다
　　　　　　　　　　　　　　　　　—「은근히」, 부분

위 작품의 주인공인 로안 씨는 가난한 자기 가족을 돕기 위하여 베트남에서 한국으로 시집을 왔다. 그가 사는 곳 옆방에는 북한을 탈출하여 베트남을 거쳐 남한에 입국한 박숙자 씨가 산다고 한다. 로안 씨는 베트남에서의 가난을 벗어나기 위하여 남한에 입국하였으므로, 굶어 죽지 않으려고 남한에 입국한 박숙자 씨를 마음 깊이 이해한다. 가난의 고통에서 벗어나기 위하여 고국을 떠나 다른 나라로 이주하는 것은 남북한 분단뿐만 아니라 어떠한 정치적·경제적 논리로도 막을 수 없는 일이며 막아서도 안 되는 일이라는 진실이 이 작품의 이야기 속에 절묘하게 녹아들어 있다. 언뜻 위 시를 비롯한 제2부 시편은 북한을 사람들이 굶어 죽는 곳으로 표현하며 남한을 북한보다 훨씬 잘살고 행복한 곳으로 표현한다는 점에서 자본주의의 승리를 선전하는 것처럼 보일지도 모른다. 만약에 그렇다면, 제2부 시편은 자본주의를 무조건 옹호하며 그에 따라서 자본주의에 내재하는 문제점을 측면을 은폐시키는 한계가 있다고 지적해야 할 것이다. 그러나 이 시는 로안 씨와 박숙자 씨가 남한에 들어와서도 아직 가난에 허덕이고 있다는 진실을 외면하지 않고 날카롭게 포착한다. 이는 자본주의를 일방적으로 찬양하는 것이라기보다도, 가난에서 벗어나려는 마음이 세계의 모든 인간에게 보편적임을 말하는 것에 더욱 가깝다고 할 수 있다. 이 마음을 채우려는 사람들은 북한과 베트남과 남한을 비롯한 세계의 국경을 언제든지 얼마든지 넘나들 수밖에 없다는 것이다. 이처럼 『세계의 시간』은 어떠한 힘으로도 막을 수 없는 남북한과 세계의 연결성을 바라봄으로써 남북한 분단이 얼마나 주변적인 문제인지를 통찰한다.

지금까지 『남북주민보고서』와 『세계의 시간』이라는 두 권의 시집을 읽어가며, 하종오의 탈분단 시편이 어떻게 새로운 방식으로 분단 극복과 통일 모색을 표현하였는지, 그리고 그것이 탈분단에 관하여 어떠한 통찰을 새롭게 제시할 수 있는지를 고찰하였다. 『남북주민보고서』는 자연스럽게 살아가는 남북한 주민들이 서로의 자연스러운 삶을 알아갈 수 있다고 상상한다. 『세계의 시간』은 한국 안팎의 시선을 통하여 남북한과 세계가 연결을 이미 이루고 있으며 언젠가 이룰 수밖에 없음을 총체적으로 통찰한다. 이처럼 그의 시 세계는 남북한의 소통을 전 세계 인민의 소통과 별개의 문제로 취급하지 않는다. 따라서 두 연작 시편에 나타나는 '아래로부터'와 '세계로부터'의 특징은 진정한 탈분단에 다가가는 방법일 뿐만 아니라 하종오 리얼리즘의 독특한 시적 방법이 된다.

제2부

한국-세계

시인이라는 고유명사는 보통명사가 되어서

문학사에 관한 문학

필자의 경험상, 문학을 취미로 삼는 사람은 '이상한' 사람일 확률이 높다. 취미는 대체로 재미를 위한 것인데, 문학은 아주 지루한 취미이기 때문이다. 텔레비전도 없고 인터넷도 없던 시대에는, 활자 매체가 시간을 보내는 데 알맞았을 것이다. 읽을거리 중에서는 그래도 문학이 가장 재밌지 않았겠는가. 요즘에는 화려한 영상과 음향으로 말초신경계를 자극하지 않는 문학책을, 그것도 두 손으로 책을 붙들고 한 장씩 책장을 직접 넘기며 엉덩이와 허리의 뻐근함을 무릅쓰고 문학책을 읽기란, 어지간히 고통을 즐기는 '변태'가 아니고서는 쉽게 취미로 삼기 어렵다. 이 문장까지 읽은 당신도 어떤 분일지 짐작이 간다.

그렇다면 당신은 하종오의 이번 시집에 조금 더 흥미를 느낄

지도 모른다. 필자가 이 시집에 흥미를 느낀 것도 문학 연구가 필자의 직업이기 때문이다. 문학 연구의 중요한 과제 중 하나는 문학사 서술이다. 개별 문학 작품들 사이에 어떠한 공통점과 차이점이 있는지를 시간의 흐름에 따라 서술한 것이 문학사라 할 수 있다. 이와 반대로, 하종오의 이번 시집 『죽은 시인의 사회』는 문학사의 시인들을 소재로 한 문학이다. 문학의 역사에 관한 서술을 문학사라고 부른다면, 문학사에 관한 문학은 무엇이라고 명명해야 할까? 이름 붙일 수 없는 사태는 언제나 흥미롭다. 일상과 다른, 즉 이상異常한 체험을 요구하기 때문이다. 특히 문학사에 관한 문학 작품을 이처럼 의식적이고 본격적인 수준에서 시집 한 권 분량으로 구성한 사례는 그 유례를 찾아보기 힘들다는 점에서, 『죽은 시인의 사회』라는 시집 한 권은 그 자체로 '문학사에 관한 문학'이라는 장르를 새롭게 개척한다.

한 권의 시집이 이상한 장르를 개척한 만큼, 그에 대한 해설에서는 여러 가지 물음을 던져보고자 한다. 그 물음은 시인에게 시대 현실과 지역이 어떠한 의미를 지니는지, 그리고 시대 현실과 지역 속에서 시인의 존재 방식은 무엇이어야 하는지를 물을 것이다. 먼저 시대 현실과 관련해서는, 시집 『죽은 시인의 사회』가 단순히 '문학사에 관한 문학'일 뿐만 아니라 '과거의 문학사를 현재의 문제와 연결하는 문학'이라는 점에 주목하고자 한다. 둘째로 지역과 관련해서는, 하종오의 이번 연작 시편이 어째서 죽은 '한국' 시인들을 주요한 소재로 삼았는지, 그동안 하종오의 시 세계가 꾸준히 천착해온 이주민의 문제가 이번 연작 시편을 통해 집약된 까닭은 무엇인지를 살필 것이다. 마지막으로는 그러한 시대 현실과 지역의 측면이 하종오의 시 세계 속에서 참다운 시인의 존재 방식과 어떻게 연관되는지를 질문해 볼 필요가 있다.

시간교란과 인민의 역사

「죽은 시인의 사회」 연작은 작고한 시인을 등장시킨다. 여기에는 몇 가지 공통점이 있다. 작고한 시인들을 살아 있는 것처럼 표현한다는 점, 그들의 움직임을 특정한 시공간의 한계 안에 가두지 않는다는 점 등을 꼽을 수 있다. 이러한 방식으로 작고한 시인을 표현하는 까닭은 무엇일까? 그것은 역사철학적 문제이기도 하다. 과거와 현재의 관계에 대한 문제이기 때문이다. "이전 세대와 우리 세대 사이에는 비밀스러운 약속이 있다. …… 과거를 역사적으로 발화發話한다는 것은 '과거가 실제로 어떠했는지'를 확인한다는 뜻이 아니다. 그것은 위험의 순간에 번뜩이는 기억을 포착한다는 뜻이다."[1]

과거는 일방적으로 현재에 영향을 주기만 하는 것이 아니다.

. .

1. Walter Benjamin, "Über den Begriff der Geschichte" VI, *Gesammelte Schriften* I .1, unter Mitwirkung von Theodor W. Adorno und Gershom Scholem; hrsg. von Rolf Tiedemann und Hermann Schweppenhäuser, Frankfurt am Main: Suhrkamp, 1974, S. 694–695. 번역은 모두 인용자의 것.

현재의 우리가 과거를 어떠한 방식으로 소환하는지에 따라서
과거의 생명력이나 유효성이 검증되기 때문이다. 「죽은 시인의
사회」 연작은 역사를 그렇게 포착한다. 죽은 시인에 대한 과거의
기억은 현재의 고통 속에서 무엇인가를 말하려는 듯이 번쩍이는
섬광처럼 소환되는 것이다. 이번 연작의 아름다움은 여기에서
비롯한다.

> 식량을 달라! 식량을 달라! 식량을 달라!
> 먼 곳에서 총성이 울렸다
> 이미 죽은 이상화 시인과 아직 태어나지 않은 내가
> 성난 데모대에 섞여 거리로 나아갔을 때
> 가까이서 또 총성이 울렸고
> 헐벗은 한 대구시민이 피를 흘리며 고꾸라졌다
> (중략)
> 이미 죽은 세상에서 온 이상화 시인과
> 아직 태어나지 않은 세상에서 온 나는
> 이세상에서 동년배로 만난
> 1946년 10월 어느 날부터
> 이후 대구를 중심으로 전개된
> 더 참혹하고 더 처참한 사실을 시로 쓰지 못해
> 오늘날까지도 해산하지 않은 데모대에 합류해 있었다
> ─「죽은 시인의 사회 · 6」, 부분

먼저 일어난 일과 나중에 일어난 일 사이의 역동적 상호작용을 시간교란anachrony이라고 부를 수 있다. 위에 인용한 작품은 이 연작 시편의 아름다움이 어째서 시간교란적 성격과 연관이 있는지를 잘 보여준다. 시의 시간적 배경이 되는 1946년 10월 항쟁은 대구에서 발발하여 남한 전역으로 번진 일련의 사건을 가리킨다. 당시 미군정 체제하의 남한 사회는 극심한 쌀 부족에 시달리고 있었다. 10월 항쟁은 식량난으로 인한 민중의 분노였다. 그런데 이 사건의 시간 속에서 1943년에 죽은 이상화 시인과 "아직 태어나지 않은 세상에서 온 나"는 서로 만나고 있다. 여기서 "나"는 자연스럽게 1954년에 태어난 하종오 시인을 연상시킨다.

위 작품의 상상력이 더욱 놀라운 점은 두 시인의 만남이 "1946년 10월" 항쟁이라는 특정 사건의 시점에만 머물러 있지 않고 "오늘날까지도" 계속되고 있다고 표현한다는 데 있다. 인민의 역사는 "식량을 달라!"와 "총성"이라는 두 가지 소리 통해 압축적으로 요약될 수 있다. 과거에도 현재에도 인민의 삶은 생계의 불안과 국가 권력의 억압이라는 고통 속에 놓여 있기 때문이다. 이처럼 이미 죽은 시인과 아직 태어나지 않은 시인이 만나는 순간을 표현한 기법은 과거와 현재의 연속성을 효과적으로 표현해낸다.

이러한 독해 끝에, 필자는 시집 『죽은 시인의 사회』에 나타나는 시간성에 대하여 또 하나의 새로운 점을 발견할 수 있었다. 그 시간성은 '인민의 역사'에 관한 문제의식과 밀접한 연관이 있다는 것이다. 역사는 한 가지가 아니다. 누구의 어떠한 관점으로 바라보는지에 따라서 역사는 전혀 다른 의미로 우리 앞에 나타난다. 억압하는 자들의 역사와 억압받는 자들의 역사는 그 역사를 계승한 자들에게 각각 다른 목소리로 말을 건넬 것이다. 하종오의 이번 연작은 억압받는 인민의 역사와 더불어 저항하는 인민의 역사에 주목한다.

우리는 '저항'을 생각하면 일반적으로 그 저항이 '성공'했는지 아니면 '실패'했는지를 따지곤 한다. 「죽은 시인의 사회 · 9」의 시적 화자도 촛불집회에서 신동엽 시인을 마주쳤을 때, 그러한 관습적 사고방식에 따라 다음과 같은 생각을 한다. "혁명은 완성될 것인가 / 동학농민혁명이 미완되었고 / 사일구혁명이 미완되었다 / 과연 촛불혁명도 미완될 것인가" 신동엽 시인과 마주친 뒤에 촛불혁명을 동학혁명 및 사일구혁명과 연관 지어 생각하게 된 까닭은, 그가 사일구혁명의 역사적 의미를 동학혁명의 부활 또는 재생으로 파악한 시인이었기 때문이다. 사일구혁명에 자신의 시적 사명을 던졌던 신동엽이 촛불혁명 때 다시 거리로 나온 모습을 보고, 시적 화자는 존경심이나 감탄스러움보다 아연함과 회의감을 더 크게 느낀 듯이, 촛불혁명이 "완성될 것인가"와 "미완될 것인가"라는 의문을 품게 된다.

완성이냐 실패냐, 이러한 잣대로만 과거의 혁명을 판단한다면, 그 "혁명"의 기억, 즉 저항하는 인민의 역사를 다시 현재 시점으로 절박하게 소환할 여지가 사라져버리는 것은 아닐까? 동학혁명이나 사일구혁명의 꿈이 완전히 실현되었다면, 오늘날 우리는 그 혁명들을 그저 고맙고 아름다운 추억거리로 여길 것이다. 반대로 그 혁명들을 단순히 실패한 혁명으로만 치부해 버린다면, 어차피 실패한 꿈은 되풀이해봤자 아무 소용도 없으리라는 비관에 빠지기 쉽다. 이처럼 완성과 실패의 기준으로 혁명을 판단하려는 시적 화자에게, 작품 속의 신동엽 시인은 "촛불혁명은 먼먼 미래에도 / 언제나 현재진행형일 수 있다고" 예언한다. 미래에도 현재진행형이라는 표현은 겉보기에 논리적으로 말이 안 되는 역설이다. 역설은 상식적으로 말이 되지 않으나 그 심층에는 진실을 담고 있어서, 우리의 상식을 뒤엎는 충격과 함께 그 진실을 전달한다. 시간교란을 일으키는 하종오 시의 역설은 다음과 같은 진실을 말하고 있다. 혁명의 기억은 그 속에 담긴 인민의 꿈이 온전히 이루어지는 미래에 이르기까지 현재 속에서 끊임없이 되살아나야 한다는 진실을.

이주의 기억들을 응집시키는 장소

하종오의 이번 시집 속에서 시간이 과거와 현재와 미래 사이를 역동적으로 넘나드는 것이라면, 공간은 그 시간의 역동적인 흐름을 축적하고 응집시키는 것으로 나타난다. 앞서 살펴본 작품에서도 대구라는 공간적 배경은 이상화 시인과 하종오 시인의 만남이라는 상상에 개연성을 부여한다. 이상화 시인은 대구에서 태어나 대구에서 시를 썼다. 하종오 시인은 경북 의성이 고향이지만 대구에서 중학교에 다니고(「죽은 시인의 사회·29」) 대구에서 청년기를 보냈다(「죽은 시인의 사회·보유 2」및 「보유 3」). 대구는 일제강점기에 그곳에서 살았던 시인의 시간과 해방 이후에 그곳에서 살았던 시인의 시간을 해방기에 그곳에서 일어난 사건의 시간 속으로 끌어당긴다. 시인이 중심인물이고 장소가 배경일 뿐만 아니라, 장소가 중심인물이고 인간이 배경이기도 하다.

일반적으로 시에서 공간적 배경은 작품의 주제나 분위기를 암시하거나 강조하는 부수적·도구적 역할에 그치는 경우가 많다. 하지만 「죽은 시인의 사회」 연작에서 장소는 그 위에서 벌어진 사건들이 켜켜이 가라앉아 쌓이고, 그 위로 흘러가는 시간을 기억하고 보존하며, 그 위에 살다가는 존재자들을 매개시킨다. 이 연작 시편의 시간교란이 자의적이고 혼란스러운 상상의 유희에 빠지지 않고 인간의 현실에 육박해가는 이유는, 장소의 구심력이 대지의 품처럼 서로 다른 시간의 역동적인 마주침을 수렴하기 때문이다.

이러한 공간적 특성을 통해서, 우리는 연작 속의 모든 작고 시인이 한국에서 태어나 한국에서 시를 썼던 시인이라는 점을 새롭게 주목해볼 수 있다. 대구라는 공통의 연고지가 시대를 초월하여 대구 10월 항쟁이라는 역사적 사건에 연루되도록 두 시인을 이끌었듯이, 「죽은 시인의 사회」 연작 속에서 한국이라는 장소는 시대를 초월하여 한국의 역사적 현실과 함께 호흡할 수 있도록 죽은 한국 시인들을 소생시킨다.

　예를 들어 이번 연작에서는 한국 현대사의 거대한 비극 중 하나인 남북한 분단 문제와 관련하여 죽은 시인을 불러낸다. 「죽은 시인의 사회 · 4」는 "남북 평화 시대"를 맞아서 시인 임화가 내려온다는 상상을 제시한다. 1908년생 임화는 해방기인 1947년에 월북했으나, 1953년에 '미제간첩' 혐의로 북한 정권에 의해 숙청되었다. 이러한 역사적 사실과 달리 하종오의 시에서는 "111세 된 임화 시인이" 임진각으로 걸어오는 상황을 형상화한다. 그와 인터뷰를 하려고 기다리던 시적 화자에게 임화는 자신이 걸어온 뒤쪽을 손으로 가리켜 보인다. 그의 손끝이 가리키는 곳에는 "월북했던 시인들이 터벅터벅 건들건들 느릿느릿 / 제각각 제멋에 겨운 걸음걸이로 걸어오고 있"는 모습이 펼쳐지며 작품은 끝을 맺는다. 역사적으로 이남 지역에서 창작 활동을 하다가 월북한 시인의 상당수는 임화와 같이 남조선 노동당 계열에 가까웠다. 단독정부 수립, 한국전쟁, 분단 고착화 이후에 김일성은 북한 내 모든 권력을 자신의 북조선노동당 계열로 집중시키기 위해 남로당 계열 인사를 대거 숙청해갔다. "월북했던 시인들이" 2019년에도 아직 죽지 않고 살아서 임진각으로 걸어온다는 위 작품의 서술은 역사적 사실과 연관해볼 때 더욱 비극적으로 읽힌다.

더욱이 월북해서 이미 사망했을 시인들과 남한 시인들이 자유로이 접촉하고 교류한다는 상상력은 한반도 분단 체제가 매우 공고해 보이지만 실상 얼마나 헛된 것일 수도 있는지를 상상해보게끔 한다. 가령 「죽은 시인의 사회 · 5」는 시적 화자가 박봉우 시인의 연락을 받고 임진강역에 가보니, 북한에 남은 시인 백석과 북한의 의용군으로 끌려갔다가 탈출하여 남한에서 활동한 시인 김수영을 만났다는 이야기다. 시인 박봉우는 분단 극복의 의지를 절절하게 노래한 시 「휴전선」으로 널리 알려진 바 있다. 그가 분단하에서 통일을 염원했던 만큼 분단 극복 이후에 백석과 김수영을 만나게 하고 싶어 하리라는 발상은 위트 넘치면서도 개연성이 충분하다. 이 시는 다음과 같이 유머러스한 구절로 마무리된다. "박봉우 시인이 나타나 오른손 검지로 가리키며 물었다, 웃으면서, / 휴전선이라는 제 시가 새겨진 저 시비를 어떻게 해야 할까요?" 이처럼 멋쩍고 능청스러운 박봉우 시인의 너스레는 남북 분단이 어쩌면 우스운 촌극일지도 모른다는 상상을 가능케 함으로써, 한반도 인민의 삶 전반을 얽어맸던 분단 체제의 위압적인 이미지에 균열을 가하고 있다.

이 지점에서 넋의 존재 방식과 관련한 또 하나의 물음이 생겨난다. 넋이 아무 곳에서나 출몰하고 감지되는 것이 아니라 특정 장소에 붙들린 듯 맴돈다는 상상력은 우리에게 무엇을 의미하는가? 쉽게 말해서, 하종오의 이번 연작은 어째서 죽은 시인 중에 한국 시인들만을 소재로 삼고 있으며, 죽은 시인들이 어째서 한국에만 귀환하고 출몰한다고 상상하는가?

하종오의 시 세계에서 한국이라는 장소는 일종의 시적 렌즈로 활용된다. 이 연작 시편은 특히 그 장소라는 렌즈에 죽은 한국 시인들의 넋이라는 필터를 끼워 현재의 한국 사회를 조망한다. 여기서 주의할 점은 하종오의 시에서 한국이라는 렌즈의 시야가 단지 한국인만의 문제를 조망하는 데 국한되지 않는다는 점이다. 시인은 그 렌즈를 통해서 한국 속에 이미 들어와 있는 세계의 문제까지 드넓은 시야로 바라본다. 이를 전 지구적 관점으로의 확장이라고 말하는 것은 부정확할지도 모른다. 단순히 전 지구적 관점을 모색했다면, 한국에서 벌어지는 사태뿐만 아니라 타국에서 벌어지는 사태까지도 연작의 자장 안에 포착했을 것이기 때문이다. 하종오의 시는 한국으로 이주해온 동남아 노동자, 제주도에서 난민 신청을 한 예멘인 등, 한국 외부로부터 한국 내부에 들어온 인민들을 시의 소재로 포착한다. 혈연적 '민족'의 좁은 관점을 넘어서 한국인과 외국인이 맞물려 있는 지점에까지 시야를 넓히되, 국가 간의 이주 현상에서 발생하는 사건을 한반도라는 특정 장소의 렌즈로써 포착하는 것이다. 이 지점이야말로 협소한 '민족문학'의 리얼리즘론과 근본적으로 차별화되는 하종오 리얼리즘의 독특한 개성이라 할 수 있다.

용정에서 취재하러 남한에 온
조선족 난민의 후손 윤동주 시인이

말이 통하지 않아 어찌할 바를 모르는

나를 데리고 예멘 청년들을 만났다

(중략)

윤동주 시인은 용정으로 돌아가지 않고

남한에 머물면서 예멘 청년들과 자주 만나야겠다면서

시인지망생 예멘 청년 하산 씨가 한 대답을 나에게 들려주었다

한국어를 배우고 싶다,

한국어로 시를 쓰고 싶다,

난민이 된 예멘인들에 대해서 한국어로 시를 쓰고 싶다,

예멘에서 벌어지고 있는 내전은 보통 예멘 사람들이 벌린 전쟁이

아니라는 걸 보통 한국 사람들에게 전하고 싶다,

한국어를 가르쳐달라, 고 ……

　　　　　　　　　　　　　　　　　—「죽은 시인의 사회·1」, 부분

　위에 인용한 시는 외국인과 한국인의 교집합에서 발생하는 사건이 한반도라는 장소의 렌즈로 포착되는 미학적 근거를 잘 보여준다. 이 작품에서 윤동주 시인이 한국에서 난민 신청을 한 예멘 청년에게 관심을 보이는 까닭은 윤동주 시인이 "조선족 난민의 후손"이기 때문이다. 윤동주는 지금의 중국 길림성 연변 조선족 자치주 용정시에 해당하는 북간도 간도성 화룡현 명동촌에서 태어났다. 간도에 조선인이 본격적으로 이주한 것은 19세기 말, 함경도와 평안도의 극심한 기근 때문이었다. 윤동주

집안도 그의 증조할아버지 때인 1886년 무렵 함경도에서 만주로 이주했다. 이러한 윤동주 가족의 이주사가 곧 난민의 역사와 다르지 않다고 시인은 읽어낸다. 살기 위해 고국을 벗어나 타국으로 터전을 옮긴 인민들이 다름 아닌 난민의 정의이기 때문이다. 윤동주를 조선족 난민의 후손이라고 표현한 것은 독특하고 깊이 있는 시적 사유다. 지금까지의 한국 문학사 서술 방식이 대부분 단일국가의 민족의식을 표상하는 것으로 윤동주의 시세계를 환원시켜왔다면, 하종오의 작품은 한국 문학사의 전통이 윤동주의 경우처럼 단일국가 또는 단일민족의 범주에 국한될 수 없음을 드러낸다.

죽은 한국 시인이 한국사와 얽혀 있는 자신의 개인적 체험에 근거하여 한국에서 벌어지는 이주민의 고통과 공감하고 연대하는 시적 상상은 이 연작 시편 곳곳에서 발견된다. 그와 같은 상상은 이중의 효과를 산출한다. 첫째로 시인이 한국사와 무관하게 동남아 노동자나 예멘 난민 신청자를 시적 소재로 다룬다면, 한국 국적의 독자는 그 이주민과 자신이 어떻게 같고 다른지를 그다지 절실하게 고민해보지 않을 것이다. 하종오 연작시는 조선 후기부터 일제강점기에 걸친 한국인들의 고통스러운 이주 체험이 한국 내 이주민들의 고통스러운 삶과 공통되는 것이자 연속되는 것임을 형상화함으로써 한국 내 이주민에 대한 감정적 이해를 촉발한다. 동시에 그렇게 촉발된 연대감을 원동력으로 삼아서, 이주민들이 한국에 이주하게 된 상황과 이유의 특수성

까지 적극적으로 인식하도록 유도하는 것이다.[2]

둘째로 이주의 기억들을 포개놓음으로써 이주민과 한국인을 연결하는 하종오 연작시의 독특한 상상력은 문제 해결의 책임을 한국 국민에게 지우는 효과가 있다. 한국 내 이주민들이 아직도 겪고 있는 고통은 한국 국민이 자신의 인식을 변화시킬 때에만 궁극적으로 해소될 것이다. 이주노동자의 열악한 노동 환경과 다문화가정에 대한 차별은 한국 국민의 내면에서 강력하게 작동하는 혐오와 배타의 문화로부터 비롯한다. 위에 인용한 시의 마지막 대목에서 시인 지망생인 예멘 청년 하산 씨가 윤동주에게 전한 메시지도 그러한 효과를 뚜렷하게 발생시킨다. 한국어를 배우고 싶다, 한국어로 시를 쓰고 싶다, 한국인들에게 전하고 싶다, 한국어를 가르쳐 달라는 그 메시지의 내용은 예멘 난민 신청자의 목소리가 한국인의 언어로 번역되어야 하며 한국인에게 더 넓고 깊게 인식되어야 함을 뜻한다. 또한 그 메시지의 전달 방식을 예멘 청년 → 윤동주 → 시적 화자의 방향으로 정교하게 설정한 시적 기법은 이 문제에 응답해야 할

• •

2. 이러한 시적 효과는 「죽은 시인의 사회 · 25」에서도 잘 나타난다. 이 시에 나오는 김수영 시인은 "제주에 온 예멘인들을 돕"고 있다. 이는 김수영 시인이 "부모님을 따라 만주 지린성으로 이주하여 / 잠시 난민으로 살아본 경험이 있"다는 배경정보에 의해 뒷받침된다. 이처럼 하종오의 시는 경험의 유사성을 통해서 윤동주 · 김수영에 대한 기억을 예멘 난민 신청자의 고통스러운 현실 속에 투사시킨다.

책임의 자리에 현재를 살아가는 한국(시)인이 서 있음을 느끼게
한다.[3]

과거에 한국인이 경험했던 고통을 현재 한국에서 살아가는
외국인의 고통과 연결하는 시적 기법은 한국적 특수성과 세계적
보편성을 균형감 있게 조화시킨다. 예컨대 한국문학은 전쟁과
분단의 경험을 담고 있다. 전쟁과 분단은 오늘날에도 전 세계

• •

3. 과거로부터 끌어온 기억을 현재의 문제 속으로 투사시키는 시적 기법은
하종오의 시 세계의 미래지향적인 성격을 보여준다. 예컨대 「죽은
시인의 사회 · 10」의 다음과 같은 마지막 대목을 눈여겨볼 필요가
있다. "김종삼 시인은 내 속짐작을 알아차렸는지 정색하고 귓속말했다
/ 어떻게 해야 시를 잘 쓸 수 있는지 / 김소월 시인이나 백석 시인에게
물어도 묵묵부답하지 않겠는가 / 그런즉 독자 모두 기다리고 있는 신작
시를 발표해 달라고 부탁하게나" 이 작품의 시적 화자는 김소월과
백석이라는 두 선배 시인에게 시작법을 물어보려고 했으나, 김종삼은
그런 질문보다도 새로 쓴 시를 발표해달라고 요청하는 편이 어떻겠냐
고 조언하는 것이다. 시작법이 과거의 전통에 가깝다면, 새로 쓴 시는
현재의 삶과 맞물려 있는 창조물에 가깝다. 김소월과 백석은 남북
분단과 같은 현실 정치의 제도로 인해 훼손되거나 단절된 시인 정신을
은유한다고 볼 수 있다. 하종오의 시에서 그러한 시인 정신을 상기하여
현재의 시점으로 불러내는 행위는 단지 시작법처럼 고정화된 옛것을
그 자체로 복원한다는 뜻이 아니다. 그것은 새로 쓰는 시처럼 현실과
함께 호흡하는 창조력과 생명력을 그 시인 정신 속에서 끄집어낸다는
뜻이다. 이렇게 본다면 하종오의 시 세계에서 '탈분단'이라는 주제가
중요한 이유는 고정화된 과거의 '민족적 단일성' 따위를 '복원'하기
위해서라기보다도, 현재 한반도에 거주하는 인민의 삶에 있어서 새로
운 변화의 가능성을 모색하기 위해서라 할 수 있겠다.

곳곳에서 벌어지는 문제다. 그렇다면 한국문학은 전쟁과 분단의 문제를 겪고 있는 비한국인 인민과도 내밀한 공감과 연대를 나눌 수 있을 것이다. 예를 들어 「죽은 시인의 사회·3」에서는 한국에서 인도적 체류 허가를 받은 예멘 어린이와 권정생 시인 사이의 대화 장면이 제시된다. 권정생은 그의 대표작 『몽실언니』와 같이 한국전쟁으로 인해 고통스러운 삶을 살아야 하는 어린이의 이야기를 남겨서 많은 어린이의 정서에 깊은 영향을 끼친 작가다. 그와 같이 한국전쟁으로 인해 얼마나 많은 어린이의 삶이 무고하게 억압되는지를 경험한 바 있다면, 전쟁의 위험에 노출된 예멘 어린이의 현실에 무관심할 수 없을 것이다. 이러한 시적 인식은 지구화 시대를 맞아 한국문학이 어떠한 의미일 수 있으며 무엇을 할 수 있는지를 잘 보여준다.

시인다움의 본질적 의미

이 연작 시편은 지금까지의 하종오 시 세계에서 다뤄온 주제들을 거의 모두 포괄한다. 남북한 분단 문제는 하종오의 초기 민중시부터 최근의 탈분단시까지에 이르는 주제다. 80년대와 2000년대의 민주주의를 위한 시민항쟁은 그의 80년대 민중시뿐만 아니라 2017년 시집 『겨울 촛불집회 준비물에 관한 상상』(도서출판 b)에서도 다루어졌다. 농촌 현실에 관한 시적 천착도 「벼는 벼끼리 피는 피끼리」부터 최근의 여러 시집에 이르기까지 일관되게 나타난다. 동남아 이주노동자와 제주의 예멘 난민 신청자에 관한 시집도 이미 펴낸 바 있다. 이처럼 시집 『죽은 시인의 사회』가 지금까지 제출된 하종오 시 세계의 거의 모든 주제를 포괄한다는 사실 또한 이 시집이 시인의 존재 방식에 관한 하종오의 사유를 담고 있다는 것과 밀접하게 연관된다.

　시인의 존재 방식이라는 화두와 관련하여, 우리는 이 시집에서 선보인 하종오 시의 새로운 유형에 주목할 필요가 있다. 이전의 하종오 시 세계에서 본격적으로 다룬 바 없으나 이번 시집에 새로이 등장하는 주제는 한국 문단과 문인의 특수한 경험에 관한 것이다. 문인들의 대일협력과 신군부독재부역, 문화예술계 블랙리스트 사태 등의 주제가 그러한 유형에 해당한다. 앞서 살펴본 작고 시인 연작이 분단이나 이주 등의 여러 현실 문제를 시인 정신의 관점에서 고민한 것이라면, 새로운 유형의 작고 시인 연작은 문인의 구체적이고 특수한 경험에 근거하여 시인의 올바른 존재 방식이 무엇이어야 하는지를 훨씬 더 본격적으로 탐색한 것이라 할 수 있다. 후자의 시편 중에서 특히 재미난 점은 생전의 행적에 따라 작고 시인의 위치를 천상과 지하로 나누어놓은 대목이다.

　(가)
　내가 시를 함부로 쓴 잘못을 저질러서 온 지하의 이쪽 세상에서
는
　친일시를 쓴 시인들이 와 있는 지하의 저쪽 세상이 보이지

않아

노천명 시인과 모윤숙 시인이

공동 창작하는지 알 순 없어도

(중략)

지하의 저쪽 세상에서 천상의 세상으로 옮겨가기 위해서

하늘을 감동시켜야 한다면

노천명 시인과 모윤숙 시인으로선

직업이 작고시인인 처지라

공동 창작이 손쉬운 작업이 아닐 수 없을 터였다

—「죽은 시인의 사회 · 20」, 부분

(나)

헛된 시를 많이 쓴 죄로

지하 이편에서 떠돌다가 돌아온 내가

독재자에게 시 한 편씩 써서 바친

조병화 시인과 서정주 시인과 김춘수 시인에게

지하 저편에서 잘 지내다가 돌아왔는지 물으려는데

조병화 시인과 서정주 시인과 김춘수 시인이

이육사 시인에게 천상이 어떤 곳이냐고 물었다

이육사 시인이 동문서답하기를

시인이 독재자에게 부역하기 위해 쓴 헌시를

독자가 기억하지 않는다면

그 시인이 쓴 서정시랄까 순수시랄까

그런 시도 독자가 기억하지 않아야 한다고 말했다

조병화 시인과 서정주 시인과 김춘수 시인을 제외한

나머지 시인들 모두 고개를 숙였고,

지하에서 보낸 인생에서 깨달은 점은

시를 잘못 쓴 죄가 가장 큰 죄라는 진실이었다고

어떤 시인이 고백했을 때,

천상에 계시는 한용운 시인과 이상화 시인과 윤동주 시인도

그런 말씀을 해서 마침 전하려던 참이었다고 화답한 이육사

시인은

다음번에 천상에서 놀러 나올 때엔

그 시인들과 함께하겠다고 언약했다

—「죽은 시인의 사회 · 18」, 부분

(가)와 (나)의 공통점은 시인들의 사후 세계를 천상과 지하
이편과 지하 저편의 세 영역으로 나눈다는 점이다. 먼저 천상에
는 이육사, 한용운, 이상화, 윤동주 시인이 살고 있다는 시적
정황을 (나)에서 찾을 수 있다. 이들의 공통점은 일제에 타협하지
않고 저항하며 뛰어난 작품을 남긴 시인으로 기억된다는 점이
다. 다음으로 지하 이편에는 시적 화자가 살고 있는데, 그 이유를
(가)에서는 "시를 함부로 쓴 잘못" 때문이라고 했으며 (나)에서
는 "헛된 시를 많이 쓴 죄" 때문이라고 했다. 마지막으로 지하

저편에는 (가)의 노천명, 모윤숙 시인처럼 "친일시를 쓴 시인들"과 더불어 (나)의 조병화, 서정주, 김춘수 시인처럼 "독재자에게 시 한 편씩 써서 바친" 시인들이 살고 있다.

뛰어난 시를 남긴 저항 시인이 죽어서 천상에 갔다는 점은 그리 어렵지 않게 수긍할 만하다. 더욱 흥미로운 점은 지하 이편의 시적 화자와 지하 저편의 친일·독재부역 시인들이 모두 지하에 있다는 부분이다. 지하 저편에 살고 있다는 노천명과 서정주와 김춘수 등은 작품성이 훌륭한 시를 여러 편 남겨 한국현대문학사에 빼놓을 수 없는 시인으로 평가받는다. 아직도 적지 않은 이들이 그들의 오욕 어린 삶의 행적과 뛰어난 예술적 성과를 분리해서 평가해야 하지 않느냐고 생각한다. 비록 친일이나 독재부역을 저지른 시인들이라 할지라도, 그들의 작품이 뛰어나다는 사실까지 부정할 수야 있겠느냐는 논리에서다. (가)와 (나)는 그런 시인들을 시적 화자와 같이 지하에 위치시킨다. 일반적으로 우리는 살아서 죄를 많이 짓지 않은 사람이 죽어서 천상에 가며, 살아서 죄를 많이 지은 사람이 죽어서 지하에 간다고 상상한다. 그렇다면 (가)와 (나)에서 시인의 사후 세계를 천상과 지하로 나누는 기준은 시인으로서 죄를 얼마나 지었는지의 여부일 것이다. 시인으로서의 죄가 가벼운 자는 천상에 살 수 있으며, 시인으로서의 죄가 무거운 자는 지하에 떨어져 있다. 그러므로 시적 화자와 같이 '헛된 시(작품성이 부족한 시)를 많이 남긴' 시인도 좋은 시인이 아니며, 노천명·

서정주·김춘수 등과 같이 '작품성이 높은' 시를 많이 쓴 시인도 좋은 시인이 아니라는 뜻이다. 이처럼 양쪽 모두를 지하에 위치시킨 기법은 '현실적 인간성을 단죄할 수 있어도 시인으로서의 문학적 위상까지 단죄하기는 어렵다'는 견해를 반성케 한다.

더 나아가 (가)와 (나)에서는 작품성이 낮은 시를 쓴 시인의 죄보다도, 작품성이 높은 시를 남긴 친일·독재부역 시인들의 죄가 더욱 무겁게 표현되어 있다고 해석해볼 수 있다. 전자는 지하 이편에 있고 후자는 지하 저편에 있다고 표현한 점에서 그러한 해석이 가능하다. 이편이 가까운 곳을 가리키며 저편이 먼 곳을 가리키므로, 지하에서도 더 먼 곳에 있다는 것은 죄가 더 크다는 것을 암시한다. (가)와 (나)의 텍스트 내부에서 그 이유를 찾아본다면, 지하의 저쪽 세상에 있는 시인들은 삶에서뿐만 아니라 작품에서도 친일과 독재부역을 저지른 탓이 아닐까 싶다. 지하 저편에 있다고 거론된 시인들은 "친일시"를 썼으며 "독재자에게 부역하기" 헌시를 쓴 자들이다. 시 작품과 무관하게 작품 외적으로만 친일이나 독재부역 행위를 저지른 시인들은 지하 저편 세상의 명단에 포함되어 있지 않다. 죄의 경중에 따라 지하 이편과 지하 저편을 구분한 시인의 상상 속에는, 시 창작 행위로 친일과 독재부역을 한 것이 시인으로서 저지를 수 있는 가장 큰 죄라는 시인의 사유가 담겨 있다. 그것이 작품성이 부족한 시를 쓰는 것보다도 훨씬 더 시를 더럽힌다는 것이다.

이처럼 시인의 사후 세계에 관한 하종오의 상상력은 가장 비본질적인 시인의 존재 방식이 무엇인지에 대한 시인의 사유를 담고 있다. 지하 저편의 시인과 같이, 일제 강점이나 신군부독재와 같은 지배 권력의 입장을 자신의 작품에서 동조하는 것이야말로 가장 시인답지 못한 태도라는 것이다. 이 명제를 다음처럼 뒤집어보면, 하종오에게 있어 가장 시인다운 태도가 무엇인지도 짐작해볼 수 있다. 천상에 있는 시인과 같이, 지배 권력에 의해 억압받는 인민의 고통을 표현하는 것이야말로 가장 시인다운 시인으로 사는 것, 즉 가장 본질적인 시인의 존재 방식이리라는 것이다.

시인의 존재 방식에 관한 본질적 사유는 시인답지 않게 살았던 과거의 시인들을 어떻게 취급해야 할지의 문제와도 이어진다. 이에 관해 (나)에서는 다음과 같은 이육사 시인의 전언을 들려준다. "시인이 독재자에게 부역하기 위해 쓴 헌시를 / 독자가 기억하지 않는다면 / 그 시인이 쓴 서정시도 / 독자가 기억하지 않아야 한다"는 전언이다. 이 구절은 두 가지 의미로 해석해볼 수 있다. 첫째, 그 시인의 서정시를 기억한다면 그의 독재부역 작품까지 기억해야 한다는 주장으로 읽을 수 있다. 둘째, 그 시인의 서정시가 이제는 독자들에게 기억되지 말아야 한다는 주장으로도 해석할 수 있다. 둘 중에 어느 쪽 해석을 택하더라도, 이 구절은 시인과 기억의 관계를 숙고하게 만드는 효과를 발생시킨다.

「죽은 시인의 사회」에서 과거의 시인들이 겪었던 부조리는 현재에도 되풀이되고 있는 것으로 그려진다. 예컨대 「죽은 시인의 사회 · 30」에서는 "문화예술계 블랙리스트 / 작성 연루 공무원 전원 처벌을 요구하며 / 거리 저편에서 천상병 시인이 1인 시위를" 한다. 시인 천상병은 박정희 군사독재정권의 간첩조작 사건에 의해 고문을 당한 바 있다. 이 간첩조작 사건은 학계 및 문화예술계의 여러 인사를 탄압하며 매카시즘의 광기로 언론 · 표현 · 사상의 자유를 침묵시켰다. 박근혜 정권에서 조직적으로 자행한 "문화예술계 블랙리스트" 또한 정부의 입맛에 맞지 않는 문화예술 활동을 부당하게 탄압한 사건이었다. 작품 속의 천상병은 블랙리스트가 간첩조작이라는 과거의 되풀이이며, 그것이 심각한 자유의 억압이라는 점을 알아차리지 않을 수 없었을 것이다. 블랙리스트 속에 "자신의 이름은 들어 있지 않"음에도 책임자 처벌을 위해 1인 시위에 나섰다는 대목에서 그 점을 충분히 짐작해볼 수 있다.

과거의 잘못이 현재에 되풀이될 때마다, 그 과거의 잘못에 관련된 시인들의 작품도 현재의 독자들에게 다시금 떠오른다. 일제 강점과 친일이라는 과거사의 문제는 아직 철저한 반성의 과정을 거치지 못한 채로 남아 있다. 이와 관련해서 「죽은 시인의 사회 · 24」는 "일본군 위안부 문제 해결을 위한 정기 수요집회에 / 오늘도 한용운 시인이 참가했다"는 시적 정황을 제시한다. 이는 반성 없는 일본 정부에 대해 분노하는 사람들의 마음이 한용운의 시 정신과 이어져 있다는 은유로 읽힌다. 한용운과 대조적으로 "최남선 시인과 / 이광수 시인"은 "모퉁이에 숨어서 / 수요집회를 바라다보고" 있다. 이는 일본 정부의 과거사 반성이 불필요하다고 생각하는 사람들의 마음이 최남선·이광수 문학의 또 다른 모습일지도 모른다는 은유로 읽힌다. 요컨대이 시에서 일제에 저항했던 시인과 일제에 협력했던 시인은 오늘날 우리들의 정의로운 마음과 정의롭지 못한 마음을 각각 비유하는 것이다. 이는 시인의 마음가짐이 모든 사람의 마음가짐과 맞닿아 있다는 통찰을 담고 있다.

하종오는 시의 본질적 사명이 사람의 바른 마음을 집약하고 구현하는 데 있다고 생각하는 듯하다. 죽은 시인의 사후 세계를 판가름하는 시편은 그 본질적 사명을 저버린 죄가 얼마나 무거운지에 대해 냉엄하게 질문한다. 바르지 못한 마음을 담은 시는 바른 마음을 품으려는 후대의 사람들에게 용기와 위안과 의지가 되지 못하기 때문이다. 그러나 「죽은 시인의 사회」 연작의 미덕은 시인을 일반 대중의 사표인 양 우상화하지 않으며, 시를 삶의 본보기인 양 특권화하지 않는다는 점에 있다. 하종오의 시편은 블랙리스트에 분노하고 위안부 문제 해결에 목소리를 높이는 사람들의 마음속에 이미 시의 본질적인 사명이 살아 있음을 형상화하고 있지 않은가. 이번 연작 시편이 "시인이라는 고유명사"가 "보통명사가 되"는 세상을 꿈꾸는 이유도 그 때문일 것이다(「죽은 시인의 사회·21」).

오늘날 한국에서 시를 쓰는 일

지금까지 「죽은 시인의 사회」 연작을 시간성, 장소, 시인이라는 세 가지 측면에서 살펴보았다. 먼저 이번 연작은 과거와 현재와 미래 사이의 시간교란을 통하여, 억압에 신음하면서도 그 억압에 저항해온 인민의 수많은 역사적 기억들을 역동적으로 상기시킨다. 하종오의 시에서 한국이라는 특정 장소는 그처럼 복합적인 기억을 수렴하고 응축하여 유기적인 의미의 그물로 엮어주는 역할을 한다. 그리하여 그의 시는 '한국인'이라는 혈통적 민족 개념을 넘어, 한국이라는 장소 내에서 억압받고 저항하는 인민 모두의 삶이 서로 밀접하게 관련되어 있음을 시적으로 형상화한다.

나아가 이 연작 시편이 이전까지의 하종오 시 세계와 특별히 구분되는 지점은, 그러한 시간성과 장소의 문제가 시인의 본질적 의미에 대한 문제로 집중된다는 데 있다. 다시 말해서 이번 시집은 오늘날의 한국이라는 시공간에서 시인의 마음가짐이 어떠해야 하는지를 본격적으로 질문한다는 것이다. "시인이란 사후에 단 한 편의 시로 / 어디서든 과거에서 현재로 생환한다"고 하종오는 말한다(「죽은 시인의 사회 · 33」). 그에게 시인의 마음이란 만인의 마음을 담아내는 그릇과 같다. 죽은 시인의 올바른 마음을 담은 작품은 현재의 우리 마음속에 힘과 꿈을 주는 것으로 살아 돌아올 수 있다. 하종오가 친일시나 독재정권에 부역하는 시를 쓴 자들의 죄에 대하여 냉엄하게 평가하는 까닭도 그 때문일 것이다. 그러면서도 시인의 마음가짐을 시인에게서만이 아니라 만인 속에서 발견하고자 한다는 점에서 하종오의 시는 미덥다. 그리하여 이 시집을 덮고 나면, 제주 출입국 외국인청 마당에서 함께 힘겨워하는 이들의 마음속에, 농성장과 시위대에서 더불어 힘을 모으는 이들의 마음속에, 그 무수히 빛나는 시인들의 이름이 새겨져 있음을 느낄 수 있는 것이다.

돈의 힘을 직시하는 시의 힘

시와 돈을 오가던 삶이 곧 시가 되다

하종오가 2019년에 펴낸 시집 『돈이라는 문제』는 시가 돈과 거리가 멀고 돈이 시와 불화한다는 통념을 깨뜨리는 문제작이다. 그 통념이 생겨난 데에는 그럴 만한 까닭이 없지 않다. 일반적으로 시를 쓰는 일만으로는 생계를 꾸릴 만큼 돈을 벌기 어려울 뿐만 아니라, 더 높은 시적 성취는 돈이 상징하는 가치와 다른 가치를 드러내는 자리에서 태어나기 때문이다. 이와 같은 현상은 시와 돈이 본질상 상충한다는 점과 연관이 있다. 시는 본질상 언어예술에 속하고, 예술은 본질상 개념으로 추상화되지 않는 가치, 논리에 의하여 균질화될 수 없는 영역을 드러내고자 한다. 예컨대 보통 우리가 '사과는 빨갛다'라거나 '사과는 맛있다'라고 말할 때, 시는 '빨강'이라는 개념이나 '맛있음'이라는 논리만으로는 파악하기 어려운 '사과'의 미지未知를 언어화하려는 충동에서 비롯한다. 이와 거의 정반대 방향으로, 돈은 모든 것들의 서로 다른 가치들을 철저히 추상적이고 균질적인 가치로 환산한다. 사과 한 알이 거느리는 빛깔과 향기와 맛과 촉감과 그밖에 수없이 다채로운 반짝임은 오늘 시세로 2,360원이다.

> 세상에 있는 모든 동식물이
> 인간에게 주어지면
> 모두 다 가격이 매겨진다
> 세상에 있는 모든 동식물이
> 시인에게 주어진다고 해서
> 모두 다 의미가 붙여지진 않는다
> 인간의 돈이 시인의 시보다
> 힘이 세다고 말하지 않을 수 없다
>
> —「돈이라는 문제 · 46」, 부분

시와 돈은 본질적 지향점이 거의 정반대이기 때문에, 시를 돈으로 환산하기 어려울 뿐만 아니라 돈에 관한 시를 쓰기도 힘들다고 할 수 있다. 그러한 사실 속에서도 『돈이라는 문제』는 돈에 관한 시를 쓰는 일이 가능할 뿐만 아니라 필요하다는 진실을 입증하는데, 그 입증의 방식이 한국 현대 시문학사에서 그 전례를 찾기 어려울 만큼 독창적이다. 대체로 문학에서 돈을 다루는 방식은 돈이 없어 괴로워하는 사람들을 연민하거나 돈이 많아 양심이 닳은 사람들을 풍자하는 것이었다. 거기서 돈은 실제의 돈이 아니라 우리가 극복해야 할 자본주의의 병폐를 상징했다. 그와 다르게 하종오 리얼리즘은 돈에 상징적 의미를 부여하기에 앞서 돈의 실상을 바라보고자 한다.

돈 자체에는 상찬되거나 비판될 만한 아무런 의미가 없다. 다만 누가, 어떻게, 왜 돈을 쓰는지에 따라서 돈의 의미가 달라질 따름이다. "돈에는 감정이나 생각이나 이념이 없으나 돈을 가진 자들에게는 감정이나 생각이나 이념이 있어, 돈을 도구나 수단이나 방법으로 삼아 돈을 가지지 않은 자들을 돕거나 괴롭히거나 외면한다(「시인의 말」)." 시인이 돈에 관한 연작시의 제목을 '자본이라는 문제'가 아니라 "돈이라는 문제"라고 붙인 까닭도, 자본이라는 특정 의미를 띠기 이전의 돈 자체에 주목하려는 시인의 의도와 연관이 있을 것이다. 모든 돈이 곧 자본인 것은 아니다. 돈은 오로지 돈을 불리는 목적으로 사용될 때에 자본이 된다. 사람을 위해서 돈을 만들었는데 오히려 돈을 위해서 사람이 소외된다는 문제 때문에 칼 맑스는 『자본론』을 썼을 것이다. 사람살이에는 돈이 꼭 필요하다는 실상을 있는 그 자체로 긍정하기 위해서 하종오는 『돈이라는 문제』를 썼다.

더욱이 돈은 사람과 사람, 사람과 사물을 매개하는 매개체

가운데 가장 지배적인 역할을 맡고 있다는 것이 오늘의 실상이다. 사람과 사람, 사람과 사물을 매개하는 것은 시의 중요한 역할이기도 하다. 따라서 돈의 흐름과 쓰임새를 살피는 시는 오늘을 살아가는 것들이 어떻게 서로 매개되어 있는지를 더 깊고 넓게 살피는 시일 수 있다. 같은 세계 안의 존재자들을 매개하는 온갖 매개체들이 넓은 의미의 언어에 속한다면, 그러한 언어의 힘을 잘 다루려는 시는 오늘날 가장 힘 있는 언어인 돈을 소재로 다룰 필요가 있다.

시의 힘과 돈의 힘이 상충하면서도 상통할 수 있다는 하종오의 시적 통찰은 그의 개인적 경험으로부터 한국 사회 전반에 걸쳐 있는 현실의 문제들을, 그러나 돈에 관한 시가 아니라면 잘 드러나지 않는 문제들을 조명한다. 먼저 그의 개인적 경험을 살펴보면, 그가 평생 돈을 번 방법은 시를 쓰는 일과 직장에 다니는 일의 두 가지였다는 점이 중요하게 나타난다. 시를 써서는 살림살이에 충분한 돈을 벌지 못하였으나 직장에 다니면서는 그럴 수 있었다는 경험이 그에게는 특별히 의미 깊은 문제가 된다. 지극히 당연하고 상식적인 사실 속에서, 가장 숨어 있지만 가장 가까운 진실을 파헤치는 것. 그것은 하종오 리얼리즘의 원칙이자 미덕이 빛나는 자리이기도 하다. 하종오 역시 청년과 중년 시절엔 시인이 돈을 못 벌고 직장인이 돈을 잘 번다는 사실을 당연하게 받아들였다. 그 때문에 시를 돈보다 고귀하게 여길 때에는 직장에 다니기보다 시를 쓰는 데 마음과 힘을 쏟았다. 가정을 꾸리기 위해 돈이 필요한 때에는 시를 멀리하더라도 직장에 다니기를 주저하지 않았다. 그러나 시도 무르익고 돈도 모아놓은 때에 이르러서는 시를 쓰는 일과 돈을 버는 일의 거리가 왜 그렇게 멀어야 하는지를, 실제로 그렇게 먼 것인지를 성찰하기에 이른다.

> 원고지와 지폐를 한 주머니에 보관하였던 젊은 날을 기억하고
> 시 쓰기와 돈벌이 사이를 왔다갔다하던 중년의 날을 기억하고
> 시가 돈이 된다,는 어불성설과
> 돈이 시가 된다,는 언어도단을
> 믿는 노년의 나날이 와버렸다
>
> 지폐가 없어도 물건을 살 수 있는 오늘,
> 원고지가 없어도 글을 쓸 수 있는 오늘,
> 핸드폰으로 대금을 지불하고
> 핸드폰에다 시작詩作해 보관한다
>
> —「돈이라는 문제 · 10」, 부분

시 쓰는 일은 시인이 가장 잘할 수 있는 일인 동시에 사람들의 삶을 더 아름답게 가꾸어 줄 수 있는 일이다. 그러나 시 쓰는 일만으로는 살림을 꾸리기 힘들기에 시인은 직장을 다녀야 했다. 물론 직장에 다니는 일도 그가 잘할 수 있는 일이었을

뿐만 아니라 삶에 꼭 필요한 일이었다. 이 지점에서 시인은 세상을 낯설게 바라보는 어린아이처럼 우리의 통념을 뒤집는 의문에 사로잡히는 듯하다. 시 쓰는 일과 직장에 다니는 일은 모두 자신이 잘할 수 있는 일이고 삶에 도움이 되는 일인데, 어째서 한쪽은 모자란 돈이 되고 다른 한쪽은 넉넉한 돈이 되는가? 자신이 잘할 수 있는 일을 하고 삶에 필요한 일을 하는 사람이라면 누구나 살림살이를 꾸릴 수 있는 돈을 벌 수 있어야 하지 않은가? 많은 돈이 되는 일보다도 적은 돈이 되는 일을 훨씬 더 하찮게 여기거나 짓밟으려는 태도는 올바르다고 할 수 있는가? 모든 노동은 자신이 잘할 수 있는 만큼, 삶에 이로운 만큼 돈이 되어야 하는 것이 아닌가?

개인적 경험에서 비롯한 의문들은 시인을 둘러싼 현실까지도 그 의문의 색채로 물들인다. 그가 시 쓰는 일과 직장 다니는 일의 금전적 거리를 절감하였듯, 지방에서 살았던 그의 부모와 도시에서 살았던 그 사이에도 돈벌이의 차이가 작지 않았다. 오늘날 농촌 생활과 도시 생활 사이의 소득 격차는 그의 부모가 살아 있을 때보다 더 커졌다. 도시 생활보다 돈이 안 되는 농촌 생활을 들여다보면, 그 안에서도 한국인과 이주민 사이의 금전적 거리가 심각하게 벌어져 있다. 이처럼 돈이라는 문제, 즉 돈에 관한 의문은 개인적인 경험과 사회적인 현실이 밀접하게 맞닿아 있다는 시적 통찰을 가능케 한다.

자본의 매개체에서 자연의 매개체로

시인 노릇과 직장인 행세를 번갈아 하던 개인적 경험이 한국 사회의 현실 중에서도 특히 농촌 생활과 도시 생활 사이의 소득 격차 문제에 관한 주목으로 이어지는 까닭은 무엇인가? 아마도 시인으로서의 감각은 농촌 생활에 뿌리를 두며, 직장인으로서의 감각은 도시 생활에서 비롯하기 때문이리라. 시인은 그의 부모에게서 "돈으로 환산할 수 있는" 유산을 무엇도 받지 못하였으나, "돈으로 환산할 수 없는" 무엇인가를 유산으로 받았다고 밝힌다. 봄 텃밭을 뒤집고 여름 가뭄에 대비하며 가을 알곡을 다루던 "어머니 아버지"의 농사짓는 방법은 "시를 쓰는 감각"이라는 유산으로 남은 것이다(「돈이라는 문제 · 32」). 그렇게 주로 농업에 종사하던 어머니 아버지 세대의 돈으로 시를 공부한 시인이 도시에 가서 맞닥뜨린 모습은, "돈이 없는 사람은 살 수 없는 것들"과 "가질 수 없는 것들"이 "즐비한 옥상 사이로 허공에 떠오르는" 살풍경과 같았다(「돈이라는 문제 · 25」). 유소년 때의 농촌 생활은 시인에게 돈으로 환산할 수 없는 시적 감각이 되었고, 청장년 때의 도시 생활은 높은 건물들 사이로 어른거리는 환영처럼 돈으로 구매할 수 있는 것들에의 욕망을 불러일으키며 그를 직장으로 이끌었을 것이다. 이처럼 돈이 되지 않는 농촌 생활과 돈을 더 벌고 싶은 도시 생활의 격차는 하종오의 부모 세대와 자식 세대의 격차로 나타나고는 한다.

조씨가 사는 서울에서 한두 시간 걸리는 시골,

연금 받는 은퇴자들이 전원주택을 지어 산다

조씨는 시골을 떠나 서울에서 밥벌이하느라

젊어선 이곳저곳 공장을 전전하고

중년엔 이런저런 자영업 하다가 말아먹고

초로에 들어 경비원으로 일하는 동안,

한 번도 귀향을 고려해본 적 없다

(중략)

연로한 부모님이 돌아가시면

논밭을 팔아치워 큰돈 만들 궁리만 한다

서울에서 은퇴자들이 팔고 떠나는 아파트 고층에

향이 좋은 한 채 사서 들어가고 싶은 욕심밖에 없다

ㅡ「돈이라는 문제 · 35」, 부분

　위 작품의 중심인물인 조씨는 시골 고향을 떠나 서울에서
밥벌이를 해왔으며, 그의 연로한 부모님이 돌아가시면 고향
논밭을 팔아치워 서울의 아파트 한 채를 사고자 한다. 이 모습을
바라보는 시적 화자는 그 아파트가 조씨의 고향에 전원주택을
짓고 사는 은퇴자들의 집이었다는 사실을 덧붙인다. 농사를
지어서 버는 돈으론 서울의 아파트 한 채를 살 수 없으며, 논밭을
팔아치운 땅값은 서울에 아파트를 갖고 있던 이들의 재산에
더해지리라는 통찰이 시의 행간에 절묘하게 담긴 것이다. 농촌

에서 근근이 살아온 부모, 농촌을 떠나 도시에 정착해서도 삶이 여전히 불안정한 조씨, 도시에서 부를 축적하여 여유로운 노후를 보내려고 농촌으로 거처를 옮긴 은퇴자들 사이의 이 냉혹하리만큼 견고한 위계질서의 톱니바퀴가 돈이라는 매개체를 통하여 풍자적으로 폭로된다.

물론 농촌에 머무는 부모 세대와 도시로 떠난 자식 세대 사이의 격차는 일찍이 1970년대 산업화 시대의 문학에서 숱하게 다루었던 소재이기도 하다. 그러나 하종오 리얼리즘의 놀라운 점은, 농촌과 도시의 격차라는 문제를 2019년에 이르기까지 끈질기게 주시하고 고민한다는 것이다. 산업화와 농촌 소외의 문제를 한때의 문학적 유행으로 팔아 치우는 데 그치지 않은 올곧은 눈길. 그 눈길을 지닌 시인은 농촌과 도시의 격차가 오히려 더 심각해진 오늘의 현실을 쓰는 거의 유일한 시인이 된다.

농촌과 도시 간의 소득 격차가 점차 커지는 것은 어쩔 수 없는 일이라고 생각할 수도 있다. 그러나 농촌에서의 일이든 도시에서의 일이든, 누군가가 잘할 수 있는 일이고 사람살이에 꼭 필요한 일이라면 그만큼의 값어치를 정당하게 인정받아야 한다고 시인은 말한다. 도시에서 이루어지는 일의 가치만을 표준으로 삼아서 농촌에서 이루어지는 일의 가치를 함부로 평가 절하할 수는 없는 일이기 때문이다. 특히 시인은 농촌에서의 돈벌이가 돈으로 환산할 수 없는 가치를 품고 있다는 사실에

주목한다. 농촌의 일은 "햇빛과 공기와 그늘"(「돈이라는 문제 ·
33」), 또는 "비와 햇볕과 바람"(「돈이라는 문제 · 41」)처럼 돈으
로 매매하지 않아도 풍부하게 주어지는 생명력으로서의 자연에
근거하는 일이기 때문이다. '농촌의 일은 돈으로 환산할 수
없는 자연적 가치를 지키고 가꾼다'는 이 시적 통찰은 '농촌의
일도 정당한 삶을 받아야 한다'는 생각과 상충하는 것처럼 보일
지도 모른다. 그러나 돈에 관한 하종오의 연작 시편은 자연적
가치가 비자연적 가치보다도 돈의 참된 본질에 더 가까울 수
있음을 드러낸다.

자본과 같이 '돈 자체만을 위한 돈'은 돈이 담을 수 있는
다양한 의미들로부터 떨어져 있다. 예컨대 「돈이라는 문제 · 3
6」의 소액투자자 M씨는 매일 아침 9시부터 오후 3시 30분까지
책상 앞에서 주식을 사고파는 데 매달린다. 그에게는 주가가
오르는지 아니면 떨어지는지만 중요할 뿐, 그것이 노동자의
파업 때문인지 아니면 자본가의 비리 때문인지는 아무런 의미가
없다. 그러나 시인이 생각하기에 돈의 참된 본질은 삶의 무수한
의미들을 모아들이는 데 있다. 그러므로 돈은 본디 "돈의 향기"
와 "돈의 색깔"과 "돈의 모양"을 품고 있으며, 그러한 가치들이
"수시로 다르게 바꾸"어지는 것이다(「돈이라는 문제 · 9」). 그
다채로운 향기와 색깔과 모양을 잃어버린 극단의 상태가 자본이
라면, 그 가치들을 무한하게 펼치는 극단의 상태는 자연이라고
할 수 있다. 돈을 자본의 매개체가 아니라 자연의 매개체로

바라보려는 시적 사유는 남북한의 분단을 해소하기 위한 비용에
관해서도 새로운 통찰을 제시한다.

> 남한주민과 북한주민이 만나는 데
> 먼저 써야 할 돈이라면
> 고속열차로 오갈 수 있는 철로를 놓는 비용이라고
> 승용차로 오갈 수 있는 고속도로를 닦는 비용이라고
> 흔히들 생각하겠지만,
> 더 많은 돈을 벌려고 북한으로 올라가고
> 더 많은 돈을 벌려고 남한으로 내려오는
> 남한주민과 북한주민을 위한 비용보다
> 날마다 졸였던 가슴을 풀어주는 비용
> 오랜 날 적대했던 마음을 달래주는 비용
> 한 가지 더,
> 육이오 전쟁 때 죽은 남북주민들의 영혼을 위무하는 비용이라고
> 나는 생각한다
> 지출 세목을 더하여 보탠다면
> 남한주민과 북한주민이
> 서로의 음식을 내놓고 좀 더 먹고 놀 수 있는 장소를 만드는
> 비용부터
> 서로의 사투리로 지껄이며 좀 더 와자지껄 떠들 수 있는 시간을
> 만드는 비용까지,

굳이 지불 대상을 적는다면

일부러 돈을 주지 않아도 별 탈 없는 여기저기 늘 있어 온
강과 산

일부러 돈을 주지 않아도 별 탈 없는 여기 떴다가 저기 지는
해와 달

—「돈이라는 문제 · 17」, 전문

"더 많은 돈을 벌려고 북한으로 올라가고 / 더 많은 돈을 벌려
고 남한으로 내려오는 / 남한주민과 북한주민을 위한 비용"은
돈 자체만을 위한 돈이기 때문에 남북한 분단 문제를 근본적으로
해소할 수 있는 가치라고 보기 어렵다. 남한 주민과 북한 주민의
소통과 화합을 진정으로 가능케 하려면 가슴을 풀어주고 마음을
달래주며 영혼을 위무하는 가치가 필요하다. 따라서 "남한 주민
과 북한 주민이 만나는 데 / 먼저 써야 할 돈"은 "일부러 돈을
주지 않아도 별 탈 없는 여기저기 늘 있어온 강과 산"과 "해와
달"에게 지급하자는 것이 시인의 생각이다. 자연의 평화로운
항구성에 비추어보면, 분단의 인위적인 역사가 얼마나 허망한
지를 알 수 있기 때문이다. 이처럼 농촌과 도시의 소득 격차의
문제로 향한 시선은 농촌의 일거리에 담긴 자연적 가치를 발견하
고, 나아가 그 자연적 가치가 돈에 올바르게 담기기를 상상하는
데까지 나아간다.

삶을 위한 가치들의 수평적 연결

이 시집에서 제시하는 돈의 참된 본질은 사람이 하는 모든 일에 나름의 가치가 들어 있음을 마땅하게 나타내는 것일 뿐만 아니라, 그 서로 다른 가치들을 아무런 차별도 위계도 없이 매개하는 것이기도 하다. 돈은 자신을 획득하거나 소비하는 자의 신분이나 국적 따위를 묻지 않기 때문이다. 누가 생산한 가치이든 그것이 어떠한 가치가 있다면 다른 이가 생산한 가치와 정당하게 교환시키는 것이 돈의 절대적 평등성이자 보편적 매개성이라고 할 수 있다. 이러한 돈의 본질에 비추어볼 때, 도시와 농촌의 격차만큼이나 농촌 내 한국인과 이주민의 격차도 돈의 본질과 어긋난다는 것을 시인은 직감한다. 「돈이라는 문제 · 19」의 "일부 한국인"은 "전쟁을 피해 온 예멘인은 진짜 난민이고 / 돈을 벌러 온 예멘인은 가짜 난민이라고" 주장한다. 그러나 예멘인들이 살기 위하여 한국에서 일한다면, 그들은 "진짜 난민"인지 아닌지를 검증받지 않고도 평등하게 돈을 받을 수 있어야 한다는 것이 시인의 생각이다. 이처럼 누구나 어디에서든 신분과 계층과 국적 등의 차별 없이 돈을 벌고 쓸 수 있을 때 돈은 비로소 어떠한 막힘도 없이 삶을 위한 모든 가치를 매개시킬 수 있다. 「돈이라는 문제 · 30」은 그러한 돈의 평등성과 매개성에 빗대어서, 어떤 사람들과 다른 사람들이 자유롭게 매개되어야 그들 사이의 진정한 평등이 가능하며 그들 모두가 진정으로 평등해야 서로 간의 자유로운 매개가 가능함을 말하는 작품이다.

누가 어디에 가더라도

취업을 하고 임금을 받고 세금을 내면

주거지가 주어지는 세계 시민 사회가 있다면

그곳에서 세금이란

자신이 내는 경우엔 알돈이고

자신이 받아쓰는 경우엔 눈먼 돈이라는

비루한 말이 생겨나진 않았을 것이다

(중략)

난민 신청자들이 일을 하고 돈을 벌고 세금을 내려고 해도

난민으로 좀체 인정하지 않는 나라,

국민들 사이에선 비루한 말이 이렇게 생겨나 있다

자신이 내고 싶지 않아도 내야 하는 돈이 세금이고

자신이 내고 나면 쓰일 데를 알려고 해도 자신은 알 수 없는

돈이 세금이다

— 「돈이라는 문제·30」, 부분

　이 시의 화자는 누구나 어느 나라에 가서든지 돈을 벌고 세금을 낼 수 있는 "세계 시민 사회"에서는 세금이 아깝다거나 불투명하다는 생각이 말끔하게 사라질 것이라고 상상한다. 언뜻 보면 논리의 비약이 심한 것 같은 이 시적 사유를 뒤집어보면, 세금이 아깝다거나 불투명하다는 생각의 원인은 다른 나라에

가서 일하고 싶은 이들을 가로막는 국경 때문이라는 뜻이 된다. 돈은 누구나 평등하게 획득하고 자유롭게 소비될 수 있어야 누구에게든 정당하게 분배되고 투명하게 유통될 수 있을 것이다. 누군가가 어떤 나라에서 돈을 벌지 못하고 그 때문에 그 나라에 세금을 내지 못한다면, 그 나라는 돈이 자유롭고 평등하게 흐르지 않는 나라일 것이기 때문이다. 난민들이 한국에서 일하고 돈을 벌 수 있도록 하는 데 한국의 세금이 쓰인다면, 한국에 세금을 내는 이들은 그 세금이 한국에서 살아가는 모든 사람의 삶을 더 자유롭고 평등하게 만드는 데 쓰인다고 생각할 수 있다.

난민은 자신이 원해서 난민이 되지 않았으며, 다만 자신이 살던 나라에서 살기 어려우므로 난민이 되었다. 그런데도 어떤 국가는 난민이 그곳에서 일하지 못하게 막는다. 그렇다면 그 국가에 세금을 내는 사람들도 자신들을 언제든지 얼마든지 일하지 못하게 막을 수 있는 그 국가의 위압 속에 잠겨 있는 것이다. 그 국가에 세금을 내는 사람 중에는 여성도 있고 남성도 있으며, 장애인도 있고 비장애인도 있으며, 가난한 계급도 있고 부유한 계급도 있는데, 그러한 처지들이 전적으로 그들 스스로 원한 것만은 아니기 때문이다. 난민이 난민이라는 이유만으로 일하지 못하는 국가라면, 여성도 여성이라는 이유만으로 일하지 못하는 국가일 수 있는 것이다. 그러므로 모든 삶을 위한 가치로 평등하게 쓰이지 않는 세금은 내 삶과 동떨어진 국가 권력만을 위한 돈, 그리하여 내 삶의 자유를 위협하는 돈이기 쉽다. 누구나 자유롭게 돈을 벌 수 있는 국가에서야 모두가 평등하게 살 수 있으며, 모든 사람이 평등한 삶을 보장받는 국가에서야 누구나 자유롭게 돈을 벌 수 있다는 것. 이처럼 돈의 본질은 삶의 자유와 평등이라는 가치를 모든 이에게 수평적으로 연결하는 데 있다는 것. 따라서 돈의 본질은 사람다운 삶의 본질과 같다는 것이 『돈이라는 문제』, 즉 돈이 무엇이며 어떻게 존재해야 하는지에 관한 물음의 결론이라고 할 수 있다.

통념적으로 시는 돈으로 환원할 수 없는 삶의 다양한 가치를 드러내며, 돈은 오로지 돈이 될 만한 가치를 삶에 강요하는 것처럼 보인다. 하종오는 그것이 돈 자체의 문제 때문이라기보다도 돈을 쓰는 방식의 문제 때문이라고 사유한다. 돈은 사람살이의 무한한 가치들을 차별 없이 모아들이고 위계 없이 나누어주는 데에 그 본질이 있으나, 차별적이고 위계적인 현실이 그 돈의 본질을 왜곡시킨다는 것이다. 농촌보다 돈이 많이 흘러가는 도시, 부모 세대의 삶을 돈이 될 만한 것으로 바라보는 자손 세대, 돈으로 환산할 수 없는 자연적 가치보다도 돈으로 환산할 수 있는 인위적 가치를 훨씬 더 중시하는 사고방식 등에 따라서 본디 수평적이어야 할 돈의 흐름은 수직적인 것이 되고 만다. 시인은 그 수직적 질서에 맞서 그 아래에 숨어 있는 수평적 본질을 찾아낸다. 모든 삶의 가치들이 자유롭고 평등하게 연결되는 상태야말로 돈이 돈답게 쓰이는 상태이고, 사람이 사람답게 사는 상태이며, 시가 시답게 쓰이는 상태라는 것이다. 돈의 문제가 곧 삶의 문제이자 시의 문제인 까닭이 바로 여기에 있다. 이처럼 하종오 리얼리즘의 경이로움은 삶과 시의 본질을 수직적인 것에서 수평적인 것으로 바꾸어 사유하는 데에서 비롯한다.

상상과 명명命名

'현장시'가 담보할 문학적 성취

최근 들어 꽤 많은 '현장의 시'가 발표되었다. 여기에서 일컫는 '현장의 시'란, 위기로 긴박하게 치달아가는 시대 현실의 요청에 즉각적으로 답변하듯이 제출된 시를 뜻한다. 2014년 세월호 참사 이후로 2017년 박근혜 정권 퇴진을 위한 촛불혁명에 이르기까지. 눈물을 같이 흘리고 함성을 더불어 드높이는 여러 작품이 쏟아져 나오고 있다. 혁명의 상상력이 아직 현실성을 지니던 시절을 제외한다면, 한국 현대시사에서 '현장의 시'가 이렇게 대량으로 생산되는 현상은 아마도 매우 드물 것이다.

그렇다면 이제는 '현장의 시'가 과연 얼마만큼의 문학적 성취를 담보할 수 있는지 따져 물어야 하지 않을까? 박근혜 정권을 몰아내고 지상으로 세월호를 건져낸 이 시점에 이르러 2010년대

145

'현장의 시'는 지난날 '현장시'의 수준에서 얼마나 달라져 있나? 1930년대 '카프KAPF 시'나 1980년대 '민중시'의 미학에서 벗어나긴 했는가? 개인적으로는 이 물음에 회의적으로 대답할 수밖에 없지 않을까 싶다. 슬픔과 분노가 시인 자신의 문제와 어째서, 또는 어떻게 깊이 관계를 맺고 있는지에 대하여 충분히 성찰하지 않은 시는 어쩐지 대부분 거짓말처럼 보이기 때문이다.

하종오 리얼리즘은 추상적인 구호나 통념적인 논리로부터 비롯하지 않는다. 하종오는 군사독재정권 하에서 교육받고 자랐다. 시인은 현실 변혁의 주요한 문학적 원리였던 리얼리즘에 뿌리를 두고 자신의 시 세계를 펼쳐나갔다. 시인 하종오는 오늘날에 이르기까지 리얼리즘 미학을 지금 여기의 변화한 현실에 맞추어 나름의 방식으로 꾸준히 갱신해왔다. 촛불혁명 한복판에서 길어 올린 그의 시편 속에는 삶의 행로 전체가 오롯이 담겨 있다. 지난날 자기 삶의 발자취를 통째로 끌어당겨서 자신 앞에 펼쳐진 길을 향하여 내던지는 작품이다. 하종오의 '현장시'는 하종오만이 쓸 수 있는 것이며 그만큼 시대 현실과 시인 사이의 관계를 깊이 고민한 산물이라는 점에서 그 의미가 깊다.

존재의 상상을 억압하는 이름 속 망령의 푸닥거리

'현장시' 하면 으레 독자보다 먼저 섣불리 흥분하면서 절제 없이 감정을 쏟아놓는 시가 머릿속에 떠오르기 마련이다. 그러나 그러한 작품을 다 읽고 나면 '도대체 이 문제가 이 시인에게 왜 이렇게 중요한가?' 하는 의문이 따라붙는다. 하종오의 이번 시집 『겨울 촛불집회 준비물에 관한 상상』은 다른 길을 걸어간 다. 시인은 자신의 정체성을 둘러싼 문제로부터 역사의 문제를 반성하는 방향으로 나아간다. 어쩔 수 없이 이 시집에 매력을 느끼게 되고 마는 까닭은 그 때문이다.

그러한 특성의 대표적인 사례로는 '티케이^{TK}' 시편을 꼽을 수 있다. 시인 하종오 자신이 경상북도 의성 출신 '티케이'인 탓이다. '티케이 시편'에는 「티케이^{TK}라는 말」과 「망령亡靈」 등이 있다. 이는 「겨울 촛불집회 준비물에 관한 상상」 연작이나 「거리에서 광장에서」 연작보다 분량이 매우 적은 것처럼 보일지 도 모른다. 하지만 시의 아름다움은 지금까지 세상에 드러나 있지 않았던 새로움을 던져주는 데 있다. 시의 새로움이란 어디 에서 갑자기 뚝 떨어지는 것이 아니며, 과거를 맹목적으로 파괴 하는 데에서 얻어지는 것도 아니다. 시의 새로움이란 결국 나 자신의 삶에서 나올 수 있다. 내가 아무리 너와 비슷할지라도 나는 끝끝내 너로 대체될 수 없는 유일무이의 나이기 때문이다. 나의 유일무이함, 나 자신의 새로움은 내 삶을 이루고 있는 무수한 타인들과의 관계에서 비롯한다. 나 자신의 새로움은 나를 이루고 있는 무수한 관계들이 누구의 것과도 같지 않음을 뜻한다. 「망령」은 그와 같이 시의 참다운 새로움을 보여준다.

티케이라는 말에

박정희 망령을 가두어 놓아서
티케이라고 불리는 순간
박정희 망령에 붙들린 자로 바뀌고 만다

내가 초등학교 몇 학년 때 혁명공약을 암기했더라?
반공을 국시의 제일의로 삼고
군사 쿠데타를 일으키고 대통령이 된 박정희는
경북 선산에서 태어나고 대구에서 사범학교를 다녔으며
독재자가 되어 부하의 총탄에 맞아 죽었다
유족이 너무 울면 죽은 영혼이 저승으로 가지 못한다고 했던가?
티케이 대다수가 심히 슬퍼하였으므로
박정희 망령에 사로잡히지 않을 수 없었을 것이다
해방 전엔 일제 만주국 장교를 지냈으며
해방 후엔 남로당에 입당했던 박정희의 전력을 잊어버린
티케이 대다수가 너무나 흠모하였으므로
박정희 망령을 차마 떠나보낼 수가 없었을 것이다
노동자들의 희생을 헤아리지 않으면서
박정희의 산업화를 치적으로 헤아리는
티케이 대다수에겐 당연한 일이었던가?

어린 시절 내내 박정희를 대통령으로 알았으나
청년 시절부터 박정희를 독재자로 아는 나를

그래도 티케이라고 말하는 자가 있다

그래도 티케이라고 부르는 자가 있다

—「망령」, 전문

　3연으로 이루어진 위 작품에서 첫 1연과 마지막 3연은 구조적
으로 서로 호응을 이루고 있다. 1연과 3연에서 공통으로 부각하
는 점은 언어의 문제이다. 티케이라는 말을 쓰고 부르는 행위
속에 어떠한 힘이 내재함을 보여주기 때문이다. 또 다른 작품
「티케이라는 말」에서도 중요한 것은 그 제목이 나타내듯 언어의
문제이다. 개인의 정체성은 영원불변한 것이 아니라 타인들과
의 관계를 통하여 이루어진다. 인간의 정체성이 관계 속에서
구성된다고 할 때, 그 관계는 곧 언어를 통한 의사소통과 같다.
한 낱말의 의미는 그 낱말이 사용되는 여러 용법과 맥락 속에서
비로소 결정되는 것이다. 인간은 언어를 사용하며 서로 관계를
맺고, 그 관계 속에서 언어의 의미가 생겨나며, 언어의 의미는
그 언어로 소통하는 인간의 관계에 영향을 미친다. 위 작품의
시적 화자는 인간의 정체성 및 그것을 이루고 있는 관계의
힘을 언어에 갇혀 있는 '망령'이라고 표현하였다.

　언어는 인간관계를 가능케 하는 힘이 있지만, 그만큼 인간의
정체성을 구속할 수도 있다. '티케이'라는 이름에 갇혀 있는
"박정희 망령"은 '티케이'라는 이름으로 불리는 사람이면 누구
에게나 "박정희 망령에 붙들린 자"로서의 정체성을 덮어씌우고

마는 것이다. 시적 화자가 "어린 시절" 동안에 박정희를 긍정했다가 "청년 시절" 이후부터 박정희를 부정하였을지라도, 타인이 그를 '티케이'라는 이름으로 부르는 순간에 그의 정체성은 마법처럼 박정희 추종자로 한정될 수밖에 없다. 인간에게는 박정희를 부정하는 상상과 긍정하는 상상 양자의 가능성이 열려 있다. 그렇게 인간 존재는 자기 정체성을 자유롭게 상상할 가능성이 주어져 있는 것이다. 그러나 자신의 정체성을 얽어매는 이름은 그 속에 갇혀 있는 망령의 힘으로써 존재의 상상을 억압한다.

바로 이 "박정희 망령"이야말로 박근혜 정권이 탄생할 수 있었던 가장 큰 이유 중 하나였다. 박근혜 정권은 박근혜 개인의 높은 도덕성이나 역량 때문에 선출된 것도 아니며, 보수 세력의 훌륭한 정책 때문에 지지를 받은 것도 아니다. 박근혜 정권의 등장은 "박정희 망령"의 부활이라 할 수 있다. 망령은 언제나 이름과 같은 언어 속에 숨어 있다. 그 망령의 부활을 위하여 가장 중요한 거점이 되는 언어가 바로 '티케이'이다. '티케이'라는 이름은 시인의 정체성을 얽어맨 채로 철컹거리는 소리를 내며 따라다녔다. 그 사슬이 곧 끊어질 것처럼 팽팽하게 긴장된 순간, 시인은 그 순간을 예민하게 감지할 수밖에 없을 것이다. 그것은 망령을 사르는 촛불이 이 세상 곳곳에서 피어오르는 순간이었다. 그 순간에 시인은 실존적인 모순을 맞닥뜨린다. 자기 이름에 깃들어 있는 망령을 푸닥거리하기 위하여 자신의 이름으로부터 탈피해야만 하는 고통을. 자기 정체성의 자유로운 상상을 억압한 것이 자기 내부에 있었음을 정면으로 응시해야만 한다는 부끄러움을. 이는 결코 손쉬운 일이 아니라 처절하고 통렬한 자기 성찰을 통해서만 가능한 과업이다. 이 지점에서 시인의 개체성과 시대 현실의 전체성 사이의 진정한 만남이 가능해진다. 하종오 시집 『겨울 촛불집회 준비물에 관한 상상』은 그처럼 무거운 짐을 짊어지고자 한다.

도구에 맞닿은 관계의 상상력

이름에 갇힌 망령을 푸닥거리한다는 일은 오랜 인간의 역사 속에서 켜켜이 쌓여 굳어진 언어의 의미를 새롭게 하는 일이다. 따라서 그것은 시를 통하여 가장 잘 수행할 수 있는 일이며, 시인이 이루어야 할 꿈일 것이다. 이름을 바꾸기 위해서는 상상이 필요하다. 상상은 환상과 다르다. 존재하지 않는 것을 존재하는 것처럼 꾸며내는 일이 환상이라 한다면, 친숙하고 평범한 존재를 낯설고 비범한 존재로 바꾸어내는 일이 상상이라 할 수 있다. 「겨울 촛불집회 준비물에 관한 상상」은 그러한 상상의 방식으로 촛불혁명을 형상화한다. 그리하여 이 연작은 낡은 의미의 언어에 종속된 존재의 가능성을 새롭고 자유로이 상상할 수 있게 된 역사적 사건으로서 촛불혁명을 표현해낸다.

「겨울 촛불집회 준비물에 관한 상상」 연작의 제목 중에서 '상상'의 뜻을 위와 같이 밝혔다. 이제 남은 물음을 던져야 한다. 왜 시인은 촛불집회에 관한 상상을 하필이면 '준비물'에

의탁하는가? 준비물은 도구이다. 도구는 어떠한 특성이 있는가? 도구는 모든 존재하는 것들 사이의 관계를 잘 드러낸다. 특히 도구는 사람이 살아가는 삶의 세계가 어떠한 관계의 그물로 짜여 있는지를 뚜렷하게 보여줄 수 있다. 「겨울 촛불집회 준비물에 관한 상상 · 2」는 도구적 상상력을 바탕으로 높은 시적 성취를 획득한 작품이다.

우리가 손으로 할 수 있는
소중한 일이 있지
두 손으로 싸개를 만들어
아이 머리를 감싸 보는 일,
이 일에는 다른 몸 부위가 필요 없지

우리가 손으로 할 수 없는
난처한 일이 있지
한 손으로 촛불을 들고
한 손으로 바람을 막는 일,
이 일에는 일회용 종이컵이 제격이지
바닥에 구멍을 뚫어서
초를 끼우고 불을 붙이면
바람은 막히고 불빛은 퍼지지

우리가 손으로 또 할 수 있는 일에는

양 손날을 붙여 그릇을 만들고 물을 떠서

목마른 꽃에게 부어줄 일도 있고

우리가 일회용 종이컵으로 또 할 수 있는 일에는

물을 담아 한 방울도 흘리지 않고

목마른 사람에게 건네줄 일도 있지

　　　　　　　─「겨울 촛불집회 준비물에 관한 상상·2」, 전문

　시집 『겨울 촛불집회 준비물에 관한 상상』에서는 도구의
상상력이 두드러진다. 그렇다면 자연 사물에 바탕을 둔 상상력
과 도구에 바탕을 둔 상상력 사이에는 어떠한 차이가 생겨날까?
도구와 달리 자연 사물은 인간의 삶과 멀리 떨어진 채로도
자족自足하고 자생自生한다. 위 작품에서 "바람"이 부는 것이나
타오르던 "불"이 그 바람에 의하여 꺼지는 것은 "우리가 손으로
할 수 없는 / 난처한 일"이다. 자연 사물은 벽돌이나 기둥처럼
인간의 삶 한가운데에서야 비로소 의미를 획득한다. "종이컵"이
라는 준비물로서의 도구는 촛불집회의 세계 속에서 '바람을
막아주기 위하여 존재하는 것'의 의미를 획득한다. "종이컵"으
로 바람을 막으며 타오르는 "불"은 촛불집회의 세계 속에서
혁명의 의미로 타오른다. 도구는 '무엇인가를 위하여 있는'
존재다. 이처럼 '무엇인가를 위하여 있음'은 무수한 관계망을
드러내 보여준다. 따라서 도구적 상상력은 관계의 상상력이라

고도 할 수 있다.

인용한 작품에서 1연과 2연은 "우리가 손으로 할 수 있는 / 소중한 일"과 "우리가 손으로 할 수 없는 / 난처한 일" 사이의 상호 대비를 이루고 있다. 인류가 도구를 만들어 쓰게 된 것은 직립보행으로 두 손이 자유로워졌기 때문이다. "손"도 "종이컵" 처럼 도구적 상상력과 긴밀히 연관된다. 1연과 2연의 대비는 도구적 상상력을 "손"의 이미지로써 탁월하고 적확하게 표현해 낸다. 먼저 1연에서 시적 화자는 "손으로 할 수 있는" 일로서 "두 손으로 싸개를 만들어 / 아이 머리를 감싸 보는 일"을 상상한다. 다음으로 2연에서 시적 화자는 "손으로 할 수 없는" 일로서 "한 손으로 촛불을 들고 / 한 손으로 바람을 막는 일"을 상상한다. 너무나 단순해 보이는 대비를 통하여 시인은 여러 시적 의미를 불러일으키고 있다.

첫째로 이는 인간의 손이 "두 손"으로 합쳐질 때와 "한 손"씩 따로 떨어질 때의 차이를 제시한다. "두 손"이 오롯하게 합쳐지는 경우는 '할 수 있다'는 긍정적 가능성과 맞물려 있다. 이와 대조적으로 "한 손"씩 따로 떨어져 있는 경우는 '할 수 없다'는 부정적 가능성과 이어져 있다. "두 손"과 "한 손"의 대비를 통하여 시인은 조화와 분리, 협력과 갈등이 어떻게 삶의 행위를 가능하게 하거나 불가능하게 가로막는지 암시하는 것이다. 다음으로 1연과 2연은 모두 '온도'의 속성을 연상케 한다. "아이 머리를 감싸 보는" 일은 겨울철 광장에서 체온의 따뜻함을 지키기 위한 일이다. 종이컵도 마찬가지로 촛불의 뜨거움을 지키는 도구이다. 마지막으로 1연과 2연의 대비는 그러한 따뜻함 또는 뜨거움의 속성을 다른 인간과 자연에 연결한다. 촛불집회의 세계 속에서 손은 아이의 머리를 감싸는 방식으로 다른 인간 존재와 더욱 적극적으로 관계 맺으며, 도구는 바람을 막고 불을 살리는 방식으로 자연과 더욱 활발히 관계 맺기 때문이다.

이러한 1연과 2연의 대비는 3연에 이르러 섬뜩할 만큼 아름답게 어우러진다. 그리하여 '촛불집회'는 세계 전체를 이루는 관계들이 더욱 역동적으로 관계할 수 있게 하는 상상력의 원천이 된다. 3연은 이처럼 1연과 2연을 종합할 뿐만 아니라 거기에 아주 이질적인 속성을 불어넣는다. 그것은 바로 "목마른 꽃에게 부어"주거나 "목마른 사람에게 건네"주는 "물"의 속성이다. '물'은 사람의 온기와 달리 차가운 느낌을 주며 불꽃의 뜨거움과 완전히 상충한다. 동시에 1연에서 "아이"로 나타난 인간 존재와 관계하였던 "두 손"은 3연 속에서 "목마른 꽃"이라는 자연 사물과 관계 맺는다. 2연에서 "바람"이나 "불" 등의 자연 사물과 관계하였던 "종이컵"은 3연에서 거꾸로 "목마른 사람"이라는 인간 존재와 관계 맺는다. 3연은 1연 및 2연의 공통 속성을 과감하게 종합하고 전복시킴으로써, '촛불집회'의 세계를 완전히 새로운 의미로 탈바꿈한다. 이 작품은 '촛불집회'를 단순히 정치적인 사건으로 간주하는 것이 아니라, "우리"를 둘러싼 자연 사물 및 타인과의 관계를 더욱 생생히 회복하는 실천으로 형상화한다. 도구를 통한 관계의 상상력은 '촛불집회'를 특정 이념에 따라서가 아니라 세계의 목마름을 해소해주기 위한 "우리"의 몸짓으로 그려내는 것이다.

거리에서 광장으로 명명하는 힘

도구의 상상력은 나와 세계가 관계하는 방식을 잘 드러내 보여주는 상상력이다. 이를 통하여 시인은 자신이 살아온 과거의 혁명과 촛불로 도래하는 미래의 혁명 사이를 연결한다. 시인이 통과한 과거 혁명은 '거리'의 혁명이었다. 촛불 속에서 환하게 다가오는 미래 혁명은 '광장'의 혁명이다. 시집 『겨울 촛불집회 준비물에 관한 상상』의 「거리에서 광장에서」 연작은 거리의 혁명 한복판에서 시를 불러내었던 사람이 광장의 혁명 한복판에서 새로이 시를 감지하게 된 충격과 경이로서의 작품들이다. 이를 구시대의 잔재와 신세대의 변화 사이에 일어난 충돌이라고 거칠게 간추리지는 말자. 혁명은 나와 세계의 관계를 근본적으로 변화시킨다는 점에서 그 자체로 시적이다. 시는 보다 시적일수록 더욱 혁명적이다. 시가 곧 혁명이고 혁명이 곧 시임을 직관할 수 있다면, 「거리에서 광장에서」 연작은 거리의 혁명에서 태어난 시를 광장의 혁명에서 태어날 시로 갱신하려는 모색이라 할 것이다. 이때 시인은 하나의 유리 파편과 같이 너무나 작다고 할지라도 끝없이 변화하는 세계 전체를 그 속에 비추어 담아낼 수 있다.

한 선한 사람이 꽃 스티커를 제작하여
청와대를 향하여 행진하는
시위대에 나누어 주어서
도로를 가로막은 차벽에 붙이게 했다

로마병사같이 방패를 들고 도열한 전경들이
제자리걸음하며 아스팔트를 울릴 때
스크럼을 짜고 주저앉아 노래를 부르던
1980년대 데모대에 끼여 있던
나를 기억하는 내가
2010년대 시위대에 끼여 있었다

차벽을 쓰러뜨리고 싶은 분노를
시위대가 꽃 스티커로 치환하며
청와대를 향하여 구호를 외쳤다
대통령은 퇴진하라, 대통령은 퇴진하라
　　　　－「꽃 스티커와 구호 / 거리에서 광장에서」, 전문

　「꽃 스티커와 구호 / 거리에서 광장에서」는 "스크럼을 짜고
주저앉아 노래를 부르던 / 1980년대 데모대에 끼여 있던 / 나를
기억하는 내가 / 2010년대 시위대에 끼여 있"는 상황을 포착한

다. 시적 언어는 새롭게 경험한 현실의 경이로움과 충격이 그에 합당한 이름으로 불리는 상태를 가리킨다. 세계를 처음 만나 둘러본 충격과 경이 속에 휩싸인 채로, 인간은 자기 주변의 모든 존재자에게 이름을 붙여준다(창세기 2:19). 한 존재의 이름이 그 존재를 신비로움으로 만난 경험을 담고 있는 상태를 명명력命名力, Nennkraft, naming power이라고 할 수 있다. 그러나 우리가 이름에 담긴 경이로움의 경험을 망각함에 따라서 언어의 명명력은 차츰 빛이 바랜다. "스크럼을 짜고 주저앉아 노래를 부르던 / 1980년대 데모대에 끼여 있던 / 나"는 명명력을 잃어버렸다. 그것은 "2010년대 시위대에 끼여 있"는 시적 화자의 과거로 기억될 따름이다.

거리의 혁명을 경험했던 "1980년대 데모대"에게 "스크럼"이나 "노래"와 같은 이름은 "방패를 들고 도열한 전경들"에의 "분노" 속에서 명명력을 지녔다. 이와 달리 광장의 혁명을 경험하는 "2010년대 시위대" 앞에는 "로마병사"로 비유될 만큼 구시대적인 "전경"보다도 "차벽"이 놓여 있다. "1980년대 데모대에 끼여 있"었으므로 "스크럼"과 "노래"의 명명력을 기억하는 시적 화자는 그 차벽에 대하여 당연히 "쓰러뜨리고 싶은 분노"로 반응한다. 그러나 "분노"의 언어는 "2010년대 시위대"가 경험한 광장 혁명의 경이로움과 멀리 떨어져 이제는 충분한 명명력을 지니지 못한다. 광장의 혁명 속에서 "차벽을 쓰러뜨리고 싶은 분노를 / 시위대는 꽃 스티커로 치환"하기에 이른다. 시적 화자는 "꽃 스티커" 속에서 폭력에 폭력으로 맞서는 폭력의 혁명이 아니라 폭력을 평화로 전환하는 사랑의 혁명을 경험한다. 이 경이로움 속에서 "꽃 스티커"는 지금-여기의 명명력을 얻는다.

「거리에서 광장에서」 연작은 폭력의 시대를 지나왔던 시적 화자가 사랑의 시대를 경험하는 경이로움 속에서 언어의 충만한 명명력을 시적으로 성취한다. 「그런 시대 / 거리에서 광장에서」에서 시적 화자는 '깃발'에 적힌 "범야옹연대"의 언어와 마주침으로써, "광장엔 / 언제든 누구나 나올 수 있다는 걸 / 내가 망각하고 있었"다고 깨닫는다. 시적 화자가 과거에 경험했던 거리 혁명 시대는 만인이 자유로운 참여를 보장받지 못했던 "그런 시대"였기 때문이다. 이번 촛불혁명에서 하종오 시인보다 훨씬 젊은 시인들도 이 언어와 그것의 명명력을 작품 속에 담아낸 적은 없었으리라. 거리 혁명을 겪은 시인은 경이를 만들어낸 광장 혁명 세대보다 더 경이롭게 그 언어의 명명력을 느끼고 표현한다.

'나중에'로 미뤄진 결론

하종오의 이 촛불 시편은 자기 정체성을 자유롭게 상상하지 못하도록 억압하는 언어에 도전한다. 그 과정에서 발휘되는 관계의 상상력은 목마른 꽃에 물을 주는 일로서 혁명을 표현한다. 나아가 촛불 시편은 폭력과 분노의 언어를 평화와 사랑의 언어로 전환하여 자기의 정체성을 새롭게 명명한다. 이것이

"차벽을 친 의경들에게 / 흰 국화꽃을 던지"는 촛불혁명의 자유다. 이것이 "바리케이드를 치고 지랄탄을 쏘아대던 전경들에게 / 보도블록을 깨어 던지던 데모대를 떠올리며 / 1980년대에서 2010년대로 진화해온 / 민주공화국의 자유"다(「흰 국화꽃 / 거리에서 광장에서」).

나는 오늘 이 글의 마무리를 19대 대통령 선거 바로 다음 날에 쓰고 있다. 이번 대선 결과는 시적으로 그려낸 촛불혁명의 자유에 참담게 합치하는가? 혁명의 이토록 준엄한 물음 앞에서 나는 단호히 '아니'라고 대답한다. 박근혜 정권의 잔재 세력이 이번 선거를 통하여 부활하였으므로, '티케이'와 노인층은 아직도 박정희 망령에 시달리고 있다는 사실이 드러났다. 그 망령은 '강성귀족노조'와 '전교조'를 때려잡아야 국가가 강고해진다는 전체주의적 논리로써 부활하였다. 그 망령은 전쟁과 갈등의 논리에 맞선 평화의 모색을 '북한=주적主敵'과 같은 편으로 몰아세움으로써 부활하였다. 이는 친일 독재 세력이 국가 안보와 성장이라는 허구적 명목하에 자신의 기득권을 유지해왔던 전형적 수법이다. 촛불혁명은 박정희 망령으로 집약되는 친일 독재 세력을 근본적으로 청산할 절호의 기회였다. 그러나 친일 독재 세력이 앞세우는 안보와 성장의 구호가 아직도 호소력을 잃지 않았으므로, 촛불혁명은 아직 끝날 수 없다.

이보다 더 중요한 사실은 박정희 망령과 더불어 떠돌고 있는 또 하나의 유령이 이번 선거 제도를 통하여 우리 앞에 제 모습을 드러냈다는 점이다. 촛불혁명을 거친 지금까지도 한국 근현대사는 유령의 정치학이 반복되고 재생산되는 역사에서 벗어날 가능성이 아득히 멀다. 촛불혁명의 자유를 오롯하게 담지 못한 선거 제도는 노무현 망령으로 귀결되었다. 그것은 어째서 또 하나의 망령인가?

고^故 노무현 전 대통령이 신화화된 까닭은 당선되기 전까지의 이력 덕분이 아니었을까? 노동과 인권을 옹호하고 독재에 맞섰던 투사로서의 삶은 너무나 눈물겹다. 그러나 노무현 개인의 삶이 정당하다고 해서, 노무현 정권이 저질렀던 폭력까지 정당화될 수는 없을 것이다. 나는 노무현 정권이 평등한 노동의 가치를 저버린 채로 무수히 자행했던 비정규직 노동자 탄압을 잊지 못한다. 평화의 가치를 저버린 채로 미국의 야욕 말고는 아무런 명분도 없던 이라크 전쟁의 한국군 파병을 잊을 수 없다. 생명의 가치를 저버린 채로 강행하였던 새만금 간척과 천성산 터널 공사를 뚜렷이 기억한다. 그 때문에 우리는 비정규직 차별 심화, 4대강 파괴 사업, 사드 배치 등에 맞설 수 있는 선례와 근거를 얻지 못했다. 노무현 정권은 이명박·박근혜 정권이라는 반동으로 이어졌다.

누군가는 현 19대 대통령이 노무현의 계승자로서 많은 지지를 얻었다고 반드시 노무현의 과실^{過失}을 되풀이하라는 법이 있겠느냐고 물을지도 모르겠다. 하지만 나는 현 대통령이 19대 대선 후보였을 때의 언행을 잊지 않을 것이다. 성 소수자가 지금 당장 사람답게 살 수 있어야 한다는 부르짖음. 그 목소리에 대하여 가장 유력한 대선 후보의 지지 세력이 '나중에'라는 구호로 짓누르며 응답하던 순간을 잊지 못한다. 지금 당장 실현될 수 없는 희망에 무의미한 표를 던지지 말라고 반민주주의적인 논리로 협박하며 진보정당의 도약을 저지했다. 이런 현 대통령의 대선 후보 시절 언행이야말로 노무현 망령이 아니고 무엇일까? 현 대통령을 지지하는 세력이 주창하던 '나중에'의 논리는 여태껏 푸닥거리하지 못한 유령의 힘이 극명하게 드러난 상징이리라. 미안하지만 지금의 대통령이 그리 반갑지 않다. 오히려 다시 찾아올 악몽을 견뎌내야 하리라고 예감할 따름이다. 살아서 잠을 깨는 날이 왔으면.

　살아서 잠을 깨는 날이 온다면. 그날은 "국회에는 방청석이 / 국회의원석보다 위치가 높"으며, "헌법재판소에는 방청석이 / 재판관석보다 숫자가 많"음을 제대로 바라보는 날일 것이다(「방청석」). "국회"나 "헌법재판소"는 모든 인민의 뜻을 대리하는 제도에 불과하다. 민주공화국의 모든 인민은 언제나 국가의 대의제도를 통제하고 조정하는 "방청석"에 앉아 있다. 대의제도가 모든 인민의 뜻을 담아내지 못한다면, 그 제도는 언제든지 갈아엎어져야만 한다. 모든 인민의 자리가 바로 민주공화국의 "방청석"이다. 민주주의 공화국의 "방청석"에는 비정규직 노동자와 장애인과 성 소수자와 그 밖에 제대로 된 이름조차 갖지 못하는 인민들이 더불어 앉아 있다. 어떠한 정치 논리도 인민들보다 높은 위치에 있지 않으며, 인민들보다 더 많은 대표성을 갖지 못한다. "방청석"에 앉아 있는 모든 인민은 한낱 정치 제도로 환원되지 않는다. 인민이 앉아 있는 "방청석" 자리 하나하나가 최고의 존엄이며 지상의 주권이다. 이렇게 살아가고 있다는 사실이 곧 이렇게 살아가야 한다는 윤리이다. 존재가 당위이다. 이것이 촛불혁명의 이념이다. 여기에 '나중에'는 있을 수 없다.

촛불혁명의 이념을 이념이라고 부를 수조차 없을 때까지, 문학은 무한한 가능성으로 살아가는 존재들 모두에게 삶의 무한한 가치와 의무가 주어져 있다고 바로 지금-여기에서 긍정하려는 무모함이다. 시는 인간 존재의 가능성을 억압하는 유령에 맞서, 자신을 둘러싼 관계의 성찰로써 언어의 변혁을 수행한다. 이 문장을 더 솔직한 바람으로 고쳐 적자. 시적으로 사유하고 표현한다는 일은 그 '나중에'를 서둘러 먼저 살아내는 일이 되어야 한다. 문학이 성 소수자의 정체성을 '나중에' 존중하도록 '가만히' 기다릴 때, 그 문학은 악몽의 바다로부터 죄 없는 인간의 목숨을 건져낼 힘이 없다. 문학은 차별과 억압 아래서 가려져 있는 모든 사람이 바로 지금-여기에서 마땅히 아름다운 사람으로서 살아가고 있으며 그러므로 사람답게 살 수 있어야 한다고 참지 못해 발설하는 섣부름이다. 그리하여 역사가 참으로 요청하고 있는 문학은 그 시대의 '블랙리스트'가 되기를 스스로 떠맡는다.

제3부

삶-사람

생과 비생을 둘러싼 말년의 양식

불에 날아들어 파닥거리다 죽은 불나방처럼
내가 시에 빠져 펄떡거리다가 죽었다
—「죽음에 다가가는 절차 · 50」, 1연

죽음은 신, 글은 아우라

나는 잘난 체하는 게 좋다. 겸손이 어째서 미덕이어야 하는지
를 아직도 잘 모르겠다. 이 글도 잘난 체다. 유치원에 다닐
때는 가위질을 못 한다고 나만 따로 남아서 색종이를 오렸다.
그때부터였을까. 내가 이 세상에 잘못 태어났다는 느낌에 휩싸
인 것은. 남자애들이 공을 갖고 놀 때마다 깍두기를 하고 싶었다.
내 몸은 점점 더 굳어져 가고, 앉아서 다리를 뻗은 채로는 손끝이
발끝에 닿질 않았다. 믿어지질 않았다. 잇몸에서 피 냄새가
풍기는데도 모래밭을 달려야 한다는 일이. 달리기 등수에 따라
손등에 도장을 찍어주었다. 멍든 자국 같았다. 운동회가 끝나면
그 도장에 따라서 상을 받았다. 내게는 연필 몇 자루와 일기장뿐
이었다. 그걸로 글을 쓰면서부터 잘난 척하는 삶이 시작되었다.

글은 몸이라는 사슬로부터 나를 잠시나마 구제한다. 레프 톨스토이는 『사람은 무엇으로 사는가』라는 동화책에서 사람이 사랑으로 산다고 썼다. 준비물을 챙기지 않은 수업 시간에 그 책을 읽었다. 사람이 무엇으로 살긴, 준비물로 살지. 그런 말로 선생님은 초등학생을 짓밟으려고 했다. 엎드려 뻗치게 하고 커다란 주걱으로 엉덩이를 후려갈겼다. 주걱에 신神이 내렸다고 했다. 나무로 된 주걱신은 학생들이 준비물을 가지고 오게 하는 선생님의 준비물이었다. 헛되고 헛된 준비물들은 내게 신이 아니다. 몸이 아픔을 겪고 난 다음에는 글 속에서 사랑이라는 이름의 신과 마주할 수 있다.

내가 잠자리에 들 때마다 엄마는 내 머리맡에 속삭였다. 나는 사는 게 너무 허무해. 서른 살이 되어도 살 수 있을까 싶었어. 죽어도 허무하지 않은 건 하나뿐이야. 역사에 이름을 남기는 거지. 너라도 꼭 역사에 이름을 남겼으면 좋겠다. 그런 말로 엄마는 아들을 사랑했다. 엄마의 목소리는 내 꿈결 속으로 흘러 들었다. 나는 역사에 이름을 남기는 법이 글 속에 있다고 믿는다. 오직 글만이 내가 이 세상에 잘못 태어났다는 느낌을 지워주니까.

발터 벤야민에 따르면 아우라aura는 "가까이 있더라도 아득히 멀게 느껴지는 것의 일회적인 나타남"이다(발터 벤야민, 심철민 옮김, 『기술적 복제시대의 예술작품』, 도서출판 b, 2017, 29쪽). 비록 내가 사람들과 가까이 어울려 있더라도, 글 속의 나는 그들의 뇌리에 번개처럼 아득한 충격으로 나타나길 바란다. 벤야민의 아우라 개념은 신神의 다른 이름으로 내게 자꾸 읽힌다. 나에게 글은 내 속에서 신의 다른 이름을 찾아내는 일이다.

글 쓰는 사람들은 다음에 다다라서 거기에 제 이름을 새겨놓는다. 나는 그들의 글에서 다음을, 또 다음을, 다시 다음을 닥치는 대로 읽어내고자 한다. 아직 누구의 이름도 적히지 않은 그다음에 가닿으려고, 거기에 나만의 이름을 적을 자리가 있을 것이다. 인간이 살아서 도달할 수 있는 궁극의 다음은 무엇일까? 죽음뿐이다. 자기만의 서명을 지닌 작가들의 작품은 모두 그들 자신의 무덤이자 묘비명이다. 그러나 인간은 죽음을 결코 상상하지 못한다. 죽음은 영원한 미지이기에 인간으로부터 멀다. 글이 읽히고 쓰이는 순간 속에서 죽음의 체험은 태어난다. 결국, 죽음이 신이라면 글은 아우라이다. 글을 읽고 쓰는 일은 드물게 다가오는 삶과 죽음의 갈림길에서 미리 방황해보는 인간의 몸짓이다.

죽음을 미리 살아낸다는 일은 곧 고정된 인식의 틀을 넓힌다는 일이다. 문학은 이미 알고 있는 내용을 비유나 상징이나 이미지로 꾸며내는 것이 아니다. 만약 그러한 문학이 있다면 그것은 기존의 지식이나 논리나 개념으로 다 환원할 수 있는 문학이 될 것이다. 그러한 문학은 기존의 지식과 논리와 개념으로 분석되고 나면 두 번 다시 읽고 싶지 않은 것이 되고 만다. 알맹이를 꺼내고 나면 쓸모가 없어지는 포장지처럼 말이다.

그러나 죽음이 박혀 있는 문학 속에는 이미 잘 알려진 개념으로 포착할 수 없는 무엇인가가 있다. 죽음을 자기 시에 녹여내는 시인은 다음의 말로 그러한 상황을 적실하게 표현한다. "나의 사유와 상상이 확장(확대)했는지 집중(심화)했는지 갱신(진화) 했는지 스스로 궁금하다(「시인의 말」)." 영원한 미지, 영원한 다음으로서 죽음. 시인이 그 죽음으로 육박해가는 과정은 시인이 미리 전제하거나 의도한 논리를 스스로 이탈한다. 따라서 죽음을 다루는 시는 그 시를 쓰는 자에게 섬뜩한 낯섦, 당혹스러운 배반, 단일한 주체를 찢어내는 균열이다. 시인뿐만 아니라 독자도 그것을 개념적 언어로 설명 불가능하다. 그러나 그것은 초현실주의나 해체주의가 말하는 독해 불가능성 또는 무의미 따위와 거리가 멀다. 죽음은 아직 우리에게 주어진 논리로 온전히 포착될 수 없는 것일 뿐만 아니라, 끊임없이 우리에게 질문을 강요하는 것이기 때문이다. 언젠가 그 의미가 밝혀질지 모르더라도. 설령 영원히 그 의미가 밝혀지지 않을지라도. 죽음과 그것을 표현하는 문학은 우리를 응시하는 동시에 우리의 응시를 욕망한다. 그리하여 우리는 그것을 끝없이 되풀이하여 읽고자 욕망한다. 그 과정에서 우리의 인식은 확장된다.

그래서 나는 하종오의 글에 사랑을 느끼고 만다. 하종오는 자신이 죽어가는 과정을 과장 없이 집요하게 글로 쓰는 진귀한 시인이다. 그러한 경향은 그의 시집 『초저녁』(도서출판 b, 2014)에서 드러나기 시작하여 이번 시집 『죽음에 다가가는 절차』에 이르러 본격화되었다. 독자 중 누군가는 죽어가는 과정에 대한 하종오의 시적 천착을 실제 시인의 물리적인 나이와 결부하여 생각할지도 모른다. 하지만 나는 그러한 해석의 가능성을 우려한다. 죽음을 미리 살아내는 문학은 그 작가가 얼마나 늙었는가와 별로 관련이 없는 문제다.

하종오는 1954년생이다. 평균수명이 100세를 내다보는 이 시점에서 하종오의 나이는 평균수명의 절반을 겨우 넘은 수준에 불과하다. 특히나 이 시집에서는 죽어가는 과정을 특정한 연령대에 국한하지 않는다. 그는 "마당에서 잔돌을 던지며 놀던 아이 시절"마저도 "죽음에 다가가는 절차"의 하나라고 비정하게 말한다(「죽음에 다가가는 절차 · 37」). 지금 이 글을 쓰는 나는 서른 살이다. 그래도 나는 삶을 앞질러 나만의 죽음을 상상하고 절박하게 예감하는 가운데 한 줄의 글을 쓸 수 있을 것이다. 그렇게 쓰인 글은 지금의 내 나이와 아무런 관계없이 말년의 문학을 선취한 것과 같다. 시인은 나이가 많이 들어서 죽음에 가까워졌기 때문에 죽음에 관한 시를 쓰는 것이 아니다. 정확하게 말하자면 하종오의 시편은 인간의 삶 전체가 곧 죽음에 다가가는 절차라는 자각에서 비롯한다.

비생非生에 다가서서 바라보는 생生

하종오의 말년 시편은 각 작품을 따로따로 떼어놓고 읽어보아도 그 나름대로 아름답다. 하지만 첫 1번부터 마지막 55번까지를 통째로 한 편의 시로서 읽을 때, 그 커다란 경이로움은 우리를 삼켜버리고 만다. 하종오의 최근 시는 하나의 주제를 힘 있게 밀어붙이는 연작시 성격을 띠고 있다. 『겨울 촛불집회 준비물에 관한 상상』(도서출판 b, 2017) 연작은 촛불혁명이라는 사건 속에서 역사적 변혁의 의미를 충격적으로 담담하게 성찰하는 데 있어서 매우 적합한 형식이었다. 이러한 경향 가운데서도 하종오의 말년 시편은 연작시의 성격이 유독 두드러진다. 이 시집은 "살아 있는 내가 / 죽은 후의 일을 상상하는" 부분, 그리고 "살아 있는 나를 / 죽은 후의 내가 되돌아보는 상상"하는 부분, 이렇게 두 부분으로 이어지기 때문이다. 죽음 이후를 가리킬 만한 인간의 언어는 존재하지 않으므로, 다만 전자를 '생生'으로, 후자를 '비생非生'으로 나누어 불러보도록 하자.

시집의 전반부는 '생生'에 해당하는 부분이다. 다시 말해서 죽기 이전의 시적 화자가 삶 쪽에서 서서 죽음 이후를 바라보는 것이다. 이때 시적 화자는 나 자신을 비롯한 이웃들의 죽음과 그에 얽힌 사연들을 찬찬히 살펴나간다. 놀라운 점은 이 시집 어디에서도 죽은 이들에 관한 애도mourning의 낌새를 찾아보기가 어렵다는 사실이다. 한 사람이 누군가를 사랑한다는 일은 그 누군가를 자신의 마음속에 밀어 넣는 일이다. 사랑했던 사람을 잃어버리더라도, 그 사람은 헤어지기 이전의 모습 그대로 자신의 마음속에 남아 있을 것이다. 인간이 일상의 삶에 안주할 수 있으려면, 예전에 사랑했으나 지금은 사라진 타자에의 기억을 자기 마음속에서 지워버리고 그 자리에 새롭게 사랑하게 된 타자를 채워 넣어야 한다. 그렇지 않으면 상실된 타자에의 기억을 마음속에 간직한 채 슬퍼할 수밖에 없다. 이를 곧 애도라고 부른다. 하지만 하종오의 말년 시편에는 그러한 애도의 성격이 흐릿할 따름이다. 자기와 가까운 이들의 죽음을 시적으로 형상화한 작품에서도, 상실된 타자를 기억하고 그 기억으로 인하여 슬퍼하는 태도는 거의 찾기 어렵다.

하종오가 자신을 비롯한 타자의 죽음 앞에서 슬퍼하지 않는 까닭은 도대체 무엇일까? 나는 그 이유를 다음과 같이 생각해본다. 시인은 죽음을 관조하는 자가 아니라 죽음을 몸소 겪는 당사자이기 때문이라고. 죽음을 슬퍼하는 자는 이미 그 죽음으로부터 거리를 두고 있는 관조자이다. 반면에 죽음의 당사자에게는 슬픔이 끼어들 간격이 없으며 다만 죽음이라는 냉엄한 사실을 받아들여야 하는 일만이 주어져 있다. 예를 들어 말년 시편의 시적 화자는 어떤 사람이 다른 사람들보다 먼저 죽거나 나중에 죽는다는 지극히 평범한 사실을 새삼스레 받아들이고자 한다. 시적 화자는 "누가 먼저 죽고 누가 나중 죽은" 일들이 "실제로는 누가 누구를 위해서가 아니었다"고, 오로지 "자기 자신을 위하"는 일이었다고 비정하게 읊조린다(「죽음에 다가가는 절차 · 11」). 죽음에 다가가는 절차는 오직 내가 고스란히 감당해야만 하는 내 삶의 과정일 뿐이다. 죽음이 내 삶의 일부분인 것처럼 내 삶은 죽음의 한 부분이다. 그러므로 "죽음에 다가가는 절차는 결국 / 삶에 다가가는 절차가 되"는 것이다(「죽음에 다가가는 절차 · 31」). 이처럼 '생生' 부분에 해당하는 이 시집의 전반부는 죽음에 다가가는 절차를 오직 자기 자신만의 문제로 받아들이는 고독의 자세를 견지하며, 삶과 죽음의 동시성을 충격적이라 할 만큼 비정하게 직시한다.

말년 시편의 시적 화자는 죽음에 관한 양면적 의식 사이에서 헤매고 있다. 한편으로 시적 화자는 죽음에 관하여 무심하고 비정한 태도를 드러낸다. 다음과 같은 대목은 죽음에 관한 시적 화자의 견해를 물기 없이 압축해놓고 있다. 아직 삶을 살아가는 시적 화자는 죽음을 바라보며 "죽음은 이세상을 떠나는 것이고 / 죽음은 이세상에 몸도 영혼도 없어지는 것이고 / 죽음은 이세상에 다시 돌아오지 못하는 것"이라고 진술한다(「죽음에 다가가는 절차 · 28」). 죽음 이후를 절대적인 공허와 이 세상과의 단절로 생각하는 것이다. 그러므로 죽음 이후에 자기 존재가 흔적도 없이 사라질 것을 두려워하지 않는다. 오히려 "나로 해서 생긴 기억이 있다면 누구라도 망각하기를" 바란다(「죽음에 다가가는 절차 · 5」).

다른 한편 시적 화자는 죽음 앞에서 단 하나의 미련을 떠나보내지 못한다. 그것은 자신이 온 삶을 바쳐왔던 시인으로서의 정체성이다. 시적 화자는 위트 섞인 질문을 제기한다. 왜 저자의 관 속에는 그 사람의 저서를 넣어주기도 하면서, 독자의 관 속에는 아무것도 넣어주지 않는 것일까? 자신은 글 읽기를 좋아해서 글을 읽다가 죽고 싶다고 생각하기도 한다. 그러나 독자로 죽는다면 사람들이 자신의 관에 아무것도 넣어주지 않을 거라는 생각에 독자로서 죽고 싶다는 바람을 단념한다. "저자가 죽으면 입관할 때 / 저서를 함께 넣기도 한다는데 / 독자가 책 읽다가 죽어 무덤에 묻힐 때 / 애독서를 부장하는 관습이 없는 시대에 / 애독자로 시집을 읽다가 죽기를 원하다가도 / 시인으로 시를 쓰다가 죽고 싶었다(「죽음에 다가가는 절차·7」 마지막 연)". 시인으로 시를 쓰다가 죽고 싶었다는 말은, 죽은 자신의 관 속에 자기가 썼던 시가 부장되기를 바란다는 뜻이다. 시적 화자는 죽은 뒤에도 자신과 이 세상을 이어줄 수 있는 유일한 끈으로서 시를 쓰는 것이다. 앞서 시적 화자는 죽음을 삶과의 단절로만 바라보았다. 그렇게 죽으면 아무것도 남지 않는다고 했음에도 자기 관에 자신의 시가 함께 묻히기를 바라는 것은 모순이지 않은가? 시적 화자는 비정하게 죽음을 앞두고 있으면서도 끝끝내 시인으로서의 정체성만은 포기하지 못하는 것이다. 저자가 아니라 독자로서 죽는다면 이 세상에 자신의 흔적을 아무것도 남기지 못할지도 모른다는 두려움으로.

그렇다면 삶 쪽에 서서 죽음을 바라보는 시적 화자는 어째서 이처럼 모순적이고 양면적인 태도를 드러낼까? 아무리 죽음 이후에 아무것도 남지 않는다고 상상해보더라도 그것은 상상일 뿐이기 때문이다. 아직 삶을 살아가는 한, 죽고 난 뒤에 어떠한 풍경이 펼쳐질지는 누구도 알 수 없는 일이 아니겠는가. 「죽음에 다가가는 절차 · 39」는 삶 쪽에서 죽음을 바라보는 일의 한계와 절망감을 적나라하고 아름답게 표현해놓고 있다. 이 시는 마법적 상상력을 그로테스크하게 펼치면서도 그 상상력의 한계까지도 너무나 솔직하고 정교한 시적 기법을 통하여 제시함으로써 시집 전반부 가운데 우뚝하게 자리한다.

나는 불 *끄고* 간이침대에 누워
배꼽 위에 양손을 얹고 깍지 낀다
내가 실제로 칠성판에 뉘어 있다면
아무런 상상도 할 수 없을 지금,
간이침대를 둘러싼 어둠이
관이 되어 나를 입관한다

나는 오랜 날 간이침대에 누워 잠잤으며
다시 깨어나지 않기를 바란 날이 많았는데
오늘 입관되어 죽음을 상상하는 밤에
관 속으로 들어온 것들이 나를 건드린다

등 쪽으로 기어온 벌레가 나를 깨우고
옆구리 쪽으로 흘러온 물줄기가 나를 적시고
다리 쪽으로 다가온 소나무가 나를 일으켜 세운다

내가 벌떡 일어나 관 뚜껑을 열고 나오면

어둠이 밀려나서 깊어진다

한순간 간이침대는 삐걱대다가 멎고

도무지 죽음이 상상되지 않아

나는 방 한가운데 우두커니 선다

　　　　　　　　—「죽음에 다가가는 절차 · 39」, 전문

　처음 1연에서 시적 화자는 "불 끄고 간이침대에 누워" 죽음을 상상한다. "간이침대를 둘러싼 어둠이 / 관이 되어 나를 입관한다"고 상상하는 것이다. 그러나 이 지점에서부터 모종의 모순 또는 균열이 발생한다. 죽은 뒤에는 육신도 영혼도 다 사라지고 나면 상상한다는 행위 자체가 불가능하리라고 시적 화자는 생각하기 시작한다. 죽음을 상상한다는 행위 자체가 아직 죽지 않고 살아 있다는 증거 아닌가. "내가 실제로 칠성판에 뉘어 있다면 / 아무런 상상도 할 수 없을" 것이다. 내면의 상상을 통해서는 죽음 이후의 세계로 침잠하지만, 상상하고 있는 시적 화자 자신은 아직 죽음의 외부에 존재한다. 죽음으로 빠져드는 내면 의식과 아직도 죽음 바깥에 있는 외부 현실 사이의 괴리. 이러한 괴리가 이 시의 정황을 기묘한 분위기로 가득 채우는 것이다.

　다음으로 2연부터 3연까지는 시적 화자가 죽음을 본격적으로 상상하기 시작하여 그 상상의 세계 속으로 침잠하는 과정을 그리고 있다. 2연에서 "죽음을 상상하는 밤에 / 관 속으로 들어온 것들이 나를 건드린다"라는 구절은 허구적 관념에 불과한 상상이 구체적이고 물질적인 몸을 입는 순간의 절묘한 표현이다. 허구와 실재, 관념과 현실 사이를 매끄럽게 교차시키는 기법은 하종오 시 고유의 특징이자 득의의 영역이다.

상상일 뿐인 죽음의 세계를 생생하게 체험시킨 뒤, 3연은 죽음 속으로 초대된 독자들에게 죽음의 그로테스크한 풍경을 충격적으로 펼쳐 보인다. 상상의 죽음으로부터 실재의 죽음으로 유도된 독자들에게 3연이 얼마나 끔찍하고 소름 끼치게 느껴질지 상상해보라. 이처럼 위 작품은 3연의 그로테스크한 충격 효과를 극대화하기 위하여 독자들을 죽음의 바깥쪽에서 죽음의 안쪽으로 이끈다. 그 죽음 이후의 풍경에는 일말의 낭만적 초탈함도 느껴지지 않는다. 죽음은 다만 "벌레"나 "물줄기"나 "소나무" 따위가 나의 주검을 건드리게 되는 일일 뿐이다. 인간을 인간답게 해주는 것이 모두 다 사라지고 하릴없이 자연 사물의 일부가 되는 것이 죽음의 민낯이다. 죽음의 민낯을 똑바로 들여다보는 일만큼 무서운 일이 또 어디 있을까? 이처럼 시는 독자에게 공포를 강제한다.

마지막 4연이 이 작품의 압권이다. 여기에는 모종의 아이러니가 있다. 4연의 1행과 2행에 이르기까지 시적 화자는 아직 죽음 이후의 상상적 풍경 속에 머물러 있다. 죽음 이후를 알고자 하는 사람의 바람이란 그만큼이나 짙고 깊을 것이다. 그러나

4연의 4행과 5행에 이르러 시적 화자는 지금까지 독자를 유인했던 상상이 모두 속임수이자 헛것이었음을 드러내 보여준다. 1~2행과 4~5행 사이, 3행의 삐걱거리는 소리는 죽음 이후에 관한 상상과 죽음 이전의 현실이 화해하지 못하고 삐걱대는 소리다. 상상과 현실 사이의 삐걱거림, 죽음과 삶 사이의 불협화음을 이 작품보다 더 비감하고 솔직하게 드러낼 수 있을까.

이 시의 참된 성취는 단순히 죽음 앞에서 개인적인 심경을 시적으로 형상화했다는 데 그치지 않고 새로운 리얼리즘 시의 미학을 건드리는 데까지 나아간다. 전통적으로 서정 양식은 상상과 현실 사이에 모순이 존재한다는 사실을 용납하지 않는다. 예컨대 '내 마음은 호수요'라는 상상은 서정시 속에서 단순히 허구적 상상이 아니라 진실한 상상으로 받아들여져야 한다. 어떠한 독자라도 '내 마음은 호수요'라는 상상이 한낱 속임수이며 거짓이라고 이죽거릴 수는 없다. 그런 독자는 서정시의 문법을 모르는 사람으로 치부될 따름이다. 하지만 하종오 리얼리즘은 상상과 현실 사이에 가로놓인 심연을 회피하지 않음으로써 기존 서정의 문법을 거침없이 넘어선다. 그와 동시에 하종오 리얼리즘은 독자들의 시선이 상상과 현실 사이의 괴리를 응시하도록 한다. 고개 돌리지 말고 똑바로 바라보라고. 현실에 발 딛고 사는 이에게 죽음 이후를 상상한다는 것은 그저 허구일 뿐이라고. 죽음 앞의 두려움과 고통을 상상 속에서 해결하려는 거짓말에 위로받거나 속지 말라고. 오로지 상상과 현실 사이의 단절과 그로 인한 비참함을 직시하라고 시인은 이야기한다. 비참함에 침잠하지 않는다면 우리는 죽음에 관한 물음을 그만 멈춰버리고 말 것이기에.

「죽음에 다가가는 절차·50」부터 시적 화자는 죽음을 맞이한다. 여기부터가 시집의 후반부, 즉 비생非生 쪽에서 생生을 건너다보는 부분에 해당한다. 이는 죽음 이후에 관한 상상과 전혀 다르고, 상상과 현실의 화해와도 거리가 멀다. 여기에서 시인은 죽음 이후에 관한 상상을 통해 독자를 안심시키는 데 아무런 관심이 없다. 그런 까닭에 나는 일부러 '죽음 이후'라는 표현 대신에 다만 삶이 아닌 영역, 즉 '비생非生'이라는 말을 활용하고자 한다. 비생非生의 영역에서 시적 화자가 도달하는 결론은 끔찍할 만큼 단순하다. "나는 죽은 뒤에도 / 별것 아니었다"는 것이 전부다. 하종오의 말년 시편은 일반적으로 독자가 한 예술가의 말년 작품에서 기대하는 어떠한 거짓 위로도 용납하지 않으며, 자신의 예술 세계를 완성해가는 자의 원숙함도 가장하지 않는다.

그러나 죽음 앞으로 미리 달려간 하종오의 인식은 그다음으로 확장되면서 충격을 선사한다. 죽음은 영원한 다음이기 때문이다. 그다음이란 도대체 무엇인가? "나는 죽은 뒤에도 / 별것 아니었다"는 깨달음 자체가 곧 "별것처럼" 한 편의 "시가" 된다 (「죽음에 다가가는 절차·51」). "육체와 영혼이 없어진 / 무인無人이 쓸 수 있는 시도 있다고 / 죽어서 나는 생각"한다는 것이다

(「죽음에 다가가는 절차 · 52」). 죽은 뒤에도 별것 아니었다는 체험이 대체 어떻게 별것처럼 한 편의 시가 될 수 있는가? 죽어서 육체와 영혼이 없어진 비인간이 쓸 수 있다는 시는 무엇이란 말인가? 바로 이 지점에서 우리는 놀라운 역설을 읽어야 한다. 흔적을 지우려는 몸짓 자체가 또 하나의 흔적이 되는 역설을. '태양 아래 새로운 것은 없다'라는 문장 자체가 새로운 표현이었다는 역설을.

흔적을 지우려는 몸짓이 또 하나의 흔적이 되는 역설은 일종의 사후성Nachträglichkeit을 만들어낸다. 앞서 나는 이 시집을 크게 두 부분으로 나누어 살피고자 했다. 전반부는 삶 쪽에서 죽음을 바라보는 시편에 해당한다. 여기에서 시적 화자는 죽음을 몸도 영혼도 없어지는 것이라고 사유하였다. 이는 죽음 앞에서 삶의 미련을 지우려 하는 몸짓과 같다. 그러나 전반부에서 시적 화자는 끝까지 시인으로 시를 쓰며 살다가 죽고 싶다는 희망만을 남겨두었다. 요컨대 죽음에 다가가며 삶의 흔적을 지우려 하되, 시인이라는 이름답게 죽겠다는 바람만큼은 놓지 않은 것이다. 반면에 후반부는 비생非生 쪽에서 생生을 건너다보는 시편에 해당한다. 여기서 시적 화자는 실제로 죽어보니 몸도 영혼도 없어졌으며 별것 아닌 무인無人이 될 뿐임을 경험하였다. 그러나 그렇게 제 흔적을 지운 상태는 별것처럼 한 편의 시라는 흔적으로 전환되었다. 이때 흥미로운 점은 후반부에서 시적 화자가 겪은 내용이 전반부의 과정 전체를 가리킨다는 사실이다. 죽어서 삶의 흔적을 지운 상태가 시라는 흔적으로 전환된다는 후반부의 역설은 죽음 앞에서 삶의 흔적을 지우려 하되 시인으로서의 죽음에 대한 바람을 저버리지 못한다는 전반부의 역설과 상통한다. 후반부 이전에 전반부는 삶 쪽에서 죽음 쪽을 바라보는 시편이었다. 그러나 후반부는 죽어서 몸도 영혼도 없는 무인無人이 쓰는 시가 바로 그 앞에 놓인 전반부 시편과 다르지 않음을 보여준다. 후반부는 전반부의 의미를 사후적으로 재구성하는 것이다. 박근혜 탄핵 국면에서처럼 민주주의가 죽음의 위기에 맞닥뜨린 상황 속에서 그보다 시간상으로 앞선 1960년 4월 민주화 혁명, 1980년 5월 광주, 1987년 6월 항쟁 등 한국 민주주의의 원천적 사건이 새로운 의미로 호출되듯이. 후반부의 시편은 흔적을 지우려는 몸짓 자체가 다시 흔적이 되는 역설 속에서 사후성이라는 시간의 놀이를 역동적으로 형상화한다.

죽은 나는 육체와 영혼이 없었다
노년의 나와 유년의 내가 치는
장난을 함께 치지 못했다
그들은 혼들혼들 손짓발짓했다
노년의 나와 유년의 내가 나누는
잡담을 함께 나누지 못했다
그들은 재잘재잘 지껄였다

노년의 나는 혼자 우울하였다
유년의 나는 혼자 명랑했다
죽은 내가 가까이 있어도 인사하지 않았다
노년의 나는 바다를 내려다보았다
유년의 나는 하늘을 올려다보았다

노년의 내가 유년의 나를 짓시늉했다
유년의 내가 노년의 나를 짓시늉했다
서로 짓시늉하는 그들을
죽은 내가 짓시늉해도 반응이 없었다

노년의 나와 유년의 나는 끼니때마다
배고파 먼저 밥을 먹으려고 다투었다
죽은 내가 말리면 그들이 나를 밀쳐냈다
육체와 영혼이 없는 죽은 나는
슬퍼하지도 기뻐하지도 않았다

　　　　　　　　—「죽음에 다가가는 절차 · 54」, 전문

　위 작품에는 "유년의 나", "노년의 나", "죽은 나", 이렇게 세 명의 인물들이 등장한다. 현실적으로 "유년의 나"와 "노년의 나"와 "죽은 나"가 동시적으로 같은 장소에 있을 수 없다. 예를 들어 "노년의 내가 유년의 나를 짓시늉"한다거나 "유년의 내가 노년의 나를 짓시늉"한다는 것은 실제로 물리적 시간 속에서 결코 일어날 수 없는 일이다. 그러나 "죽은 나"의 시야 속에는 "유년의 나"와 "노년의 나"가 같은 때와 같은 곳에서 공존하며 상호작용한다. 그렇다고 위 작품이 추상적이거나 초월적인 무시간성을 지향하는 것은 아니다. 오히려 이 시에서 유년이라는 과거, 노년이라는 현재, 죽음이라는 미래는 서로 포개졌다가 떨어져 나가고 다시 종합되며 시간교란anachrony의 운동성을 강렬하게 드러낸다. 하종오의 말년 시편은 삶과 죽음이 절대적으로 단절되어 있다고 간주하는 직선적 시간관에서 벗어난다. 말년 시편 속에서 삶은 순간순간 죽음을 미리 앞당겨옴으로써 제 의미를 새롭게 조명하며, 죽음은 늘 삶의 곁에 자리한다.

위에 인용한 시는 그러한 시간의 순환성을 율동적으로 표현해 낸다. 이는 작품 각 연의 주어를 정묘하게 변주하는 기법으로써 잘 나타난다. 먼저 1연을 이루는 문장 속에서 전체적으로 의미상 주어가 되는 것은 "죽은 나"이다. 다음으로 2연과 3연에서 행위 주체는 "노년의 나"와 "유년의 나"다. 마지막 4연에서 1~2행의 주어는 "노년의 나"와 "유년의 나"인 반면에 4~5행의 주어는 "죽은 나"이다. 4연 1~2행과 4~5행의 사이에 해당하는 4연 3행은 "그들(노년의 나와 유년의 나)"과 "죽은 나"를 한 문장 속의 대등한 주어로 제시한다. 시인은 위 시에서 행위나 인식의 중심 초점을 미래의 "죽은 나"에서(1연) "노년의 나"와 "유년의 나"로 (2~3연), 다시 "노년의 나"와 "유년의 나"로부터 "죽은 나"로(4

연) 변주하는 것이다. 이를 통하여 미래에서 과거를 바라보고, 과거가 미래와 접촉하며, 다시금 미래가 과거를 현재화하는 시간의 율동적 운동이 생생하게 제시된다.

그중에서도 특히 3연과 4연은 살아간다는 일의 신비로움과 고됨에 관해 여러 깊은 의미를 던져주는 점이 있다. 먼저 3연의 중심 소재는 "짓시늉"이다. "짓시늉"이라는 말은 '어떤 모양이나 동작을 본떠서 흉내 냄'을 뜻한다. 먼저 노년의 나는 유년의 나를 "짓시늉"한다고 했다. 노년의 나와 유년의 나 사이에는 물리적 시간의 단절이 있으므로, 노년의 내가 유년의 나를 짓시늉한다는 문장은 표면적으로 보기에 논리적 모순일 따름이다. 그러나 깊이 생각해보면, 사람은 아무리 나이를 먹어도 근본적으로 변하기 어려운 측면이 있다. '나'는 과거의 '나'를 답습하는 경우가 많은 탓이다. 비록 이후의 내가 이전의 나와 크게 달라졌다고 해도, 이후의 변화된 나는 무수한 '이전의 나'들이 축적되고 중첩된 소산이라 할 수 있다. 이후의 내가 변화를 크게 겪었다고 하면, 그것은 아무것도 없는 데서 변화를 겪은 것이 아니라 어디까지나 이전의 나로부터 변화를 겪은 것이기 때문이다. 짓시늉을 하는 자는 짓시늉의 대상이 되는 자와 비슷하면서도 완전히 똑같을 수가 없다. 모방은 차이를 낳고, 차이는 모방 속에서 일어나는 것이다. 노년의 내가 유년의 나를 시늉한다는 것은 바로 이 점을 재미나게 포착하였다. 이와 같은 까닭으로 유년의 나도 노년의 나를 시늉한다고 볼 수 있다. 유년의 내가 했던 무수한 행위와 사유들이 결국 노년의 나를 만들기 때문이다.

4연에서 "죽은 나"는 노년의 나와 유년의 내가 "먼저 밥을 먹으려고 다투"는 정황을 지켜본다. "밥"은 모든 생명의 궁극적 원천이다. 따라서 동학의 2대 교주인 해월 최시형은 "하늘은 사람에 의지하고 사람은 밥에 의지하니, 수많은 일을 아는 것은 한 그릇 밥을 먹는 것天依人 人依食 萬事知 食一碗"과 같다고 말하였다(「천지부모天地父母」, 『해월신사법설海月神師法說』). 그러므로 "모든 존재자物物와 사건事事이 하늘로써 하늘을 먹이는 것以天食天"이라고 한다(「이천식천以天食天」, 『해월신사법설』). 하종오 리얼리즘 고유의 특징은 언제나 밥이라는 근본 문제로부터 출발한다는 데 있다. 하지만 살아가는 일의 힘겨움은 근본적으로 밥벌이의 고달픔에서 비롯되기도 한다. 밥은 가만히 있다고 해서 저절로 주어지는 것이 아닐뿐더러, 아무리 애써 일을 한다고 해서 끝없이 얻을 수 있는 것도 아니다. 어쩌면 한 사람이 평생 먹을 수 있는 밥은 정해져 있지 않을까 하고 시인은 생각한다. 유년의 내가 밥을 많이 먹는 것은 노년의 내가 먹을 수 있는 밥을 미리 빼앗아 먹는 것일 수도 있다. 거꾸로 노년의 내가 많이 먹는다면, 그것은 유년의 내가 배부르게 먹지 못한 밥을 마저 먹는 것일지도 모른다.

"죽은 나"는 노년의 나와 유년의 내가 서로를 시늉하거나 밥을 먼저 먹으려고 다투는 꼴을 모두 지켜보고 있다. 그러나 그들은 "죽은 나"에게 "반응"하지 않으며 "죽은 나"를 "밀쳐"내기까지 한다. "죽은 나"는 노년의 나와 유년의 나를 지켜볼 수 있어도, 살아 있는 '나'들은 "죽은 나"의 존재를 감지하지 못한다. 하지만 우리는 이 시를 읽었다. 이 시를 읽은 순간, 우리는 이 시를 읽기 전의 상태로 영영 돌아갈 수 없다. 내가 이 순간에 글을 쓰고 있는 동안에도, 죽은 나 자신은 이 글을 쓰고 있는 나를 지켜보고 있을지도 모르기 때문이다. 내가 이 순간에 하는 짓들의 영향력은 유년의 나와 노년의 나를 넘어서 죽은 나에게까지 닿을 것이다. 예컨대 미당 서정주 같은 이들이 만일에 욕된 짓을 저지르지 않았다면, 그전에 그가 썼던 시들은 아름답게만 읽혔을지도 모르며 그 후에 남은 그의 이름마저도 오늘날과 다른 의미로 기억되었을지 모른다. 이를 표현한 시가 시집의 마지막에 자리한 「죽음에 다가가는 절차 · 55」이다.

죽은 내가 생전에 만든 적 없는
나의 더미와 마주쳤다
죽은 나는 늙었는데
나의 더미는 젊었다
죽은 나는 한 명이지만
나의 더미는 여러 명 있을 수 있겠다 싶어
죽은 나는 나의 더미를 살폈다
나의 더미에는 아닌 게 아니라

앞날이 보이지 않아 절망하는 청년1도 있었고
시를 고쳐 쓰며 방황하는 청년2도 있었고
혁명의 구호를 외치는 청년3도 있었다
그보다 더 많은 청년들이 제각각
취업이나 식사나 취침을 하기 위하여
이력서를 썼고 수저를 들었고 침대에 누웠다
내가 죽었는데도
나의 더미들이 일상에서 제 할 일 하는 모습이 한꺼번에 보였다
죽은 내가 나의 더미들에게 다가갈 때
청년1은 이마를 책상에 대고 울고 있었고
청년2는 원고지를 불태운 재에 흙을 덮고 있었고
청년3은 바리케이드 앞으로 나아가고 있었다
내가 죽은 뒤에도 그렇게 살아 있는 나의 더미들에게
누구에 의해 만들어졌느냐고 묻지 않았다
나의 더미도 죽은 나에게 아무것도 묻지 않았다
그냥 서로 한참 동안 쳐다보았다

—「죽음에 다가가는 절차 · 55」, 전문

'더미dummy'는 '인체 모형'을 뜻하는 낱말이다. 살아 있는 사람의 몸뚱이를 대신하는 마네킹 같은 것이다. 위 작품에서 "죽은 나"는 "청년1"과 "청년2"와 "청년3" 등, 수많은 청년 시절의 '나'들을 자신의 더미들이라고 인식한다. 상식적으로 우리는

원본이 시간상 앞선 것이며 모방품이 시간상으로 뒤서는 것이라고 여긴다. 청년 시절의 '나'들은 "죽은 나"의 과거이다. 그러나 이 작품은 청년 시절의 '나'들을 "죽은 나"의 모방품으로 형상화한다. 이처럼 하종오의 말년 시편은 원본과 모방품의 선후 관계를 역전시키고, 과거와 미래의 물리적 단절을 와해시킨다.

일반적으로 운명은 태어날 때부터 타고나는 것이라고 여겨진다. 하지만 인간의 생을 강물의 흐름에 비유해보자. 그러면 운명이 시초에 있는 것이 아니라 종국에 있음을 알 수 있다. 상류의 여러 물줄기가 어디로 흘러왔으며 어떻게 흘러왔는지를 강의 하류가 전체적으로 나타내듯이. 우리가 어떻게 살았으며 왜 살아왔는지를 다른 이름으로 하여 운명이라고 부른다. 우리가 사는 동안에 무엇을 하느냐에 따라서 우리 운명은 끊임없이 변화한다. 하류가 상류의 흐름에 따라서 달라지듯이. 다만 우리는 한 사람의 삶이 모두 끝난 다음에서야 그 삶의 모든 흔적을 운명이라는 틀로 엮어낼 수 있을 뿐이다.

"청년1"은 어디로 나아갈지 몰라서 방황하는 더미다. "청년2"는 시를 쓰며 고뇌하는 더미다. "청년3"은 혁명을 부르짖는 더미다. 세 개의 더미는 각각 다른 것들처럼 표현되지만, 실상은 모두 다 "죽은 나"의 과거 속 여러 파편일 수 있다. 살아 있는 동안에 "죽은 나"는 방황하기도 했고, 시를 쓰기도 했으며, 혁명을 갈망하기도 했을 것이다. 통념적으로 생각하기에 '나'라는 개체는 여러 개가 아니라 한 개처럼 보인다. 그러나 '나'라는 존재의 구성은 단수형이 아니라 복수형이다. 하종오는 여기에서 한 발짝 더 나아가, 그렇게 '나'를 이루는 여러 '나'들이 "죽은 나"의 모방품들이라고 표현하였다. 나의 내면에 층층이 쌓여 있는 수많은 정체성은 "죽은 나"를 본뜬 것이다. 내가 살아가면서 고민하고 실천하는 모든 행위는, 내가 죽음을 맞는 순간에야 비로소 궁극적인 의미를 얻을 수 있다. 지금 여기서 내가 벌이는 일들이 앞으로 나를 어떻게 변화시킬지, 최후에 가서 나를 어떤 존재로 귀결시킬지는 미리 결정되어 있지 않은 것이며 잠재적 가능성으로 가득 차 있는 것이다. 그래서 "죽은 나"는 "나의 더미들에게 / 누구에 의해 만들어졌느냐고 묻지 않"는다. 또한 "나의 더미도 죽은 나에게 아무것도 묻지 않"는다. 살아 있는 나 자신은 "죽은 나"의 한 부분을 모방하고 있지만, 내가 살아가는 동안 어떤 행위를 하는지에 따라서 "죽은 나"의 모습은 달라지기 때문이다. 삶이란 죽음이라는 원본의 모방품이다. 그러나 모방품으로서의 삶이 어떻게 변화하느냐에 따라서 원본으로서의 죽음도 변화한다. 하종오의 시 세계는 죽음에 관한 사유를 통해 여기까지 확장(확대)되었고 집중(심화)되었고 갱신(진화)되었다. 이 과정 자체가 다름 아니라 죽음에 다가가는 절차 아니겠는가.

시의적 화해에서 벗어난 말년의 양식

말년의 하종오 시에 다가가고자 할 때, '말년 문학은 작가의 생물학적 나이라는 기준에 따라서 규정된다'는 통념을 경계해야만 한다. 에드워드 사이드에 따르면 그와 같은 통념은 '시의성 timeliness'에 근거한 고정관념이라고 한다. 예를 들어 하종오의 이 시집 가운데 「죽음에 다가가는 절차 · 20」에서 "시란 젊은 날에 쓰는 장르"라는 "선배소설가"의 "고정관념"이 곧 시의성에 해당한다. 섬세한 감수성과 싱싱한 감각을 지닌 젊은 시절에 시를 가장 잘 쓸 수 있다는 고정관념은 실제로 널리 퍼져 있는 편견이다. 이는 젊은 시인의 시에 대한 편견일 뿐만 아니라 시문학 장르 자체에 대한 편견이기도 하다. 시를 곧 감각이나 감수성의 산물이라고만 간주하기 때문이다. 그렇게 생각하는 독자는 시에서 표현 기법이 얼마나 참신하게 뒤틀려 있는지, 또는 시인이 남들보다 얼마나 여린 마음씨를 가지고 울 수 있는지 따위만을 즐기기 쉽다.

젊은 시인의 시에서 기괴한 감각과 과도한 감수성을 기대하게 되듯이, 우리는 보통 말년의 예술가가 창조한 작품 속에서 '원숙한 경지'를 기대하고는 한다. 그처럼 말년의 작품들 속에서 예술가의 연륜에 따른 성숙함, 화해, 평온함 따위를 찾아내려는 독법이야말로 '시의성'에 맞추어 작품을 재단하는 방식에 해당하는 것이다. 당장에 떠오르는 예로는 황동규의 경우를 꼽을 수 있다. 그가 근래에 들어 펴낸 시집들에는 "부처"나 "예수"나 "원효" 등이 빈번하게 출몰한다. 황동규 시는 그러한 페르소나 persona들의 입을 빌려 삶의 본질에 대한 원숙한 시인의 통찰을 설파한다. 그의 시가 겨냥하는 감동은 시인이 어른의 위치에 서서 아이의 위치에 놓인 독자들에게 거룩한 깨달음을 전할 때 비롯한다. 황동규뿐만 아니라 많은 '말년의' 작가들이 그러하지 않은가?

한국 리얼리즘 시의 원로로 떠받들어지곤 하는 신경림의 사례도 크게 다르지 않다. 그의 시 「별」에서 시적 화자는 "눈 밝"은 젊은 시절과 달리 "나이 들어"서 "눈 어두"워지자 "서울"의 "탁한 하늘에 별이 보인다"고 하였다. 미세먼지로 가득한 서울의 밤하늘에서, 그것도 늙어서 어두워진 눈으로 별을 본다는 일은 얼마나 허황한 거짓인가. 물론 여기서 "별"은 실제로 밤하늘에 뜨는 별이 아니라 "사람들 사이에" 떠 있는 별, 다시 말해서 모든 존재가 연결되어 있다는 조화로움의 관념을 상투적으로 상징한 시어이다(신경림, 『사진관집 이층』, 창비, 2014, 47쪽). 신경림의 사례는 독자 대중이 나이 지긋한 작가에게 요구하는 인생과 세계의 낙관적 화해를 전형적으로 그리고 있다. 쉽게 말해서 우리는 큰 어른에게, '살아보니 살 만하더라'는 위로를 받고 싶어 하는 것이다. 그러므로 신경림의 근작은 광화문 교보문고 현판에나, 아니면 지하철 스크린도어에나 걸릴 법한 것이다. 실제로 이 시가 그런 곳들에 걸려 있는 광경을 나는 보았다. 시적 성향이 매우 상이하다고 여겨지는 황동규와 신경림, 이들 시인이 오늘날 쓰고 있는 원숙한 포즈의 시는 말년 문학에 대한 통념을 하릴없이 따른다는 점에서 이토록 서로 닮아 있는 것이다.

아이 같은 독자들은 어른 같은 시인에게 호기심을 느낀다. 세상을 살아보니 어떠했는지, 이 세상에서 산다는 일은 가치가 있는지를 궁금해한다. 독자들 대부분이 자기 삶의 가치를 확신하지 못하고 있기 때문 아닐까? 자본주의 사회는 인간을 거대한 기계의 한 조각 부품으로 전락시킨다. 그러나 인간이 인간인 이상, 인간은 남들과 대체될 수 있는 부속품으로서가 아니라 유일무이의 가치를 지닌 존재로 정당화되어야 한다. 이러한 정당화의 과제는 특히 죽음 앞에서 더더욱 절실해질 수밖에 없다. 죽음은 인간에게, 네가 죽어도 크게 달라질 게 있느냐고 질문하기 때문이다. 그러나 연륜의 시의성에 따라서 성숙한 화해만을 탐닉하는 문학은 '힐링'과 같다. 그것은 죽음 앞에서 인간의 유일무이한 존재가치를 정당화하는 것이 아니다. 그것은 다만 자본주의 메커니즘의 기계장치로 사는 삶을 그다지 나쁠 것 없이 괜찮은 것, 심지어는 아름다운 것으로까지 포장할 따름이다. 그런 식의 문학은 부조리한 현실의 여러 모순을 은폐하는 데 이바지한다.

반면에 에드워드 사이드는 그러한 통념에 이의를 제기한다. 그는 예술적 말년성lateness에 관한 것이 조화와 해결이 아니라 비타협이나 미해결의 모순과 같다면 어떠하겠느냐고 묻는다. 다시 말해서 부조화의 긴장, 비생산적 생산력의 성격을 가지는 '말년의 양식late style'에 주목하는 것이다. 그에 따르면 시의성과 대조되는 의미에서 말년성은 "용인될 수 있는 것과 표준적인 것을 넘어서 살아남는 것의 관념"으로서, "부르주아 사회와 심지어는 조용한 죽음마저 거부하고 멀리 거리를 둠으로써 바로 그 때문에 보다 위대한 의미와 거역을 성취한다." 그러한 까닭으로 말년의 양식은 역설적으로 "원형적인 새 미학적 형식"이 될 수 있으며, 후대의 예술가들에게 새로운 예술 형식의 원천이 될 수 있다. 요컨대 말년의 양식이란 "동떨어짐과 망명과 시대착오의 감각을 증대시키는" 형식이다(Edward W. Said, *On Late Style: Music and Literature Against the Grain*, New York: Pantheon Books, 2006, pp. 5~17. 이하 번역은 모두 필자의 것).

하종오의 말년 시는 오늘날 한국 비평의 관심사와 동떨어진 망명의 문학이자, 오늘날 한국의 시단에서 유행하는 그 어떤 분위기와도 닮지 않은 시대착오의 문학이다. 특히 보통 사람들이 작가의 말년 작품에 기대하는 원숙함, 성숙한 지혜, 현실과의 화해, 평온한 달관 따위를 전혀 찾을 수 없다는 측면에서 더욱 그렇다. 하종오 시는 죽음이라는 본질적인 문제에 육박해 들어갈 때도, 미소를 띠며 과거의 삶을 회고하면서 침착하고 차분하게 죽음을 맞으려 하지 않는다. 죽으면 아무것도 남는 것이 없다고, 따라서 스스로 쓰고 싶은 것만을 쓰겠다고만 한다. 죽음에 다가가는 하종오의 시적 절차는 초조한 긴장감과 고집스러운 투박함으로 가득 차 있다. 독자의 커다란 호응을 기대하지도 않으며 많이 팔리지도 않는 시집들을 무서운 속도로 계속 펴내고 있는 하종오의 비생산적 생산력도 이러한 맥락에서 충분히 이해가 가능하다. 그러므로 하종오의 말년 시는 한국 시문학사에서 매우 드물게, 진정한 의미의 '말년성'을 드러내는 희귀 사례다. 시는 겉보기에 독자의 요구를 도외시하고 시인의 자족만을 위하는 듯한 이 양식 속에서 살아 있는 미래를 찾아낼지도 모른다.

'말년의 양식'은 테어도어 아도르노에게서 가져온 개념이다. 아도르노는 황동규나 신경림 등의 경우에 나타나는 말년 작품의 원숙함에 관한 통념 자체를 철저히 깨부순다. "중요한 예술가들의 말년 작품이 지니는 원숙함은 열매에서 발견되는 종류의 원숙함과 닮지 않는다. 그 말년 작품들은 대부분 둥글지 않고 패어 있으며 심지어 피폐하다. 달콤함은 전혀 없이, 씁쓸하고 가시가 돋은 채로, 그것들은 단순한 즐거움에 투항하지 않는다." 이러한 측면에서 말년의 양식에 해당하는 사례로 아도르노는 루트비히 판 베토벤의 사례를 꼽는다. 아도르노가 보기에 베토벤의 말년 작품은 원숙함이나 조화로움 따위와 거리가 멀다는 것이다. 하종오의 말년 시편 가운데 베토벤에 관한 작품이 있다는 것은 흥미로운 지점이다(「죽음에 다가가는 절차 · 33」).

그런데 베토벤의 말년 작품에 나타나는 불협화음의 성격을 "거리낌 없는 주관성subjectivity 또는 '인격personality'의 산물"로 해석하는 방식이 보통의 시각이라고 한다. 다시 말해서 기존의 논의들은 "스스로를 더욱 잘 표현하기 위하여 형식의 포장을 돌파"하는 것, 형식의 굴레에 얽매이지 않고 예술가 자신의 주관을 자신감 있게 표현하게 된 경지로서 말년의 베토벤 작품을 설명한다는 것이다. 그러나 아도르노는 이처럼 지배적인 견해가 작품을 단지 예술가의 "전기傳記"나 "심리적 기원"으로 환원시키는 데 불과하다고 비판하며, 오히려 "작품들의 기법적 분석"과 그것의 "특수성particularity"에 주목해야 한다고 주장한다 (Theodor W. Adorno, "Late Style in Beethoven," in *Essays on Music*, trans. Susan H. Gillespie, Berkeley, Calif.: University of California Press, 2002, pp. 564~565). 예술가의 주관이 너무나 성숙하였기 때문에 형식의 관습을 벗어나서 자유롭게 표현된 것이라는 식으로 말년 작품을 해석하는 관점은 결국 예술가가 말년에 어떤 심리 상태에 있었는지, 그 당시에 어떻게 살고 있었는지 등, 작품의 형식적 특성과 무관한 측면으로 말년의 양식을 규정하는 것일 뿐이다. 예컨대 황동규나 신경림의 말년 작품들에서 시적 형식상의 특수성이 두드러진다고 보기는 매우 어렵다. 그들의 말년 작품은 모두 그들이 젊은 시절부터 익숙하게 썼던 시적 기법을 그대로 되풀이한 것에 가깝다. 그뿐만 아니라 그들의 말년 작품 속에는 인생을 달관한 자의 원숙한 깨달음과 같은 작가 자신의 주관성이 과도하게 표출되는 것이다. 따라서 그 시인들의 말년 작품을 읽으며 단지 그들이 인생의 말년에 무슨 생각을 품게 되었는가와 같은 심리적 해석만을 하게 되기가 쉽다. 하지만 하종오의 말년 시편은 작품의 형식적 특수성이 독자를 불편하게 만들 만큼 두드러진다. 하종오의 말년 양식은 그 이전에 시인이 활용하던 스타일과 크게 다르다.

하종오 시 세계의 스타일 변화는 시집『지옥처럼 낯선』(랜덤하우스코리아, 2006)에서부터 시작되었다. 오랜 절필 기간을 마치고 그가 쏟아낸 이전 시집들은 깊디깊은 사유와 뛰어난 표현 기법을 보여주며 한국 서정시의 수준을 한 단계 끌어올린 전범이었다.『무언가 찾아올 적엔』(창비, 2003)에서 하종오의 사유와 표현은 빈틈없이 조화를 이루었으며,『반대쪽 천국』(문학동네, 2004)은 시대 현실의 문제를 직접 다루면서도 시 자체의 아름다움을 잃지 않는 하나의 기적이었다. 그런 만큼『지옥처럼 낯선』을 처음 받아 읽었을 때 느꼈던 당혹감은 이루 말할 수 없이 클 수밖에 없었다. 이전의 시집들이 보여주었던 눈부신 성취들이 자취를 감춘 듯하였으며, 지나치게 건조하고 밋밋한 것처럼 보였기 때문이다. 서정적 감수성과 뛰어난 시적 표현을 발휘하는 자체가 이제는 무의미하다고 주장하는 듯했다. 물론『지옥처럼 낯선』이후의 시편에도 하종오 리얼리즘 고유의 성취라 할 수 있는 시적 기법은 생생히 빛나고 있다. 더 정확히 말하자면, 여타의 기법들을 지워내고 오로지 하종오 리얼리즘의 고유함을 계속 심화하는 것이다. 어쩌면 하종오의 말년 양식은 다름 아닌 그때부터 시작되었던 것이리라. 이러한 측면에서 말년 양식에 관한 아도르노의 통찰은 하종오의 말년 시편을 조명하는 데 유의미한 실마리를 제시해준다.

죽음은 예술작품이 아니라 오직 창조된 존재 위에만 부과된다. 그러므로 죽음은 오직 굴절된 양상을 통해서 알레고리로 나타난 다…… 말년의 예술작품 속에서 주관성의 힘은 성마른 몸짓이다. 그 몸짓으로 주관성의 힘은 작품에서 벗어난다. 주관성의 힘은 작품들의 속박을 부순다. 자신을 표현하기 위해서가 아니라, 표현 없이 예술의 외양을 벗어 던지기 위해서. 작품들 자체에 관하여 주관성의 힘은 **단편들**만을 뒤에 남기며, 오직 자신으로부터 풀려 난 빈자리를 통해서 자기 자신과 소통한다 …… **더 이상 주관성에 관통되거나 장악되지 않는 관습들**이 단순히 남게 된다. 주관성으 로부터의 탈주를 통해서, 그것들은 쪼개져 나간다. 그리고 조각들 로서, 줄어들고 유기되며, 그것들은 마침내 표현으로 되돌아간다. 이 지점에서는 더 이상 고독한 자아의 표현이 아니라, **창조된 존재와 그 몰락에 관한 신화적 본성의 표현**이 된다. 말년 작품은 창조된 존재의 단계를 상징적으로 밟는다 (Theodor W. Adorno, op. cit., p. 566).

살아 있는 존재만이 죽음을 겪을 수 있다. 예술작품은 죽음을 겪지 않는다. 따라서 죽음은 예술작품 속에 직접 표현될 수 없다. 예술작품 속에서 죽음은 굴절된 방식으로, 다시 말해서 알레고리적인 방식으로 표현될 수밖에 없다. 예술작품 속에서 예술가의 죽음을 직접 읽어내고자 하는 모든 시도는 어리석은 것이다. 예술작품은 죽음을 직접 표현할 수 없는 것이기 때문이다. 그러므로 예술작품 속에서 죽음이 어떻게 표현되고 있는지를 살피기 위해서는, 예술작품이 죽음을 알레고리적으로 표현하는 형식적 기법 자체에 주목할 필요가 있다. 어찌 보면 당연한이 이야기를 통하여, 아도르노는 말년 작품의 형식 자체에의 관심을 촉구한다. 우리는 말년의 작품 속에서 예술가의 죽음을직접 파악하기 어렵다. 그렇다면 말년의 양식이란 무엇인가?

신경림이나 황동규의 말년 작품은 자신의 주관을 과도하게표현한다. 오래 살아봤으므로 이만큼이나 많이 깨달았다고 뽐낸다. 오래 시를 써왔으므로 이만큼이나 시를 잘 쓸 수 있다고과시한다. 그러나 그것은 오히려 자기 자신을 표현하려는 데골몰하는 젊은이의 치기와 다를 바 없다고 할 수 있다. 그러나하종오의 말년 시편은 (자기) 표현을 최소화하고자 한다. 깨달음이나 시적 표현도 최대한 자제한다. 그러다 보니 이것도 잘쓴 시인가, 도대체 시라고 부를 만한 것인가 하는 의문을 자아낸다. 하종오의 말년 시편은 '시적인 것'에 대한 고정관념을 무시하는 것처럼 보인다. 그러나 그 자체가 말년 양식의 주관성을나타낸다. 진정한 의미에서 말년의 양식은 자기의 주관성을표현하는 게 아니라, 자기의 주관성을 없애는 몸짓 속에서 자기의 주관성을 없애려는 주관성을 표현하는 것이다. 표현을 최소화하고 예술이라는 겉모습을 내팽개치는 것, 이것을 아도르노는 말년의 작품 속에서 나타나는 성마른 몸짓이라고 하였다.

성마른 몸짓은 형식적 기법의 측면에서 단편들과 관습들의 과잉으로 나타난다. 하종오의 근작 시집들은 모두 이번 시집 『죽음에 다가가는 절차』와 마찬가지로 하나의 주제를 가지고 일련의 단편들을 모은 것이다. 그것은 세계와 자아 사이의 총체성을 구현하는 헤겔식의 서사시 개념과 전혀 다르다. 그렇다고 김기림의 「기상도」 같이 거시적 시각을 담기 위한 장시라고 보기도 어렵다. 진정한 의미의 말년 양식은 작품 한 편의 완성도에 관심이 없다. 작품 한 편의 완성도를 추구해야 한다는 생각 자체가 벌써 자기표현과 예술의 외양에 대한 집착이기 때문이다. 요컨대 하종오의 연작 작업이 단편적 특성을 드러내는 까닭은 자기 자신의 표현을 거부하기 때문이며, 예술작품에 관한 고정관념을 부정하기 때문이다.

다음으로 하종오의 말년 양식 속에는 무수한 관습이 존재한다. 시인의 근작들은 관습들로만 이루어진 것처럼 보이기까지 한다. 예컨대 유사한 통사 구조의 반복, 단조로운 병치 기법이나 대구를 통한 대조법 등은 하종오 시의 특수성이다. 이러한 특수성으로 인하여 우리는 저자의 이름을 가리고도 어떤 작품이 하종오의 것인지 분명히 맞출 수 있다. 그러나 이는 관습들로 이루어진 특수성이며, 거꾸로 말하자면 특수한 관습이다. 시인의 개성을 드러내는 특이한 시적 기교가 아니라 전통적이고 평범하기까지 한 표현 기법들일 뿐이다. 아도르노는 이를 "주관성에 관통되거나 장악되지 않는 관습들"이라고 하였다. 하종오는 시인 자신의 주관으로써 표현을 세련되게 다듬거나 독특하게 비트는 것이 아니라, 자신의 주관을 지운 자리에 관습들을 한가득 채워 넣는다. 자기 주관의 자리를 관습적인 표현들에 양도하는 것이다. 하종오의 말년 시편은 시인의 주관적 생각으로 쓰는 것이 아니라, (하종오 개인의 주관성 대신에) 하종오 시 세계 고유의 관습적 문법들이 서로 유희하면서 주관을 만들어낸 것이라고 비유해볼 수 있다. 이러한 방식으로 말년 양식은 죽음을 굴절시켜 표현한다. 자아의 주관을 관습적 표현으로 대체하는 형식을 통해 말년 작품은 죽음을 알레고리적으로 표현하는 것이다. 나는 이제 하종오의 요즘 시들을 지루해하기는커녕 두려워할 따름이다. 두려운 것은 언제나 매력적이다.

하종오 시의 다음은 어디인가?

시인으로서 아기를 '보기'

육아 시편의 의미

하종오 시집 『웃음과 울음의 순서』는 시인의 외손녀가 태어나고 자라는 모습을 그리고 있다. 이는 어린이의 시점을 취하고 있지 않다는 점에서 동시童詩와 거리가 멀다. 그렇다고 이 시집이 아이를 독자로 삼고 있는 것도 아니다. 물론 여기에 담긴 시편은 어른만의 시각으로는 인식하기 어려운 삶의 진실을 갈피갈피 담아낸다. 시인이 몸소 외손녀와 더불어 울고 웃는 과정에서 이 시집은 태어났다. 따라서 우리는 이 시집을 '육아 시편'이라고 부를 수 있을 것이다.

하종오의 육아 시편은 한국 현대시의 짧지 않은 역사 가운데서도 독특한 위치를 차지한다. 시집 한 권 분량의 무게감으로 갓난아기의 생태를 형상화한 사례는 한국 시문학사 전체에 걸쳐서도 찾아보기 힘든 것이다. 필자의 모자란 독서 경험을 되짚어보면, 일찍이 정진규가 손주에 관하여 쓴 「천사의 똥」이나 「옹알이」 등이 떠오른다(정진규, 『껍질』, 세계사, 2007). 그 시편도 무척이나 아름다운 것이지만, 양으로만 따져보아도 하종오의 육아 시편은 그것보다 더 본격적인 기획의 산물이라고 할 수 있다. 이뿐만 아니라 정진규의 시편과 하종오의 육아 시편 사이에는 질적으로도 결정적인 차이점이 놓여 있다.

일반적으로 아기에 관한 시는 시적 화자가 언제 어디에 있는 누구인지를 제대로 드러내지 않기 쉽다. 이러한 시편은 갓 태어난 아기를 시적으로 잘 표현한 작품이라고 할 수는 있어도, 구체적으로 어떠한 화자가 표현한 작품인지는 그리 뚜렷하게 드러나지 않는 것이다. 아기라는 존재 자체가 워낙 '시적'이기 때문에, 적절한 비유와 상징을 사용하면 아기에 관한 시 한 편이 만들어질 수 있다. 반면 하종오의 경우에는 분명히 아기를 주된 시적 소재로 다루고 있음에도, 시적 화자가 자리한 시간과 공간이 오히려 오롯이 도드라진다. 언뜻 보기에 하종오의 육아 시편이 밋밋하고 메마른 것 같으면서도 우리에게 무언가 '시적인' 느낌을 주는 까닭이 바로 여기에 있다. 이 육아 시편은 '하종오'라는 사람의 몸짓과 목소리를 체험시키기 때문이다. 화려한 비유나 자극적인 상징이 없다고 하더라도, 한 사람이 고스란히 느껴지는 시는 그 자체로 한 사람으로 느껴지기에 함부로 읽어치울 수 없는 작품이 된다. 하종오의 육아 시편은 자칫 소재주의에 머무를 위험을 넘어, 하종오 리얼리즘의 면모를 여실히 보여주는 것이다.

하나뿐인 영혼의 이름을 부르는 일

아주 단순한 생각에서 시작해보자. 시는 시인이 쓰는 것이다. 아기에 관한 시도 시인이 쓰는 것이다. 그런데 리얼리즘 시는 시인이 어떠한 시공간 속에서 어떻게 발화하고 몸짓하는지를 인식하는 데에서 비롯한다. 적어도 하종오 리얼리즘의 시만은 지금까지 그래왔고 앞으로도 그럴 것이다. 그렇다면 아기에 관해서 쓴 리얼리즘 시에도 '시인이 쓰고 있다'는 의식이 들어 있어야 할 것이다. 하종오의 육아 시편이 지니는 첫 번째 특징은 '시인'이라는 입장에서 아기의 탄생과 성장을 바라본다는 점이다.

한국 현대시에서 아기에 관한 시가 그리 많은 편도 아니었지만, '시인'의 자의식을 직접 제시할 만큼 시적 화자의 위치와 태도를 거침없이 드러낸 경우가 또 있었을까? 분명히 시인이라 시를 썼을 텐데도, 정작 시 텍스트 안에서는 시인 아닌 행세를 태연하게 하지 않나? 그렇다면 그것은 얼마나 위선인가? 하종오의 육아 시편은 어찌 보면 너무나 당연하지만 정작 진솔하게 표현되기 어려운 시적 사유에서 태어난다. 그중 하나는 아기를 돌보고 그 경험으로써 시를 쓰는 시적 화자의 정체성이 '시인'이란 사실이다. 이를 가장 극명하게 보여주는 시가 바로 「삼칠일」이다.

딸이 아기에게 젖을 물리면서

몸에 도는 피를 새삼 느꼈을 날에

나는 낱말을 바꾸고 행을 나누다가

신작시를 탈고해서 되풀이 살펴보았네

(중략)

해산 중에 늘어난 골반을

딸이 원상태로 되돌려놓는 동안

아기가 자주 배냇짓한다고 말했고

시작詩作 중에 찾아온 낱말을

내가 한글사전 속에 되돌려 보내는 동안

신작시가 곧잘 읽히다가 만다고 말했네

—「삼칠일」, 부분

　이 작품의 제목인 "삼칠일"은 '세이레'라고도 하며, '아이가 태어난 후 스무하루 동안'을 의미한다. 옛날에는 아기가 태어났을 때 대문에 금줄을 걸어놓고 부정을 기忌하는 기간이 삼칠일이었다. 위 시는 '삼칠일'이라는 시간적 배경을 바탕으로, 교묘한 병치 기법을 통해 시적 화자의 딸이 해산 직후에 겪는 일들을 시적 화자의 시 창작 과정에 비유한 작품이다. 인용한 대목에서 시적 화자는 딸이 아기에게 젖을 먹일 때 "몸에 도는 피를 새삼 느꼈을" 것이라며 놀라운 상상력을 발휘한다. 이는 어머니의 몸 밖에서 아기에게로 공급되는 젖이 원래 어머니의 몸속에 돌던 피로 만들어졌다는 시적 통찰이다.

그때 시적 화자는 "신작시"의 "탈고"를 거듭했다고 한다. 여기서 주의해야 할 사실은 시인이 '퇴고'가 아니라 '탈고'라는 시어를 사용하였다는 것이다. '퇴고'가 작품을 아직 완성하기 이전의 상태를 가리킨다면, "탈고"는 작품을 완성한 상태를 가리킨다. 그런데 이상하게 "탈고"를 한 뒤에도 시적 화자는 "신작시"를 "되풀이 살펴"보았다고 한다. 본디 한국어에서 "되풀이"는 '같은 말이나 일을 자꾸 반복함, 또는 같은 사태가 자꾸 일어남'을 뜻하는 명사이다. 그런데 시인은 "되풀이"라는 어휘를 "살펴보았다"라는 동사와 그 동사의 목적어인 "신작시를"의 사이에 배치함으로써, 명사가 아니라 부사처럼 읽히도록 유도하였다. 그러므로 "되풀이"는 부사로 활용되고 있다는 점에서, 그 전에 나타난 부사 "새삼"과 호응 관계를 이룬다.

"되풀이"와의 호응 관계 속에서 "새삼"이라는 시어를 되새긴다면, 시적 화자의 "딸"이 아기에게 젖을 먹이면서 자기 몸속에 도는 피를 "새삼" 느꼈으리라는 상상은 또 다른 의미로 해석된다. 앞에서는 이 상상이 '젖이 어머니의 피로부터 나온다'는 통찰이라고 보았다. 하지만 그와 동시에 이 상상은 '젖과 피는 엄연히 다르다'라는 시적 통찰을 함축하기도 한다. "딸"이 아기에게 젖을 먹이면서 자신의 몸속에 도는 피를 "새삼" 느낀다는 것은, 자신의 젖을 먹고 생긴 아기의 피와 구별되어 자기 몸속의 피가 자신만의 것으로 돌고 있다는 자명한 사실을 "새삼" 깨닫는 다는 것이다. 아무리 "딸"이 아기를 낳았으며 아기와 가까운 존재라고 하더라도, "딸"과 아기는 엄연히 다른 방식으로 살아 가는 생명이다.

어머니와 아기가 엄연히 독립된 생명체이듯, 시인이 창작한 시는 시인의 손을 떠난 이상 하나의 독립된 생명이 된다. 아기가 "딸"에게 보내는 '배냇짓'은 '갓난아이가 자면서 웃거나 눈·코 ·입 따위를 쫑긋거리는 짓'을 뜻한다. 그에 비하여 "신작시"는 시적 화자인 시인에게 '배냇짓'을 보내기는커녕, "곧잘 읽히다 가 만다고" 한다. "신작시"는 시인의 커다란 기대감 속에서 태어났지만, "탈고" 이후로 얼마 지나지 않아 곧 불만족스러움 으로 변한 것이다. 애초에 이 시는 해산의 힘겨움과 시 창작의 힘겨움을 병치하는 모티프에서 촉발되었다. 이 시는 시를 쓴다 는 것이 생명을 담아내려는 것과 같지 않을까 하는 질문에서 비롯한 것이다. 그러나 한 편의 시에 생명을 불어넣는 일이 얼마나 어려운지를 느끼면서 마무리된다. 그 때문에 시는 "읽히 다가 만다고" 하는 것이다.

어머니의 해산과 시인의 창작을 동일시하는 상상 자체는 그리 새롭다고 할 것이 되지 못하며, 차라리 서정시의 상투적 문법이라고 해야 할 것이다. 그러나 위 작품은 해산과 창작 사이의 동일시를 어느 순간 뛰어넘어, 언어의 활자화가 결코 인간 생명의 창조에 비길 수 없다는 사유에까지 이른다. 그러한 인식의 확장 속에는, 언어에 생명을 담아내야 하는 일이 언어예술의 정수인 시의 임무이자 불가능한 꿈이라는 절망도 묻어나온다. 이처럼 하종오 시는 서정시의 기본적인 문법을 순순히 따르고 있는 듯하면서도, 독자가 알아차리지 못하는 찰나에 서정의 낯선 틈 속으로 훌쩍 넘어가곤 한다.

또 다른 작품 「수국 꽃」에서 "시집간 딸"은 "수국이 피운 꽃을 보고／ 혼잣말을 재잘거"린다. 또한 "꽃이 하는 여러 말을" 시적 화자는 알아듣지 못하지만, 시적 화자의 임신한 딸은 알아듣는다고 한다. 시집간 딸과 수국꽃이 서로 주고받는 말은 자연과 인간이 소통하는 언어이다. 그것은 아무에게나 손쉬운 접근을 허락지 않는 말이다. 따라서 그 말은 어쩌면 시詩의 언어와 닮는다. 시는 보이지도 들리지도 잡히지도 않는 것, 이를테면 영혼이라 할 만한 것의 언저리를 더듬는 언어이다. 그리하여 시인은 이렇게 쓴다.

꽃에게도 영혼이 있다는 걸
영혼이 있는 사람은 알아본다……

—「수국 꽃」, 부분

물론 이때 "영혼이 있는 사람"은 일차적으로 아이를 밴 어머니를 가리킨다. 임신한 여성을 시적으로 표현한 사례 중에서 이처럼 참신하고 고결한 것이 또 있을까. 이 작품에서 여성의 임신과 출산은 물리적이고 생물학적인 차원을 성큼 넘어서, 사람의 영혼과 그것을 표현하는 언어의 차원으로까지 드넓어지기 때문이다.

마찬가지로 시인의 눈으로 보기에는 여성이 앞으로 태어날 아이의 이름을 미리 짓는 행위도 시를 쓰는 일처럼 보일 수 있다. 시를 쓴다는 일은 어쩌면 영혼에 적합한 이름을 붙이는 행위이기 때문이다. 다음 구절을 보라.

> 얼마 후 태어난 아이를 보니
> 딸이 지은 이름들 모두
> 오히려 딸에게 잘 어울렸다
>
> ―「작명」, 부분

하종오의 시는 이처럼 무심하고 간결해 보이는 구절 속에 고도로 정교한 의도를 담아놓는 솜씨가 있다. 인용한 구절에서 앞의 "딸"과 뒤의 "딸"은 모두 시적 화자의 딸을 가리키는 것으로 해석될 여지가 있다. 왜냐하면 「작명」에서 "딸"은 일관되게 시적 화자의 딸을 지칭하는 시어로 쓰였기 때문이다. 또한, 위의 인용에서 보듯이 시적 화자의 외손녀는 "딸"이 아니라 "얼마 후 태어난 아이"라고 따로 표현되어 있다. 그 때문에 독자는 인용한 구절에서 앞 행의 "딸"과 뒤 행의 "딸"을 동일한 인물이라고 자연스레 이해할 수 있다. 그렇다면 이 대목은 딸이

곧 출산할 아이를 위하여 지어놓은 이름들이 오히려 딸 자신에게
잘 어울렸다는 역설paradox이 된다.

　우리는 이러한 역설이 무엇을 의미하는지 쉽게 해석하지
못하며, 그리하여 평범하지만 단순치 않은 이 구절에 속수무책
으로 매혹되기 마련이다. "딸"의 이름을 지어준 사람은 "딸"의
아버지인 시적 화자 자신이다. 그런데 "딸"이 자신의 아기에게
미리 지어준 이름들이 오히려 "딸"에게 잘 어울린다고 시적
화자는 깨닫게 된다. 이 말을 뒤집어서 이해한다면 시적 화자가
"딸"에게 지어주었던 이름이 실은 "딸"에게 어울리지 않는 것이
었다고 해석할 수도 있다. 또한 "딸"이 미리 지어놓은 이름들이
모두 "딸" 자신에게 어울린다는 표현은 곧 존재를 하나의 이름으
로 한정할 수 없다는 의미이기도 하지 않을까. 인간의 영혼은
그 자체로 유일무이하기 때문이다. 그 비밀을 알아챈 시인의
깊은 사유가 「신생아실 밖에서」라는 작품에 들어 있다.

　　갓난아기는 강보에 싸여 있었지만
　　세상에 제 자리를 마련하기 위해
　　사람과 사람 사이를 비집으려는지
　　고개를 돌리고 얼굴을 찡그리고
　　두 눈을 떴다 감았다 했다
　　친척들은 갓난아기에게서
　　자신과 닮은 이목구비를 찾았거나

아깃적 자신의 모습을 봤는지

또 더 크게 탄성을 질렀다

(중략)

외손을 보러 온 나는

그들 모두를 곁눈질하다가 그만

나도 모르게 갓난아기가 되었는지

못내 아무 말을 하지 못했다

―「신생아실 밖에서」, 부분

　　"못내 아무 말을 하지 못했다"라는 마지막 행은 단지 "나도
모르게 갓난아기가 되었"다는 '시적 화자=아기'의 동일시를
부연 설명하는 것이 아니다. '않았다' 대신에 쓰인 "못했다"라는
표현, 그리고 '자꾸 마음에 두거나 잊지 못하는 모양' 또는
'이루 다 말할 수 없이'를 의미하는 "못내"라는 시어 등, 곳곳에
시인으로서의 절망감이라는 색채가 스며든다.

　　인용한 구절에서 시적 화자는 "갓난아기"가 "세상에 제 자리
를 마련하기 위해 / 사람과 사람 사이를 비집으려는" 존재라고
상상한다. 아기를 이러한 존재로 보는 인식은 동학東學 사상과
상통하는 면이 있다. 동학에서 아이(어린이)를 '하느님'이라고
보는 까닭은, 아이야말로 모든 생성과 변화의 가능성을 응축하
여 내재한 존재이기 때문이다. 아이는 유일무이한 잠재성이다.
그리고 유일무이하다는 것은 신神의 속성 중 하나이다. 하지만

어른들은 그처럼 유일무이한 가능성의 존재로부터 "자신과 닮은 이목구비를 찾았거나 / 아깃적 자신의 모습"만을 찾으려고 애쓴다. 어른들은 언제나 자기중심적으로 생각하고자 하며, 따라서 자기와 닮은 것만 좋아하는 것이다.

그러나 시적 화자는 그러한 어른의 동일시 자체가 일종의 폭력임을 알아차린다. 언어는 그 자체로 이미 존재의 유일무이함을 훼손하는 폭력일 수 있다. 언어는 구체적인 존재의 다양성(무지개)을 추상적인 관념으로 환원시킨 것(일곱 빛깔)이기 때문이다. 위 시의 제목이 '신생아실에서'가 아니라 "신생아실 밖에서"라고 하면서 "밖에서"라는 외부성의 의미를 강조한 이유도 이러한 맥락에서 헤아려진다. 따라서 시적 화자는 다른 어른과 같이 아기에게서 자신과 닮은 점을 찾아 환호하는 대신에 침묵을 선택한다. 이때 침묵은 아기의 유일무이함을 존중하고 인정하는 유일한 언어적 형식일 것이다. 「신생아실 밖에서」는 언어의 외부, 즉 침묵의 형식을 언어화하는 가편佳篇이다.

내가 대학원에서 한국 현대시를 전공하는 탓일까. 이 글의 마무리로 말장난이 떠올랐다. 한국어에서 '보다'는 여러 가지 뜻이 있다. 하나는 무언가를 바라본다는 뜻이다. 이는 시를 비롯한 모든 예술에 걸쳐 관조하는 시선의 문제를 암시한다. 하종오의 육아 시편은 시인의 정체성이 무엇보다도 우선 '시인'이라는 시선을 통해 아기와의 마주침을 형상화한다. 또한 '보다'는 아이를 돌본다는 뜻도 있다. 하종오의 육아 시편은 초로에 접어든 남성으로서, 여성의 몫으로 과도하게 짐 지워져 있는 육아 노동을 돕는 이야기이기도 하다. 하종오 시집 『웃음과 울음의 순서』속에는 볼 수 있는 만큼만 보는 사람이 있다. 시는 곧 사람이며, 거짓말로부터 자유롭고, 자유로우므로 시적이다.

하언이에게 쓰는 첫 번째 편지

하언아, 안녕? 하언이는 좋겠다. 할아버지께서 시인이니까 하언이한테 시집도 선물로 주고, 삼촌도 하언이 돌잔치 선물로 이 편지를 쓰는 거야.

하언이 할아버지 시집 제목을 다시금 손끝으로 매만져봤어. 웃음과 울음의 순서라니. 무슨 뜻인지는 삼촌도 잘 모르겠어. 그래서 이 말을 입 안에 넣고 혀로 굴려보았지. 웃음과 울음의 순서, 웃음과 울음의 순서……. 이상한 일이야. 어쩐지 뜨거운 국물을 삼킨 것처럼 가슴께에 무언가 울컥 번지는 느낌이야.

하언이 키가 점점 클수록 하언이 할아버지께서는 쪼글쪼글해질 거야. 하언이가 태어났을 때, 하언이 할아버지는 크게 웃으셨을 거야. 그런데 하언이 할아버지께서는 언젠가 돌아가신대. 그러면 하언이는 꽤 울게 될 거야. 나중에 할아버지가 하언이한테 선물로 써준 시집을 읽을 때마다 눈물이 날지도 몰라.

삼촌한테도 외할아버지가 있었어. 집에 아무도 없는 날이면 나는 몰래 안방에 들어가서 비디오테이프 하나를 틀어봤어.

외할아버지 장례식을 촬영한 영상이었지. 그걸 보며 침대에서 펑펑 울었던 거야. 외할아버지랑 계곡에서 놀던 생각이 나서. 큰 돌을 쌓아서 둑을 만들었던 기억이 떠올라서. 그래서 나는 지금까지도 외할아버지처럼 살고 싶었어. 지금의 나를 만들어 준 것 가운데 하나가 외할아버지처럼 살고 싶은 마음이야.

오늘날 이 땅에서 여성으로 산다는 것이 얼마나 힘든 일인지를 사노라면 뼈저리게 겪게 될 거야. 그런데 삼촌은 남성이라서 여성의 삶이 진짜 얼마나 힘든지 여성만큼은 몰라. 그런데 삼촌은 왜 이렇게 아는 척하면서 잔소리하는 걸까. 시집 해설에서는 미처 쓰지 못했지만, 이 시집에서 삼촌을 울린 시가 딱 한 편 있어. 제목은 「젖병」이야. 삼촌이 초등학생 때였나. 어느 날 문득 우리 엄마가 화장실에서 무얼 하고 있는지 궁금해서 문을 열어본 적이 있었어. 그런데 엄마가 자기 가슴을 손으로 꾹꾹 누르고 있는 거야. 우리 엄마도 젖이 많이 안 나와서 삼촌한테 분유를 많이 먹였다. 그때 삼촌한테 다 주지 못한 젖이 남아서 그렇게 꾹꾹 눌러 짜낸다고 하더라. 「젖병」이라는 시를 읽으며 그 기억이 떠올라 울고 말았어. 울지 말라고 엄마에게 말해주고 싶었어. 말하지 못해서 그 시를 읽었어.

이 세상에 찾아와서 진심으로 반가워. 우리 빨리 만나서 재밌게 놀자.

비정함 속 구분과 연결의 시간

연민과 동정 너머 삶의 흐름을 보기

리얼리즘 아닌 시와 리얼리즘 시의 차이는 무엇일까? 자연이나 사물에 의지해서 개인의 사상이나 감정을 표현하는 것과 인간의 삶에 근거해서 무엇인가를 표현하는 것의 차이 아닐까? 그렇다면 리얼리즘 시에 고유하고 본질적인 문제인 인간의 삶은 어떻게 이루어지는가? 인간의 삶은 결코 개인적으로만 존재할 수는 없다. 인간은 홀로 살 수 없는 탓이며, '나'는 다른 '나'들과의 만남과 헤어짐 속에서 만들어지는 탓이다. 따라서 인간의 삶은 한 인간과 다른 인간 사이에 가로놓인 구분과 연결을 통하여 이루어진다고 이야기될 수 있다. 리얼리즘 시는 인간의 삶에 관한 시이며, 그리하여 여러 다른 인간의 삶들을 이루는 구분과 연결에 관한 시이다.

1990년대 이후 한국 서정시는 사람살이의 구분과 연결이라는 문제를 주로 위로나 화해, 연민이나 동정의 방식으로 노래하였다. 하지만 니체에 따르면 그러한 종류의 태도들은 노예적인 것 또는 약자의 것으로서 비판받을 수 있다. 진정한 강자의 긍정은 섣부르게 삶의 어두운 데를 외면하는 것이 아니며, 쉽사리 삶의 밝은 데를 더듬는 것이 아니기 때문이다. 진정한 긍정은 삶 자체가 고통과 모순이라는 사실에 대한 긍정이다. 한국의 90년대 이후 서정시들은 개인의 내면 안에서 거짓 긍정을 지어내기 위하여 사물이나 자연에 의지하여 개인의 사상과 감정을 표현하였으며, 그리하여 리얼리즘 시와 거리가 멀어지게 되었다.

그와 달리 김소월과 한용운 등의 시는 인간의 삶을 둘러싼 구분과 연결의 문제를 손쉬운 방식으로 아름답게 포장하는 일 따위에 무관심했다. 그들의 시는 끝끝내 위로될 수 없는 상실 속으로, 언제까지나 화해될 수 없는 고통 속으로 뛰어들었다. 나아가 소월이나 만해 등의 '님' 시편은 한국 현대시에 있어서 인간의 삶에 근거한 시적 표현의 가능성을 마련한 중요한 전통이다. 그렇지만 '님'을 대상으로 한 한국 현대시의 초기 모습은 한이나 비애와 같은 개인의 애상적 감정으로 점철되어 있다는 한계점을 지닌다. 여기서 주체와 구분되고 연결된 타자는 주체의 개인적 내면을 표현하기 위하여 이용되고 환원된다. 이와 같은 한계는 연민과 동정의 측면으로부터 완전히 벗어나지 못한 것이다.

시인 하종오의 시집『초저녁』이 사람살이의 구분과 연결이라는 문제를 다룰 때 연민이나 동정 쪽이 아니라 비정함 쪽에서 있다. 비정하게 인간의 삶과 그것을 둘러싼 구분 및 연결을 바라볼 때, 우리는 비로소 인간의 삶을 가짜로 꾸미지 않고 사실적으로 인식할 수 있을 것이다. 리얼리즘 시가 사실적 인식을 미덕으로 삼는다는 것은 이 점을 가리킨다. 바로 이러한 점 때문에 시집『초저녁』의 시편은 언뜻 서정적 성격이 강한 것처럼 보이면서도 서사적 성격을 풍부하게 담고 있는 것으로 다가온다.

무위와 무용의 개체적 시간을 위하여

시집『초저녁』을 펴낼 때 시인 하종오의 나이는 환갑을 맞이했으며 그의 시력詩歷은 40여 년에 이르렀다. 그동안 시인의 시 세계는 임지연, 고명철 등의 평론가들에 의하여 '하종오 리얼리즘'이라고 명명되었다. 이는 그의 시가 독자적이고 견고한 성격을 이룩하였다는 사실의 한 가지 증거이다. 자연인의 나이로는 이순耳順을 넘기고, 시인의 나이로는 불혹不惑에 이르러서 하종오는『초저녁』이라는 제목의 시집을 묶어냈다. 더욱이 이 시집에 실려 있는 작품들은 발표 시기로 보거나 시의 특징으로 보아도 그의 근작 시집인『신강화학파』와 그 이전까지의 시집들 사이를 연결하는 고리가 된다고 할 수 있다. 그만큼『초저녁』은 시인이 그동안 걸어온 길과 앞으로 걸어갈 길을 아우르는 시집이다.

『초저녁』이 이전과 이후의 연결고리에 해당한다는 점은 시집의 내적인 구성 원리에서부터 뚜렷하게 드러난다. 이 시집은 5부로 나뉜다. 1부는 「초가을 초저녁」, 「초겨울 초저녁」, 「초봄 초저녁」, 「초여름 초저녁」 등과 같은 연작들의 제목이 암시하듯이, 시간의 구분과 연결을 주제로 하는 시편으로 이루어진다. 2부는 시에 대한 시, 즉 메타시meta poetry로 가득 차 있다. 3부는 민족-국가들 간의 국경, 그리고 그 국경을 넘나드는 인간의 문제를 다루고 있다. 4부에는 인간들 사이의 관계에 대한 사유가 녹아들어 있다. 5부의 시편들은 도시 변두리에서 자식을 기르고 떠나보내는 삶을 산문적인 문체로 표현한 것이다. 1부와 2부는 개인적인 차원을 다룬다면, 3·4·5부는 공동체적인 차원을 다룬다고 할 수 있다.

다섯 개의 부분은 모두 '구분과 연결'의 한 유형에 대한 고민을 담고 있다. 1부는 시간의 구분과 연결을, 2부는 시에 대한 메타적인 구분과 연결을, 3부는 국경이라는 구분과 연결을, 4부는 인간관계로서의 구분과 연결을, 5부는 도시 변두리라는 공간적인 구분과 연결 및 부모 자식 사이의 세대적인 구분과 연결을 탐색하는 것이다. 그렇다면 시인은 어째서 자신의 기존 시 세계를 톺아보고 새로운 시 세계를 내다보는 자리에서 '구분과 연결'을 화두로 던지는 것일까? 이 시집 속에서 각각의 구분과 연결은 어떻게 사유되고 표현되는가? 우리는 시집 『초저녁』의 각 부분을 차례차례 살펴보면서 이러한 물음들에 대한 답변을 끌어낼 수 있을 것이다.

추상적이고 관념적인 것을 시로 쓰기는 힘든 일이다. 언어가 추상적이고 관념적일수록 그 속에 감각이나 감정이 비집고 들어갈 틈이 줄어들기 때문이다. 그런데 시간이라는 것만큼 추상적이고 관념적인 의식의 산물도 없다. 시간은 결코 우리에게 감각되지 않으며, 존재의 생성과 소멸 과정에서 어림짐작할 수밖에 없는 것이기 때문이다. 따라서 시간 자체를 시로 표현한다는 일은 무척이나 어렵다. 그런데 시집 『초저녁』 1부의 '초저녁' 연작은 시간 자체를 시 속에 과감히 도입하면서도 전혀 추상적이거나 관념적으로 느껴지지 않는다.

그 까닭은 시간을 마치 보이고 만져지는 것처럼 표현하기 때문이다. 예를 들어 「초가을 초저녁」에서 시간은 "불룩"하고 "둥그스름"하고 "펑퍼짐"하다고 묘사된다. 또한 「초겨울 초저녁」에서 시간은 "곳에 따라 늘어지거나 줄어드는" 것처럼 그려진다. 이렇게 시간을 공간적으로 형상화하는 기법은 시인이 시간을 자신의 삶 속으로 얼마든지 껴안을 수 있다는 사실을 말해준다. 시인은 시간을 자유자재로 전유하는 것이다. 여기서 시인이 어떻게 시간을 전유하는지가 중요하다. 시간이 어째서 "불룩"하거나 "둥그스름"하거나 "펑퍼짐"하게 되는지, 그 모습이 어떠한 사유의 흔적을 보여주는지가 중요하다.

어두워질 때 사방이 낮고 아늑하고 너른 건

물소리가 초가을 초저녁을 불룩하게 하고

새소리가 초가을 초저녁을 둥그스름하게 하고

바람소리가 초가을 초저녁을 펑퍼짐하게 해서다

나무가 산으로 옮겨가지 않고

돌이 허공으로 날아가지 않고

개가 들판으로 뛰어가지 않는 것이

여기에선 지금 전혀 이상하지 않다

－「초가을 초저녁」, 부분

　위에 옮긴 시에서 영향을 주고받는 인과관계는 크게 세 가지이다. 첫째, "물소리", "새소리", "바람소리"와 같은 청각적 존재들은 "초가을 초저녁"으로 하여금 여러 가지 공간적 모습으로 변화하도록 영향을 준다. 이때 공간적 모습이란 대체로 넉넉하거나 원만하거나 부드러운 성질을 나타내는 것이다. 둘째, 그러한 성질의 공간으로 변모한 "초가을 초저녁"은 "사방"으로 하여금 "낮고 아늑하고 너"르게 변화하도록 영향을 미친다. 낮고 아늑하고 너르다는 것 또한 어떠한 구분과 연결을 무마시키고 허물어뜨리는 성질의 것이다. 셋째, "초가을 초저녁"과 "사방"이 그와 같은 분위기로 변화한 상태는 "나무"와 "돌"과 "개" 등의 자연적 존재들이 어디로 이동하지 않더라도 이상하게 느껴지지 않도록 한다. 이러한 세 번째 부분은 앞의 두 부분에 비하여 다소 이질적이라고 할 수 있다. 앞의 두 부분이 상대적으로 큰 폭의 변화를 보여주지만, 이 부분은 아무것도 행동하지 않는 상황을 보여주기 때문이다.

이처럼 '초저녁' 연작들은 시간의 구분과 연결이 사라지는 정황을 제시한 뒤에 그 시간 속의 존재들이 무위無爲에 가까운 상태로 들어가게 되는 모습을 표현한다. 예컨대 「초여름 초저녁」에서는 "산과 나무와 사람이 / 서로 골고루 친하고 싶어도 / 아무 관계가 성사되지 않아 편안하다"고 한다. 시간의 구분과 연결을 허문다는 것은 포용이나 화해와 같은 속성을 나타낸다. 시인이 생각하기에 진정으로 포용이나 화해가 이룩된 상태는 모든 존재가 인위적으로 무엇인가를 하려고 하지 않는 상태인 것이다. 거꾸로 보자면 존재들이 서로에게 억지로 무언가를 하지 않을 때 포용과 화해가 이룩된다는 역설이 성립될 수도 있다. 여기에는 어떠한 연민이나 위로나 동정도 개입할 여지가 없다. 이처럼 서늘한 비정함이야말로 이 시집 1부의 '초저녁' 연작을 읽는 우리에게 오히려 커다란 울림을 전달하는 것이다.

2부는 앞서 말했듯 일련의 메타시로 이루어진다. 2부의 맨 처음 작품인 「시를 읽는 장소」에서 단연 압권은 3연이다. 다음과 같은 구절을 보자. "시 속에 들어온 나무 그늘이 무거워서 / 뒤뚱거리다가 시구를 잊어버려도 내처 내려오게 되고"(「시를 읽는 장소」) 이 대목은 시를 읽는 과정에서 여러 자연적 존재들이 시 속에 들어왔는데, 그것이 무거워서 시 자체를 잊어버리게 되었다는 뜻이다. 자연적 존재들이 시 속에 들어왔다는 것은 시가 작품 외부 대상과의 구분과 연결을 무너뜨리고 그것과 한 몸을 이루었다는 의미이리라. 그러한 경지에서 시 텍스트는 단지 종이와 활자 잉크의 혼합물일 뿐이다. 시는 쓸모없는 것이며, 쓸모없음을 통해서만 간신히 삶의 구분과 연결을 허물 수 있다는 비정함이 여기에 들어 있다.

그렇다면 시가 쓸모없다는 것, 시가 쓸모없으므로 시적인 쓸모를 가질 수 있다는 것은 대체 무엇 때문인가? 여기에서 자본주의의 문제를 생각해볼 수 있다. 자본주의에서는 잉여가치 즉 이윤을 만들어내지 못하는 모든 것은 쓸모없는 것이다. 이러한 관점에서 보면 시만큼 쓸모없는 것도 없으며, 시 창작만큼 자본주의에서 벗어나는 행위도 없다. 그런데도 시인은 "다작하는 나는 자본주의자"(「반성」)라는 충격적인 고백을 독자 앞에 던진다. 시를 많이 쓴다는 것은 자본주의의 대량생산 방식과 상통하며, 시인도 이미 "지구상에만 사는 자본주의자들이 만들어낸 / 수없는 기계 중에서 날마다 둘 이상 작동"하기 때문이다. 한국 현대시에서 시인으로서의 정체성을 "자본주의자"로 규정한 사례는 내가 아는 한 이 시가 유일하다. 이는 실제로 자본주의적인 삶을 살면서 자본주의적이지 않은 시를 쓴다고 자부하는 일이 얼마나 위선적이고 가증스러운 일인지를 반성하는 것이다.

하지만 「반성」이라는 작품은 제목과 달리 단순한 반성으로만 그치지 않는다는 점에서 미묘한 시적 효과를 낳는다. 위의 인용한 구절에서도 "지구상에만 사는 자본주의자들"이라는 부분을 주목해보자. 자본주의가 아무리 전 지구적인 위력을 떨치며 횡행하더라도, 그것은 오직 지구상에만 있을 뿐이라는 상대적인 인식이 이 대목에 녹아 있다. 이는 시인의 사유가 얼마나 깊으며 그의 인식이 어디까지 확장되어 있는지를 절실하게 느끼게 해주는 절창이다. 이 작품은 자본주의적 양식에 종속되어서 시를 쓰는 자신에 대한 반성이며, 자본주의로부터 스스로가 자유롭다고 착각하는 뭇 시인들에 대한 통렬한 비판이며, 자본주의가 결코 절대적인 체제는 아니라는 인식의 소산이다.

시인으로서의 정체성에 대한 자기반성은 「인물사진」에서 더욱 비정하게 심화한다. 이 작품의 시적 화자는 시 전문지에 실린 어느 시인의 사진을 보았는데, 그 사진 속 인물의 시선은 정면이 아니라 옆쪽을 향하고 있다. 시적 화자는 그 까닭을 사진 속 인물이 "더 멀리서 스스로 영혼을 달래는 / 낯선 사람을 찾고 있었을" 것이라고 헤아린다. 시적 화자가 이렇게 추측하는 이유는 시적 화자의 내면이 사진 속 인물에게 투영되었기 때문일 것이다. 시적 화자가 생각하기에 시인으로서의 정체성이란 독자와 같은 대중을 의식하는 것이 아니다. 시적 화자가 생각하기에 시인다운 시인이란 더 멀리 바라보는 인간이고, 더 멀리에 있는 낯선 사람을 찾는 인간이고, 더 멀리서 스스로 영혼을 달래는 낯선 사람을 찾는 인간이다. 요컨대 시인다운 시인이란 몰개성적이고 획일적인 군중에서 벗어나 자신만의 영혼을 구원하려는 단독적 인간을 지향하는 존재라는 것이다.

　그런데 이 작품은 대안적인 해결책이나 결론을 제시하는 것으로 마무리되지 않는다. 시적 화자는 만약 사진 속의 인물을 직접 만나게 될 경우를 가정해보면서, 사진 속의 인물이 "나를 안중에 두지 않고 / 우울한 표정을 짓고 우측으로 시선을 향할까" 하고 질문한다. 그러고 나서 "나는 그가 꼭 그러하기를 바"란다고 한다. 일반적으로 자기 자신을 부정하기는 쉬워도, 타인이 자신을 부정해주기를 바라기는 쉽지 않다. 하지만 시적 화자는 사진 속의 인물에게 자신이 생각하는 시인으로서의 정체성을 이입하였다. 따라서 시적 화자는 사진 속 인물이 시적 화자에게 만족하지 않기를 바랄 수밖에 없다. 시적 화자는 시인다운 시인이 더 시인다운 시인을 끊임없이 꿈꾸기를 바란다. 그리하여 마지막 대목에 이르러 이 시는, 시인이 진정한 시인이 되기 위하여 독자 대중을 의식하지 않고, 심지어 자신이 가진 현 수준의 한계마저도 인정하지 않고 비정하게 자신만의 시적 행보를 추구해야 함을 역설한다.

공동체적 시간과 기억의 공유

　3부는 『국경 없는 공장』(삶이보이는창, 2007), 『아시아계 한국인들』(삶이보이는창, 2007), 『입국자들』(산지니, 2009), 『제국』(문학동네, 2011), 『남북상징어사전』(실천문학사, 2011), 『신북한학』(책만드는집, 2012), 『남북주민보고서』(b, 2013),

『세계의 시간』(b, 2013) 등 하종오의 기존 시 세계에서 중요한 한 축을 차지하고 있는 문제의 연장선 위에 있는 시편들이다. 그 문제는 한반도의 분단을 포함하여 민족–국가의 국경을 오가는 사람들의 삶에 관한 것이다. 하지만 시집 『초저녁』의 3부는 기존 시집들과는 다른 방식으로 국경과 그것을 둘러싼 사람살이의 문제에 접근한다. 기존의 시집들은 주로 시인 자신보다는 국경을 마주하고 있는 많은 사람을 시적 화자로 직접 등장시켰다. 반면에 이 시집의 3부는 시인 자신이 간접적으로 경험한 사례들을 위주로 한다.

> 후쿠시마 가까운 작은 동네 주부들이
> 내 시를 낭송한다니 도통 실감되지 않고
> 나는 방송으로 보았던
> 원전이 폭발하고 주민들이 떠난 폐허를 떠올렸다
>
> ─「벚꽃」, 부분

「벚꽃」이라는 작품은 한국 시인의 시가 일본어로 번역되어 일본인 독자들에게 소개되었다는 정황을 담고 있다. 이때 후쿠시마에서 가까운 동네의 주부들이 일본어로 번역된 한국 시인의 시를 낭송한다는 소식이 한국의 시인에게 전해진다. 그 소식을 들은 시의 저자는 일본인들의 낭송회에 직접 참가할 수 없으므로 실감을 갖지 못한다. 시인에게 낭송회보다 실감이 큰 것은 다만 후쿠시마 원전 폭발 참사에 관한 방송을 시청한 기억일 따름이다. 위에 인용한 대목에는 매스미디어를 위시한 정보의 대량 유통에 휩싸인 채로 정작 직접 타인의 고통을 체험하고 공감할 기회가 박탈된 현대인의 실상이 나타나 있다. 또한, 시의 가치가 아무리 크다고 하더라도 그것은 원전 폭발 참사와 같은 현실 문제를 해결하는 데 있어서 무력할 뿐이라는 절망도 여기에 담겨 있다. 다른 한편 시가 아무리 참사의 피해를 겪은 사람들에게 일말의 위안이나마 줄 수 있다고 하더라도, 우리는, 아니, 적어도 시인은 죽음과 상실의 고통스러운 기억을 끊임없이 환기하고 애도해야 함을 이 시는 이야기한다. 이렇게 해서 위의 구절은 국경에 연관된 간접 체험에 대하여 비정한 반응을 표명함으로써 여러 가지 해석 가능성과 생각해볼 문젯거리들을 함축하는 데 성공하였다.

이처럼 이 시집의 3부에 실린 시편들은 간접 체험의 기법을 통하여 국경을 사이에 둔 다른 민족들 간의 교류를 전달한다. 비정함을 통하여 구분과 연결을 다시 사유하는 것이야말로 이 시대를 살아가는 시인에게 주어진 책임이자 가능성일 수 있다. 그리하여 간접 체험의 기법은 오히려 더욱 큰 생생함과 진실성을 빚어낸다. 거짓말을 하지 않고 참말만을 말하려는 시인의 자세는 민족—국가의 구분과 연결을 넘어 사랑을 맺은 인간관계를 관찰하면서 "여자가 한국에서 살아낸 힘은/ 남자와 잡은 손에서 나왔다고/ 나는 함부로 믿어버렸다"(「손」)는 방식으로 의지를 표명한다. 한국의 이주민 여성이 한국에서 살아가는 힘은 그녀에 대한 남성의 사랑에서 나왔다는 사유는 연민이다. 그러나 "믿어버렸다"는 태도는 그러한 긍정적 인식을 통해 문제를 화해시키는 것이 가짜 화해일 수도 있음을 주의하는 태도이다. 또한 "믿어버렸다"는 행위 앞에 "함부로"라는 부사를 배치한 것은 그러한 가짜 화해로 이주민 문제를 함부로 규정하고 판단하는 폭력을 회피하려는 역설이며 놀랍도록 섬세한 고려이다.

민족–국가의 구분과 연결에 대한 비정한 사유는 행여 냉소에 그치고 마는 것이 아닐까? 시집 『초저녁』의 3부에 실린 시편들은 수많은 국경의 문제와 그로 인한 고통을 우리가 총체적으로 이해하고 공감하는 척하는 것이 위장이며 가식일 뿐이라는 냉엄한 사실을 받아들인다. 그러나 하종오는 국경의 문제에 대한 올바른 사유가 그 사실의 토대 위에서만 비로소 겨우 가능하다는 것을 이야기하고자 한다. 「구걸」에서 이주노동자라는 타자의 손이 프레스 기계에 잘려 나간 고통은 엄연히 '나'의 것이 아니며, 따라서 그 "청년의 손이 잘리던 장면을 떠올리고 싶지 않아 / 나는 눈 질끈 감"을 수밖에 없다. 하지만 '나'에게는 "젊었을 적 프레스공장에서 손모가지를 잘리고 나서 / 어디론가 사라져버렸던 친구"에 대한 기억이 있으며, 이 기억만큼은 '나'에게 직접적이다. 우리는 저마다 단독적인 상실의 고통스러운 기억을 애도하고 있으며, 이와 같은 각자의 애도는 우리의 보편적인 연대 가능성을 보증한다. 애도의 기억을 포기하지 않음으로써 생성된 보편성은 거짓 연민도, 동정 행세도, 위장된 위로도, 가짜 화해도 아니기에 진실하다.

다음으로 4부는 시인 하종오의 나이를 무색하게 만들 만큼 빼어난 서정시를 여러 편 싣고 있다. 이 서정시들은 일상의 국면들 속에서 인간관계에 대한 비범한 통찰을 끌어낸다. 사실적이고 적확한 문장과 그다지 눈에 띌 것도 없는 묘사를 통하여 전혀 일상적이지 않은 인식을 제시하는 것이다. 예컨대 다음과 같은 대목을 보자.

> 나는 손가락 하나를 세움으로써
> 누군가의 몸을 따라 서게 한 적도 없다
> 나는 손가락 하나를 눕힘으로써
> 누군가의 몸을 따라 쓰러지게 한 적도 없다
> 누군가가 나를 안아 일으킨 적도 없다
>
> —「빈손을 들여다보다가」, 부분

보통의 서정시라면 내가 손가락을 세우고 눕힘에 따라서 우주가 일어서고 쓰러졌다고 표현할 수도 있다. 그러나 내가 손가락을 세우고 눕히는 행위는 티끌 하나라도 움직일 수 없는 것이 비정한 사실일 수 있다. 그렇다면 일견 자조적이라고까지 여겨질 수 있는 당연한 사실을 시인은 왜 시로 썼을까? 손가락

하나만 움직여도 타자를 움직이고 싶었다는 욕망을 암시적으로 드러내기 위해서가 아닐까? 인용한 구절은 주체의 행위에 해당하는 '세움/눕힘'의 대구와 타자의 행위에 해당하는 '서다/쓰러지다'의 대구로 빈틈없는 짜임새를 만들어놓은 뒤에, 한발 더 나아가서 "누군가가 나를 안아 일으킨 적도 없다"는 문장을 덧붙이고 있지 않은가. 그 문장은 자신의 욕망이 외로움으로부터 비롯된 것이며, 그 외로움이 욕망의 좌절로부터 비롯된 것임을 우리에게 토로한다. 이 시의 제목처럼 우리는 언제나 "빈손"일 수밖에 없다. 가능성이 아니라 그 가능성의 한계를 보여주는 것이 시적 화자의 정서와 의지를 더 강력하게 보여줄 수 있다는 점이 이 시의 놀라운 성취일 것이다. 이만큼 정확한 표현이 어디 있으며, 이만큼 절절한 고백이 또 어디 있겠는가.

　　물이 잠잠히 고여 있다가도
　　수맥을 끌어당겨서 안에서 출렁거리고
　　입술이 슬그머니 닿아서는
　　혈맥을 모아 바깥을 감쌀 때
　　아주 깊어진 유리컵은
　　제자리를 지킨다

　　나는 유리컵을 앞에 놓고
　　그 속에 물로 가득 차 있는 누구에게

그 바깥에 입술로 들러붙어 있는 누구에게

몇 번씩이나 목마르다고 말하면서

들손을 내어주기를 간청한다

겨우 나는 들손에 손가락을 넣어서 들고

유리컵을 통해서 나를 건너다보는

반대편에 있는 나를 노려본다

―「갈증」, 부분

　인간관계라는 구분과 연결은 비단 주체와 타자의 사이에만
있는 것이 아니다. 그것은 주체 자신의 내부에도 여러 겹으로
존재한다. 나라는 존재는 언제나 단일한 내가 아니며, 나는
무수한 타자들의 관계와 인연이 흘러들어와 서로 엮이면서
만들어진 존재이기 때문이다. 이러한 인식을 「갈증」은 유리컵
이라는 사물을 통하여 집약적으로 형상화한다. 유리컵의 내부
에는 물의 수맥이 맞닿으며, 유리컵의 외부에는 입술의 혈맥이
맞닿는다. 물도 입술도 단일한 것이 아니라 다양한 결을 가진
것이다. 그런데 물과 입술 사이는 유리컵에 의하여 가로막히는
것처럼 결은 구분과 연결로 나뉜다. 구분과 연결로 나뉘기 때문
에 여러 결은 그 구분과 연결 너머에 있는 다른 결들을 갈망할
수밖에 없다. 물과 입술이 유리컵 너머에 대칭적으로 존재하는
상대방에게 "몇 번씩이나 목마르다고 말하"는 것, 즉 시의 제목

인 '갈증'은 인간관계의 구분과 연결을 넘어선 소통에의 갈증을 의미한다. 하나의 존재가 다른 많은 타자와의 인연을 통하여 이루어지며, 그것들 사이에 어쩔 수 없는 구분과 연결 및 그로 인한 소통에의 갈망이 있음을 깨닫고 나서 시적 화자는 자신도 그러한 관계성에 놓여 있음을 발견한다. 「갈증」은 유리컵이라는 하나의 사물만 가지고도 물, 물의 수맥, 입술, 입술의 혈맥, 유리컵, 유리컵에 비친 나, 유리컵을 들고 있는 나 사이의 관계성을 세밀하고 깊이 있게 사유해낸 수작이다.

마지막으로 5부는 거대도시 서울의 변두리에서 시인 자신이 경험한 것, 특히 자식을 기르고 떠나보낸 이야기를 중심으로 다루는 시편이다. 하종오의 시를 읽는 중요한 독법 중 하나는 시적 정황이 예사롭지 않게 설정되어 있다는 사실에 주목하는 것이다. 변두리는 서구 근대적 문명의 침투 속도에 따라서 도시와 시골로 공간이 구분되고 연결된 지점을 가리킨다. 자식을 기르고 떠나보내는 것은 인간의 삶이 생장하고 노화하는 과정에서 세대의 지속을 위하여 세대가 분할되는 시간적 구분과 연결을 표시한다. 시간적 배경과 공간적 배경은 유기적으로 연결되며 서로를 부각하는 시적 효과를 일으키는 것이다.

그러구러 자식이 곁을 떠나고 내가 늙은 아비로 남게 되었을 때 변두리에서 나는 궁리했다. 햇볕 따사로운 날이면 천변을 걸으면서 자식에게 갈 수 있는 법을, 비바람 치는 날이면 거실에서

서성거리며 자식이 날 생각하게 하는 법을, 눈이 흩날리는 날이면 골목을 나가면서 자식을 돌아오게 하는 법을, 그리고 요즘 내가 변두리에서 혼자 살아갈 길을 궁리하면 아기의 아비가 돌아와서 아기가 걸음마하고 있는 마당을 가리키고, 혼자 눈 둘 데를 궁리하면 소년의 아비가 돌아와서 소년이 응시하고 있는 저녁을 가리키고, 혼자 일감을 찾을 궁리하면 청년의 아비가 돌아와서 청년이 완성하고 있는 내일을 가리킨다.

—「궁리」, 부분

도시와 시골이 분화되는 변두리에서 앞 세대와 다음 세대가 분화된다는 시적 설정은 무엇을 우리에게 체험하게 하는가? 「궁리」에서 자식을 다 키우고 떠나보낸 시적 화자는 자신이 살아가는 변두리에 남아서 외로워한다. 따라서 시적 화자는 "자식에게 갈 수 있는 법", "자식이 날 생각하게 하는 법", "자식을 돌아오게 하는 법"을 궁리하게 된다. 이는 어쩌면 부모의 이기적인 태도일 수도 있지만, 그 때문에 그만큼 부모로서의 인간적인 태도이기도 하다. 그러나 그 궁리는 실현될 가능성이 너무도 옅다. 이제 자식은 회상이나 상상 속에서만 부모에게 다가올 수 있다. 회상과 상상 속에서 자식은 부모와 무관하게 과거와 현재와 미래를 살아간다. 그것을 지켜보는 부모의 아쉬움, 인정, 기대감 등 여러 감정을 과거, 현재, 미래라는 시간의 중첩 속에 압축시킴으로써 환상적인 시적 성취가 확보된다.

이렇게 볼 때 각기 다른 지역에서 나고 자란 각기 다른 세대들은 저마다 다른 삶을 영위해나갈 수밖에 없다. 이와 같은 비정한 인식은 눈 위에 눈이 내리고 쌓이는 것처럼 서늘하게 표현된다. "먼저 내린 눈에게로 / 다음 눈이 내리면서 / 다다음 눈을 내리게 하는 변두리, / 아들이 함박눈 쳐다보다가 아버지, 큰 소리로 불렀고 나는 함박눈 쳐다보다가 아버지, 속으로 불렀다."(「함박눈」) 눈은 내린 뒤에 또 내린다. 눈송이 각각은 비슷하게 생겼지만, 자세히 들여다보면 다 다르게 생겼다. 다음에 내린 눈은 먼저 내린 눈을 덮어버린다. 흔히들 눈이 포근하게 쌓인다고 말하지만, 실제로 눈은 영하의 온도로 차디차다. 겨울의 눈 내리는 풍경을 배경으로 하는 5부의 시편들이 특히 감동적으로 읽히는 것은 눈이라는 자연적 존재가 지니는 여러 속성이 하종오 시의 비정한 사실적 인식과 잘 어우러지는 탓이다.

겨울에 폭설이 내렸다. 오래 살아온 집 꼭대기층 작은방에서 이불 덮어쓰고 누운 밤이면 눈 쌓인 출입문으로 드나드는 주민들이 미끄러져 넘어지지 않을라나 조바심했다. 이게 마지막 걱정이려니, 이게 마지막 걱정이려니, 했고 아침엔 빗자루와 삽으로 눈을 치우면서 이사 갈 날을 헤아렸는데 저녁엔 또 폭설이 내렸다, 폭설이.

　　　　　　　　　　　　　　　　　　—「마지막 겨울」, 부분

「마지막 겨울」의 정황은 시적 화자가 애지중지 키운 딸을 시집보낼 무렵이다. 이 시에서 절창은 단연 마지막 문장이리라. 작품의 마지막 연에서 시적 화자는 딸도 시집보냈으니 이제 자신에게 남은 걱정은 폭설에 주민들이 넘어지지나 않을까 하는 정도뿐이라고 예상한다. 하지만 마지막 문장에서 그러한 예상은 저녁에 다시 쏟아진 폭설에 의하여 무참하리만치 산산이 깨어진다. 이러한 결말은 생존이 계속되는 한, 인간의 번민은 끝날 수 없다는 사실을 우리에게 되새긴다. 여기에는 삶의 고통에 대한 모종의 실존적 분노까지도 느껴진다. 다른 한편으로이 결말은 주민들에 대한 걱정이 시집보낸 딸에 대한 미련, 변두리에서 다른 곳을 향하여 이사 가는 것에 대한 주저함 따위에 지나지 않는다는 것을 은근히 내비친다. 쏟아지는 저녁 눈을 바라보며 시적 화자는 이렇게 생각했을지도 모른다. 지긋 지긋하구나. 나는 망설이고 있구나. 쏟아질 테면 얼마든지 쏟아 져라. 이제 떠나야겠다.

마지막으로 시집 『초저녁』 5부의 시편들이 산문적인 문체를 취하는 까닭을 따질 필요가 있다. 첫째로 평범하고 일상적일 수 있는 내용은 행과 연으로 구분될 때보다 산문의 형식으로 연결될 때 그 나름의 시적 리듬이나 압축을 더 확보할 수 있다. 행과 연으로 구분된 시와 달리 산문적인 문체의 시에는 그 나름의 리듬과 압축이 있다. 전자의 경우에서는 행과 행 사이, 연과 연 사이에 호응하는 구조가 중요하다면, 후자의 경우에서는 문장들의 연쇄에 따라 순발력 있게 완급을 조절하는 호흡이 중요하다. 둘째, 운문과 산문의 통념에 기대어본다면, 서정적인 운문이 순간에 집중하는 데 비하여 서사적인 산문은 이야기의 흐름에 집중한다고 볼 수 있다. 그런데 이야기라는 것은 어디까지나 인간의 삶에서 흘러나오는 것이며, 인간의 삶 자체가 무수한 이야기들의 모음인 것이다. 특히 이 시집의 5부에서처럼 도시와 시골의 구분과 연결, 한 세대와 다른 세대의 구분과 연결에서 벌어지는 이야기는 산문적 문체와 더 어울리는 것이다.

지금까지 시집 『초저녁』을 구성하는 다섯 개의 부분이 구분과 연결의 문제를 각각 어떻게 변주하는지, 그 변주가 얼마만큼 비정하게 이루어지고 있는지를 살펴보았다. 시인 하종오는 이 시집을 통하여 세상의 여러 구분과 연결들을 비정하게 다시 묻고 있으며, 동시에 자기 시 세계의 창작 원리까지도 유감없이 밝히고 있다. 비정함을 통하여 구분과 연결을 다시 묻는 일이란 태평하고 안일한 마음가짐으로써 구분과 연결을 망각하는 것과 다르다. 그것은 손쉬운 해결책을 저 멀리 미루어두고서 아직도 현실 곳곳에 구분과 연결이 산재해 있으며 우리의 삶을 얽어매고 있음을 직시하는 자세이다. 나아가 그것은 우리가 아무리 구분과 연결을 넘어서고자 하더라도 구분과 연결 속에 포획될 수밖에 없음을 말하는 동시에 그 때문에 그 구분과 연결을 넘어서고자 하는 의지를 멈추지 않으려는 자세이다.

제4부

사람-삶

외롭지 않을 수 있는 진실한 행위
— 하종오 리얼리즘의 서정과 서사

'강화학파'와 '새 강화학파'와 '신강화학파'

어리석게도 리얼리즘은 진실 속에 가장 아름다운 것이 있다고 믿는 자의 편에 선다. 리얼리즘의 편에서 보자면 아름다움은 진실로부터 해방된 자유를 섣불리 노래하기보다는 해방이라는 굴레에 얽매이기도 하는 것이다. 예술의 지상 과제 가운데 하나는 아름다움이 새로움에서만 나온다는 것이다. 언제나 새로운 것은 시대이다. 한 시대에는 그 시대만의 진실이 있다. 시대를 이끄는 원동력은 서로 엉켜 살아가는 사람들의 삶이며, 시대의 진실은 사람살이에 그 핵심이 있다. 새로운 예술의 꽃은 삶의 진실이라는 양분을 마시고 피어난다.

그렇다면 진실은 왜 중요한가? 과연 진실은 진실 그 자체이므로 우리에게 진실한 것인가? 이에 대하여 조금 다르게 답하는 시인이 있다. 사람은 외로워서 진실이 필요하다. 즉 진실은 외로움에서 벗어날 힘을 우리에게 줄 수 있을 때만 진실이다. 이와 같은 이야기가 하종오 시집 『신강화학파』에 담겨 있다. 자신의 외로움을 거짓의 탓으로 돌릴 자신이 있는 사람이라면 이 시집을 읽어도 좋다. 외롭지 않은 사람은 구태여 이 시집을 펼칠 까닭이 없다. 외로움에 겨워서 진실을 찾는 이들이 이 시집의 아름다움을 더불어 나눌 수 있다. 그러니 오늘날의 리얼리즘이 어떠한 문제로 인하여 사그라지고 있는지에 대한 문제는 조금 뒤에 말해도 늦지 않다. 리얼리즘의 진정한 의미는 무엇이며, 그것을 과연 되살려야만 하는 것인지에 대한 이야기는 나중으로 미루자. 이 시집은 외로운 시인 하나가 자신을 섬에 가둔 이야기이다.

> 강화학파의 한 사람이라는 자는 한마디 더 하고 휴대폰을 끊었다
> 선생이 시인이라는 걸 최근에 알았습니다
> 남을 살펴보는 눈으로 자신을 들여다볼 수 있는 데라면
> 어디든 이주할 작정하고 있던 나는
> 이십여 년 만에 서울 떠나
> 강화로 되돌아가고 싶어 하는 나의 속내를 알아차렸다
> 오래 전에 머물렀던 자리에 머물러야 눈이 밝아지는 나이였다
> ─「강화학파 첫인사」, 부분

서울에 20여 년 동안 살던 시인에게 어느 날 휴대전화 한 통이 걸려온다. 자신은 강화학파의 한 사람이며, 시적 화자를 강화도로 모시겠다고 한다. 시적 화자가 돌아온다면 낡아가는 시인의 옛집도 수리해주고 명소에도 안내해주겠다는 조건까지 내건다. 그곳에 살았던 지난날에는 자신과 교류하지 않던 이가 어째서 이제 와 연락하는 것인지 시적 화자는 의아스러워한다. 강화학파의 한 사람은 시적 화자가 시인이라는 사실을 뒤늦게 알았다는 말을 마지막으로 남기고 전화를 끊는다. 그제야 시적 화자는 자신이 요즈음 서울의 삶을 정리하고 강화로 내려가고자 했던 이유를 이해하게 된다.

　강화학파에 소속된 사람은 시적 화자의 휴대전화 번호를 알아내어 직접 전화를 걸었으며, 또한 시적 화자의 강화도 옛집이 무너져가고 있다는 사실까지 알고 있다. 이처럼 등장인물의 언행을 구체화하는 기법은 읽는 이로 하여금 시 속에 제시된 사실을 더욱 사실처럼 느끼게 한다. 여기서 유념할 점은 강화도에서 걸려온 전화 내용, 그중에서도 특히 마지막 한마디가 시적 화자가 이주의 방향을 결정하는 데 영향을 미쳤다는 것이다. 시적 화자는 전화를 받기 전에도 "남을 살펴보는 눈으로 자신을 들여다볼 수 있는 데라면 / 어디든 이주할 작정"을 하고 있었다. 이 결심에서 이주의 방향까지 정해진 것은 아니었다. 그런데 그 이주가 강화로의 회귀여야 하는 까닭은 강화학파의 한 사람이 남긴 마지막 말 한마디를 듣고 난 다음에야 깨달아진다. 그리고 그 한마디는 시적 화자가 시인이라는 자신의 정체성을 새삼 되새기게 했다. 이처럼 시적 화자가 강화행을 결정한 근본 동기는 시인으로서의 정체성에 관한 자각이라고 할 수 있다.

우리는 막연하게 앞으로 나아갈 길을 마음속에 그려볼 때가 있다. 어디로 나아갈 것인지 잘 몰라서 우리는 곧잘 주저하고 멈칫거리게 된다. 하지만 과연 진정으로 우리는 어디로 가야 할지를 몰라서 발걸음을 내딛지 않는 것일까? 가야 할 곳을 가리키는 나침판은 우리 안에 이미 마련되어 있는 것이 아닐까? 그 나침판이란 결국 나 자신만의 정체성이다. 나의 방향을 알려 주는 것은 오로지 나의 존재일 뿐이다. 내가 누구인지를 돌이켜 보는 행위 속에서 나는 어디로 갈지에 대한 해답을 얻을 수 있다.

그 때문에 나 자신이 어떠한 사람인지를 일러주는 누군가의 말 한마디가 나에게 깊은 의미로 다가올 수 있는 것이다. 강화에서 걸려온 전화의 마지막 말을 듣고 시적 화자가 자신의 속내를 비로소 짐작하게 된 까닭이 여기에 있다. 이때 그 전화 속 목소리는 시적 화자의 목소리와 구별되지 않는다. 위 작품 앞부분에서 가상 인물(강화학파의 한 사람)에게 사실감을 덧입혔던 구체화 기법은 이 지점에서 통째로 뒤집힌다. 가상 인물은 실제 인물로 구체화하고, 그 인물은 시적 화자가 서로 겹치고 뒤섞이는 것이다. 위 작품은 특별할 것도 없는 서사와 지극히 평범해 보이는 문장들만을 가지고 이처럼 비범한 시적 기법을 구사하였다.

앞에서 언급한 시인이라는 정체성은 "남을 살펴보는 눈으로 자신을 들여다"보는 행위와 밀접한 관련이 있다. 위 작품의 형식상 뛰어난 점은 강화학파의 한 사람에게서 전화를 받고 나서 시적 화자가 자신이 시인이었음을 자각하게 되는 구조를 "남을 살펴보는 눈으로 자신을 들여다"보려는 결심과 교묘하게 대응시킨다는 데 있다. 그것은 "눈이 밝아"지는 일이다. 시적 화자는 "눈이 밝아"지기 위하여 "오래전에 머물렀던 자리에 머"물러야 한다고 생각한다. 오래전에 살았던 곳을 찾아가 보면 익숙했던 구석들도 낯설게 느껴지기 마련이다. 그곳을 떠나 있는 동안 남을 살펴볼 줄 알게 되며, 다시 돌아올 때는 남을 살펴보는 눈으로 그곳을 낯설게 볼 수 있다. 따라서 강화행은 자신을 객관화하여 들여다보고자 하는 의지의 산물이다. 그렇게 들여다본 자신의 내면에서는 어떠한 목소리가 울려 나오는 가?

자신은 강화학파의 마지막 문장가인데
오늘날까지 강화학파가 이어지지 못한 이유는
현대 시인을 영입하지 않은 데 있으며
내가 가담해 준다면 영광이겠다는 것이었다
이제야 나에게도 문운이 트이는가 싶어
내심 반색했으나 담담하게 거절했다
내가 강화도에 이주한 것을

자발적 유폐라고 규정하는 처지에

　　　　　　　　　　　　　　　　　　　ㅡ「강화학파의 새 일파」, 부분

　강화도에 내려간 시적 화자에게 강화학파의 마지막 문장가 이건창이 찾아온다. 이건창은 시적 화자를 강화학파의 새 일원으로 영입하고자 한다. 이건창은 조선 시대에 강화에 살았던 사람이다. 오래된 과거와 현재를 교차시키는 시적 기교는 자신을 성찰하는 행위에 커다란 폭과 깊이를 부여한다. 이를 통하여 강화도라는 공간적 배경은 단순히 자기 유폐의 공간에만 그치지 않고, 자신을 둘러싼 현실 전체를 검토할 수 있는 망원경의 위치로 상징화된다. 이처럼 시간과 공간을 가로지르는 하종오의 상상력은 한국 리얼리즘 시사詩史의 성취를 더 풍요롭게 한다.

　이건창의 제안에 시적 화자는 자신의 문운이 드디어 트이려는가 하는 생각에 속으로 매우 반가워한다. 시적 화자는 오래 시를 써오는 동안 문단이나 독자에게 인정받지 못하고 외면당했다는 사실을 여기서 알 수 있다. 더욱이 이 대목에서는 누군가에게 인정받고 싶다는 욕망이 아직도 사그라지지 않은 채 남아 있는 그의 내면이 엿보이기도 한다. 자기 자신을 객관적으로 들여다보았을 때 가장 먼저 마주친 것은 명성의 유혹이다. 이러한 유혹을 느끼면서도 거기에 손쉽게 휘말려들지 않으려는 시적 화자의 감정이 얼마나 미묘하게 포착되어 있는지 보라. 그렇다면 시적 화자는 도대체 무슨 이유로 달콤한 권유와 거리를 유지하고자 하는가?

> 이규보는 846세, 이건창은 162세,
> 나는 겨우 60살인 올해, 텃밭을 가는 봄날에
> 두 대시인이 내 시를 잘 읽고 있다면서
> 남한 시인들 모조리 자기 자신을 응시하고
> 북한 시인들 모조리 권력자를 칭송하는
> 민망한 시절에 함께 강화에서 살게 된 것이
> 의미심장한 상징으로 보이더란다
> (중략)
> 내가 대시인의 반열에 오를 수 있는 기회가
> 다신 오지 않으리라 싶어 승낙하려다가
> 새 강화학파가 무엇이며 왜 필요한지 이해 안 되고
> 성향이 좀 다른 이규보와 이건창과 지연으로 얽혀
> 파를 이룬다는 건 더구나 체질에 맞지 않았다
> 망년우로만 지내기를 원했던 그날
>
> ─「새 강화학파 또는 망년우」, 부분

하종오의 시적 상상력은 조선 시대 인물로도 모자라 고려 시대 인물까지 불러들일 정도로 끝없이 확장되는 특성을 보여준다. 문학사적으로도 자신보다 훨씬 더 높은 평가를 받았으며 물리적인 시간으로도 자신보다 훨씬 더 오래 살아온 두 선배 시인 앞에, 제대로 된 평가도 받지 못하였으며 이제 고작 예순이 된 시적 화자가 앉아 있는 상황을 그려보라. 게다가 자신들의 문학 모임에 가입해달라는 부탁까지 받는 상황은 얼마나 부담되고 어렵겠는가. 마침 시적 화자는 "대시인의 반열에 오를 수 있는 기회"를 바라지 않는 것만도 아니었다. 이러한 상황 설정을 통해 이 작품은 긴장감을 한층 더 팽팽하게 고조시킨다.

그런데 두 명의 대시인이 한반도 시단을 평가하는 대목이 범상치 않다. 남한의 시인들은 자신의 내면이라는 좁은 진실에 침잠하느라 현실과 그 속에서 살아가는 사람들의 면면에 등을 돌린 실정이다. 반면에 북한의 시인들은 폭압이 두려워서 권력자를 칭송할 뿐 자유를 찾으려 하지 않는다. 진정한 리얼리즘의 관점에서 볼 때, 시인의 생명은 진실에의 자유이며 자유에의 진실이다. 남북한 시인들 모두 시인으로서의 생명을 잃어버렸기에 현재는 "민망한 시절"일 수밖에 없다. 이것이 시적 화자가 대시인들과 함께 새 강화학파를 만드는 데 동의하지 않으면서도 망년우忘年友로 지내는 것은 싫어하지 않는 이유이다. 현재의 시단에 대한 이와 같은 평가는 하종오의 이전 시집들에서도 여러 번 표출된 바가 있다.

정확하다면 정확하다고 할 수 있는 관점을 가진 대시인들과 함께 새로운 시인의 모임을 꾸려보는 것에 대하여 시적 화자는 거부의 태도를 드러낸다. 대시인들은 시적 화자와 같은 젊은 시인을 영입하여 기존 강화학파의 명맥을 잇고자 한다. 이와 달리 시적 화자가 보기에 비록 현재 시단을 비판하는 강화학파의 관점이 옳다고 할지라도, 그 학파의 성격과 목적은 불분명하다. 게다가 성향도 서로 맞지 않는 이들이 지연地緣만을 가지고 모임을 만든다는 행위는 현재 남북한 시인들의 병폐와 크게 다르지 않다. 학파의 본질이 바뀌지 않는다면 새 강화학파는 강화학파의 다른 이름일 뿐인 것이다. 새 강화학파를 만들려는 고려와 조선의 강화학파 인물들은 결국 청산되지 않은 낡은 과거의 잔재를 상징한다.

『신강화학파』에서 하종오는 인물 군상의 유형을 크게 '강화학파', '새 강화학파', '신강화학파', 이렇게 세 가지로 나누어놓았다. '강화학파'는 주로 대시인들과 같이 지식인이나 예술가 행세를 하는 엘리트들로서, 아직도 구태의연한 사고를 버리지 못한 채 현실 속의 진실을 체화하지 못한 이들로 구성된다. '새 강화학파'는 '강화학파'에서 이름만 바꾼 것이다. 요컨대 이 시집 전체를 관통하는 서사는 '강화학파'와 '새 강화학파'의 유혹을 단호하게 거절하고, 나아가 '신강화학파'와의 황홀한 마주침을 겪는 것이라고 할 수 있다.

　　동막리 산다는 사람은 삼백두 살 농부라 했고
　　외포리 산다는 사람은 이백다섯 살 기술자라 했고
　　국화리 산다는 사람은 백열세 살 막일꾼이라 했다
　　(중략)

강화 구석구석을 돌아다니며 공부한다는

비주류를 초청하여 강연도 듣고 토론도 해봤지만

강화의 문제점을 해석하고 해결하는 능력은 있어도

강화의 햇빛과 바람에 대해서는 알지 못하더라고 했다

나는 아무래도 비주류보다는 주류에 가깝다는 생각을 하면서

—「자칭 신강화학파」, 부분

　새 강화학파를 만들자는 강화학파의 요청으로부터 거리를
두기로 결단한 시적 화자에게, 어느 날 신강화학파를 자칭하는
이들이 찾아온다. 이규보와 이건창 같은 강화학파 구성원들이
그러했듯이 신강화학파 사람들도 302세, 205세, 113세로서 물리
적인 사실로는 설명할 수 없는 연령대로 설정된다. 이 점에서
신강화학파는 강화학파와 마찬가지로 과거에서 현재로 이어져
내려오는 흐름을 보여준다. 하지만 그 흐름의 내용이 전혀 다르
다. 강화학파의 구성원들은 '대시인들'과 같은 엘리트이다. 더욱
이 그들은 모두 시를 써서 이름을 남기는 데 관심이 있을 뿐,
도대체 무엇을 위하여 시를 쓸지는 특별히 고민하지 않는다.
위 시에서 "사오십 대 문인과 화가와 가수와 / 인문학자와 활동
가" 역시 강화의 문제에 대하여 피상적인 의견만을 가지고
있을 뿐, "강화의 햇빛과 바람에 대해서는 알지 못"하는 엘리트
들이라는 점에서 강화학파의 성격과 크게 다르지 않다. 반면에
신강화학파 구성원들은 농부, 기술자, 막일꾼으로서 엘리트

행세와는 거리가 멀 뿐만 아니라 누구보다도 "강화의 햇빛과 바람에 대해서" 잘 알고 있다.

이를 아는 이들이 진정한 주류이며, 이를 모르는 채 공허하게 입만 놀리는 이들이 비주류라는 것이 이 시의 통렬한 역설이다. 주류와 비주류를 가르는 기준은 무엇이 더 진실에 맞닿아 있는가 하는 문제일 뿐, 피상적인 명성이나 학식 따위가 될 수 없기 때문이다. 위 작품의 역설은 얼마나 통렬한 것인가. 그러므로 대시인의 반열에 오르는 방식으로 주류가 되는 것이 얼마나 거짓된 것인지를 깨달은 시적 화자는 참된 주류의 방식에 편입되고자 한다.

> 강화에서 내가 시작詩作보다 더 관심을 가지는 게 있으니
> 집집마다 뛰어난 농사꾼이었던 노부부들 중
> 한 사람은 죽고 한 사람만 남아 농사일하는 모습인데
> (중략)
> 강화학파 문인과 신강화학파 문인이 똑같은 덕담을 했다
> 그런 시편은 아무리 많이 발표해도 문명文名을 날릴 수 없소만
> 강화에서 외롭지 않을 수 있는 진실한 행위이기는 하오
> 경향 각지에서 리얼리즘 배신이 대세라는 시절엔 말이오
> ─「강화학파와 신강화학파의 덕담」, 부분

지금까지 살펴본 굵직한 줄거리에 따라 『신강화학파』의 서사

를 정리해보면 다음과 같다. 시적 화자가 자신의 내면을 객관적으로 들여다보았을 때 처음 발견한 것은 아직도 남아 있던 "문명文名"에의 집착이었다. 리얼리즘은 시나브로 사라질 것이라거나 이제 끝나버렸다고 손쉽게 진단을 내리는 경우("리얼리즘 배신") 역시 이러한 집착에서 나온 것이다. 그러나 그것은 현실의 진실을 파악하는 진정한 시인의 생명과는 괴리된 것인 이상 어디까지나 허명虛名에 불과하다. 그 때문에 그것은 시적 화자의 외로움을 올바로 채워주는 길이 아니다. 이때 등장한 신강화학파는 현실의 문제에 피상적으로만 접근하는 것이 아니라 현실 그 자체를 자신의 삶으로 살아내는 방법을 시적 화자에게 보여준다. 그리고 이것이야말로 허위적인 주류가 아니라 진정으로 진실에 가까운 주류가 되는 법이다.

이를 받아들이고자 하는 시적 화자에게 있어서 시를 쓰는 행위보다 더 큰 관심은 농사꾼 노부부 중에서 한 사람은 죽고 한 사람만 남아서 농사를 이어나가는 모습이다. "햇빛과 바람을 속속들이 형상화할 수 있을 때까지"(「자청 신강화학파」) 강화를 논할 수는 없는 것처럼, 특별해 보이지 않는 사람들의 살아가는 모습을 깊이 파고든 뒤에야 진정한 의미의 리얼리즘은 가능하기 때문이다. 이름을 남기려는 욕망으로부터 거리를 두는 길은 외로울지도 모른다. 그러나 그 욕망이 오히려 우리를 외로움 속으로 밀어 넣는 것이라고 거꾸로 생각해볼 수도 있다. 이처럼 기존의 통념을 뒤집는 힘이야말로 시가 우리 삶에 필요한 여러 이유 가운데 하나이다. 통념의 반대편에 가려진 진실이 자리하고 있을지도 모르는 일 아니겠는가. 그러므로 "외롭지 않을 수 있는 진실한 행위"라는 구절은 여러 겹의 의미로 읽힐 수 있다. "외롭지 않을 수 있는"과 "진실한"이라는 두 수식어의 관계를 동시적인 것으로 해석한다면, 이 구절은 '비록 거짓의 주류를 좇지 않아서 외롭더라도 진실에의 의지를 져버리지 않는 한 시인은 그 외로움마저도 견딜 수 있다'는 뜻이 된다. 또는 두 수식어의 관계를 인과적인 것으로 독해한다면, 이 구절은 '진실을 추구함으로써 외로움을 극복할 수 있다'는 뜻이 된다. 두 가지의 해석은 결코 양립 불가능한 것이 아니다.

서로서로 넘나들며 우러르는 일

신강화학파를 꾸린다는 것은 대체 어떠한 성격을 가지는 것이기에 시적 화자에게 있어서 "외롭지 않을 수 있는 진실한 행위"로 받아들여지는 것인가? 그것은 첫째로 '맞바꾸기'이며 '바라보기'이며 '되기'이다. 이러한 세 행위가 모두 잘 어우러져 나타나는 작품이 본격적인 신강화학파 시편의 서두에 놓이는 「신강화학파新江華學派」이다.

> 그들은 서로 들풀과 바람과 햇빛을 맞바꾸고
> 들풀과 바람과 햇빛은 번갈아 그들을 맞바꾸는 걸
> 나는 보면서 무언가 더 보았다

내가 그들이 되어 여러 눈으로 나를 바라보았고

그들이 내가 되어 한 눈으로 그들을 바라보았다

(중략)

그때 나는 그리 따라하면서 다른 내가 되었다

—「신강화학파新江華學派」, 부분

　'맞바꾸기'는 서로의 평등을 전제할 때만 가능한 행위이다. 불평등한 관계에서 '맞바꾸기'는 성립할 수 없다. 거기에는 오로지 빼앗기와 빼앗기기만 있을 뿐이다. 또한 '맞바꾸기'는 그 과정이 스스럼없이 자연스러운 것이다. 아무리 상호 평등의 관계라 하더라도 '맞바꾸기'의 과정에서 거부감이나 허물이 일어난다면, 그 역시 '맞바꾸기'라고 불릴 수 없을 것이다. "들풀과 바람과 햇빛"이라는 시의 소재는 '맞바꾸기'의 두 가지 조건에 더할 나위 없이 알맞게 선택된 것이다. 자연에는 상하나 귀천과 같은 위계 서열의 구분이 없기 때문이다. 또한, 이것들은 어떠한 부자연스러움도 가지지 않는 자연 그 자체를 자신의 본성으로 삼는다.

　하종오는 모든 인간의 본성 역시도 이와 마찬가지일 것이라고 고집스럽게 믿는 시인이다. 이 시에 등장하는 인물들의 이름을 '박', '김', '이' 등의 흔하디흔한 성씨로만 부르는 것은, 모든 사람이 품고 있는 마음의 바탕이 이름 없는 자연물들과 같을 것이라는 시인의 신념을 드러내는 미학적 장치이다. 인간의 본성이 자연의 본성과 같다는 조건 위에서 사람들은 자유로이 "서로 들풀과 바람과 햇빛을 맞바"꿀 수 있으며, 거꾸로 "들풀과 바람과 햇빛은 번갈아 그들을 맞바"꿀 수 있는 것이다. 자연을 매개로 한 사람들 사이의 '맞바꾸기' 형식은 다음과 같은 아름다운 표현도 아무렇지도 않게 시편 곳곳에 부려놓는다.

> 이렇게 사는 그들을 신강화학파로 알고
> 이웃들이 존경의 눈으로 쳐다보면
> 각각 높은 허공과 너른 땅과 푸른 녹음을
> 가슴에서 꺼내 보여주곤 이내 도로 넣는다
>
> —「신강화학파의 아침나절」, 부분

그렇다 하더라도 '맞바꾸기'를 가능케 하는 서정을 우리 모두에게 획일적 시선을 강요한다는 의미로 비판할 수는 없다. 모든 대상을 획일적 논리로 환원하는 서정적 주체에 대하여 2000년대 들어서 많은 비판이 쏟아졌다. 그러나 하종오 시는 그처럼 폭력적인 관습과 멀리 떨어져 있다. "각각 높은 허공과 너른 땅과 푸른 녹음을 / 가슴에서 꺼내 보여주곤 이내 도로 넣는다"와 같은 구절을 보라. 여기서 사람들은 저마다의 "높은 허공과 너른 땅과 푸른 녹음"을 총체적으로 통일시키지 않는다. "가슴에서 꺼내 보여주곤 이내 도로 넣는다"는 것은 다양성이 훼손되지 않고 공존하면서도 서로 조화를 이루는 화이부동和而不同의 행위이다. "이렇게 사는 그들을 신강화학파로 알고 / 이웃들이 존경의 눈으로 쳐다보"는 이유도 여기에 있다. '맞바꾸기'를 통하여 우리는 서로를 우러를 수 있는 것이다.

다시 「신강화학파新江華學派」에서 인용한 구절로 돌아가 보자. '맞바꾸기'의 논리는 대구對句 형식이 가지는 경쾌한 시적 리듬을 타고 곧장 '바라보기'의 태도로 뻗어나간다. '바라보기'는 남들을 바라보는 눈으로 자신을 보는 것이며, 남들이 보는 눈으로 자신이 볼 줄 아는 것이다. 이러한 '바라보기'는 소통이 단절된 오늘날의 우리에게, 분리된 개인의 시선으로는 전혀 볼 수 없었던 풍경 바깥을 보여준다.

> 만약 나에게 풍경 바깥이 보인다면
> 승용차와 송전탑과 전원주택
> 그곳으로 당장 옮겨놓고 싶을지도 모르는 해질녘,
> 저마다 다른 길 돌아다닌
> 신강화학파가 집으로 돌아가면서
> 비로소 한 방향 바라보고
> 나도 집으로 돌아오면서 같은 방향 바라보면
> 강화 구석구석 농사일 마친다
>
> ─「해질녘의 신강화학파」, 부분

얼핏 보면 이 작품은 시적 화자를 포함한 강화도 사람들이 저물녘에 저마다 다른 길을 돌아다니다가 같은 방향을 바라보며 돌아온다는 단순한 서사를 경제적으로 표현해놓은 것처럼 보인다. 이렇게 일면적으로만 보면 이 시가 도대체 어떠한 의미이며 왜 쓰였는지를 알기 어렵다. 가장 쉬워 보이는 시편이 오히려 읽기 가장 힘들 때가 있는데, 위 시가 그러한 사례이다. 특히 "풍경 바깥"이라는, 일상적 용법을 갖지 않는 시인의 조어造語가 독자의 해석을 더욱 힘들게 한다.

"풍경 바깥"과 대비되는 시어인 "풍경"이 어떠한 의미를 상징하는지 살펴보는 데서부터 시 해독의 실마리를 찾아야 할 것이다. 시적 화자가 저물녘에 집을 나서서 바라보는 "풍경"은 "승용차와 송전탑과 전원주택"이다. 이것들은 다 "전국 어디서나 다를 바 없"기 때문에 풍경이라 할 수 있다. ('풍경'의 발견이 '원근법'의 발명과 긴밀하게 관련이 있다는 사실을 여기서 굳이 언급하지 않아도 될 것이다.) 이에 비하여 "신강화학파는 풍경 바깥도 볼 수 있다"고 한다. 그 이유는 그들이 "누그러지는 햇볕에 싸"여 있기 때문이다. 햇볕과 햇빛을 구분하고 있는 시인의 감각은 무척이나 섬세하다. 햇빛이 시각의 대상인 빛이라면, 햇볕은 촉각의 대상인 온기이다. 빛은 사물을 구별하지만, 온기는 사물을 감싸 안는다.

얼굴의 눈이 아니라 몸의 눈으로 바라보기에 신강화학파는 풍경의 바깥을 볼 수 있는 것이다. 그리하여 시적 화자도 신강화학파처럼 풍경 바깥을 볼 수 있다면 "승용차와 송전탑과 전원주택"을 저물녘 속에서 바라보고 싶다고 한다. 이러한 의미가 시의 끝에서 형상화되는 방식은 지극히 아름답다. 다른 길을 돌아다니던 사람들이 집으로 돌아오면서 같은 방향을 바라보게 되는 일은 그 자체로 아무런 의미가 없다. 그러나 저물녘의 '바라보기'라는 맥락 속에 배치될 때, 그 일은 온기가 사물을 감싸는 것처럼 저마다의 시선이 따스하게 어우러지는 순간으로 형상화됨으로써 작품의 핵심적인 의미를 강렬하게 상징한다.

'맞바꾸기'와 '바라보기'는 궁극적으로 어떠한 진실을 보여주는가? 그 진실은 「신강화학파新江華學派」의 마지막 행에서 나타나듯 나 자신이 다른 내가 될 수 있다는 것이다. 이를 우리는 '되기'라고 이름 붙이도록 하자. 우리가 현실과 불화할 수밖에 없는 이유는 내가 지금의 나인 상태로 머물러 있기 때문이다. 더 정확히 말하자면 우리에게는 다른 우리가 되고 싶은 바람이 끊임없이 마음 깊은 곳에서부터 솟아오르기 때문에, 우리는 현실과 불화하는 것이다. 그러나 우리는 대부분 다른 내가 되고자 하는 마음속의 요청을 외면하면서 일상의 삶을 살아간다. 단 한 번이라도 '되기'의 진실에 귀 기울여본 적 있는 자는 하종오의 시편에서 어떻게 묘사되는지를 보라.

신강화학파는 저마다 집에서
작은 새의 날갯짓을 바꿀 줄 알고
찬바람의 결을 흔들 줄 알고

마른풀의 자리를 옮길 줄 알지만
곧 그 노인들과 같은 신세로 변하리란 것도 예감한다

하루 종일 길에 나가 있어도
사람 구경할 수 없는 텅 빈 마을에서
신강화학파는 함께 만났다가 헤어질 적이면
아이들이 되어 들머리에 나가 풀싸움해 보기도 하고
청년들이 되어 산기슭에 올라 메아리를 울려 보기도 한다
　　　　　　　　　　　　　　　—「신강화학파의 마을」, 부분

　인용한 시에서도 '맞바꾸기'와 '되기'가 맞물려서 움직이는
하종오 시의 창작 방법론이 잘 나타나 있다. 신강화학파 사람들
이 "새의 날갯짓"과 "찬바람의 결"과 "마른풀의 자리"를 맞바꾸
는 행위는 곧 그들이 "노인들과 같은 신세"로 되리라는 예감과
결부되어 있다. 그런데 '맞바꾸기'의 행위가 각자 떨어져 있는
집에서도 가능하다는 점이 이 대목을 한층 더 시적이게끔 한다.
우리는 물리적인 공간의 차원에서는 비록 떨어져 있다 해도
진실의 차원에서는 떨어져 있지 않다. 해가 떠 있는 동안 서로의
곁에 꼭 붙어 있다가 해가 진 뒤 헤어져 저마다의 집으로 돌아가
는 연인을 떠올려보자. 밤새 각자 떨어져 있다 해서 그들은
과연 떨어져 있는 것인가? 전화와 전화 사이를 오가느라 별빛
사이에 퍼지는 전파로 그들은 이어져 있을 것이다. 비단 연인의

관계에서뿐이랴. 모든 인간은 죽음 앞에서 이어져 있다. 먼저 죽어버렸거나 죽어가는 이를 향하여 우리의 공감이 발생하는 이유는, 우리도 머지않아 그렇게 될 것을 알고 있기 때문이다.

전화를 끊고 나서도 그들의 가슴에는 상대의 마음 씀씀이가 고스란히 남아 있을 것이다. 위 작품에 등장하는 인물들은 모두 부인을 먼 곳에 떠나보낸 신세이다. "벽돌2층집 주인"은 "부인을 치매요양원에 보냈고", "조립식주택 주인"은 "부인과 사별했고", "목조주택 주인"은 "부인이 암 투병 중"이다. 하지만 그 주인들은 "곧 그 노인들과 같은 신세로 변하리란 것도 예감"한다. 이 예감에는 부인에 대한 등장인물들의 애정이 은연중에 뚝뚝 묻어나기도 하며 죽음으로 향하는 삶의 쓸쓸함이 배어 나오기도 한다. 이러한 예감 속에서 그들은 공간의 차원에서 떨어져 있는 부인과 진실의 차원에서 이어져 있다. 인간은 물리적으로 외로울 수는 있어도 진실로 외로울 수는 없다. 이러한 인간의 진실이 신강화학파 노부부에게만 국한되지 않고 그다음 연에 가서 시적 화자에게까지 전이되는 것은 하종오 시 세계가 획득한 눈부신 인식의 확장이다. 거기서 시적 화자는 "텅 빈 마을"에서마저 "아이들"도 될 수 있으며 "청년들"도 될 수 있다.

농사일로 여기는 신강화학파라면
잡초를 매지 않아도 눈총 주지 않고
웃자란 나물을 솎지 않아도 나무라지 않고

벌레를 잡아 죽이지 않더라도 트집 잡지 않을 테니

그까짓 나도 끼어볼 수 있지 않을까 싶었다

어딜 가면 신강화학파를 만날 수 있는지 물어보려고

추수철까지 길손을 기다렸으나 오지 않았다

                              —「신강화학파의 할 일」, 부분

‘맞바꾸기’, ‘바라보기’, ‘되기’를 보다 구체적인 삶 속의 실천
으로 형상화한 작품이 위에 인용한 작품이다. 농사를 늦게 시작
한 시적 화자에게 어느 날 길손이 찾아와 말을 건넨다. 길손은
시적 화자가 “농기계를 사용하지 않고 / 화학비료를 주지 않”으
므로 신강화학파라 할 수 있다고 평가한다. 그 말 한마디에서
시적 화자는 신강화학파의 속성을 파악하고, 그것이 자신의
지향점과 상당히 맞아떨어진다는 것을 확인한다. 그가 파악한
신강화학파의 속성은 “잡초를 매지 않아도”, “웃자란 나물을
솎지 않아도”, “벌레를 잡아 죽이지 않더라도” 비판하지 않는
것이다. 이에 감동한 시적 화자는 자신도 신강화학파에 동참해
볼까 하는 마음을 먹게 된다. 그리고 자신이 “신강화학파에
속하게 되면 / 꼭 해야 할 일”은 “새에게 씨앗을 쪼아 먹도록
놔두는 일 / 고라니가 밭이랑을 뭉개도 욕하지 않는 일 / 일 못하
는 자를 이웃되게 허락하는 일”이라고 헤아려본다.

　이 부분에 얼마나 깊은 사유가 녹아 있는지를 감지하려면
문장의 형식을 주의 깊게 살펴보아야 한다. 『논어』 「위령공」

편에서 공자는 "내가 하고자 하지 않는 바를 남에게 베풀지 말라己所不欲, 勿施於人"고 하였다. 이는 칸트가 『실천이성비판』에서 "네 의지의 격률이 언제나 동시에 보편적 입법의 원리가 될 수 있도록 행위하라"고 했던 것과는 정반대의 문장 형식을 취한다. 공자의 말은 부정문인 반면에, 칸트의 말은 긍정문이라는 말이. 「신강화학파의 할 일」에서 명백히 드러나듯 하종오의 시적 윤리는 '~해야 한다'는 긍정의 명령문이 아니라 '~하지 않는다'는 부정문의 형식을 취한다. 그것은 인위적인 행위를 강제하는 것이 아니라 자유를 최대한 보장하되 하지 않았으면 하는 최소한의 행위를 찾아내는 것이다.

"새에게 씨앗을 쪼아 먹도록 놔두는 일"은 자신이 조금이라도 더 많이 소유하기 위하여 남의 것까지 빼앗지 않고 오히려 남에게 베푸는 일을 뜻한다. "고라니가 밭이랑을 뭉개도 욕하지 않는 일"은 자기 소유를 지키기 위하여 구획된 경계를 고집하지 않고 타인의 자유를 너그러이 받아들이는 일이다. "일 못하는 자를 이웃되게 허락하는 일"은 능력의 차이로 인한 사람의 차별을 중지하고 모든 타인에게 이웃의 자리를 내어주는 일이다. 이것이 '맞바꾸기'와 '바라보기'와 '되기'라는 하종오 시편의 주요한 문법이 구체적 삶의 실천 속에서 함의하는 바이다. 그리고 이것이 신강화학파의 할 일이다.

'새 강화학파'를 꾸리자는 '강화학파'의 제안에서 벗어나 '신강화학파'와 마주치게 된 이후의 서사를 지금까지 살펴보았다. 「신강화학파新江華學派」라는 작품은 처음 신강화학파의 존재를 인식하게 되는 장면을 그린 것이며, 신강화학파 시편의 총론에 해당하는 것이다. 그런 다음 시적 화자는 신강화학파에 자신의 지향점이 들어 있다는 것을 알아차린다(「신강화학파의 할 일」). 신강화학파에게 보다 가까이 다가가 그들과 교류하면서 시적 화자는 신강화학파의 속성을 더욱 깊이 알게 된다. 그 속성은 서로의 자연적인 본성을 '맞바꾸기'도 하고(「신강화학파의 아침나절」), 남이 나의 시선으로 남들을 바라보거나 내가 남의 시선으로 나를 '바라보기'도 하며(「해질녘의 신강화학파」), 그리하여 우리가 다른 우리로 '되기'도 하는 것이다. 이것이 시집 『신강화학파』의 서사에 담긴 서정의 원리이다. 하종오는 이러한 서사와 서정을 틀로 삼아서 현실의 여러 문제를 다각적으로 고찰해나간다.

아래로부터 드넓어지는 관계

하종오 리얼리즘에서 형식과 의미는 별개가 아니며 창작 원리와 윤리 의식은 하나로 맞붙어 있다. 강화학파 및 새 강화학파와 구별되는 것으로서 진실한 행위와 바른 공동체의 모습으로 상정되는 신강화학파의 주체들만 보더라도 그 점을 그리 어렵지 않게 알아볼 수가 있다. 강화학파가 지식인이나 예술가와 같은 직업을 가진 사람들이라면, 신강화학파라고 자칭하거나 그렇게 불리는 사람들은 온몸으로 현실에 부딪히면서 땀 흘려 일하는 자들이다. 아래로부터의 인물들이 하종오 리얼리즘의 시적 서사 속에서 중요하게 세워지는 것처럼, 아래로부터의 관점은 하종오 리얼리즘이 현실의 문제들을 바라보는 최우선의 자세이다. 그리고 그 태도를 견지하기에 하종오 리얼리즘은 현실의 문제들을 외면하지 않는다. 현실 문제의 가장 큰 고통은 아래로부터 발견되기 때문이다.

'아래로부터'라는 하종오 리얼리즘의 구호(창작 원리와 윤리 의식 양면에서)는 하종오 시 세계의 방대함을 낳는다. 이것이 질적으로 안일한 작품을 쉽게 허락하지 않으면서 양적으로도 엄청난 작품을 창출할 수 있는 원동력이다. 어떤 이는 하종오의 시편에 대하여 그 속에 들어 있는 원리와 작품성을 고려하지 않은 채, 그 소재와 작품 양만으로 지레짐작하여 엇비슷한 내용을 반성 없이 반복한다고 비난할지 모른다. 하지만 그 비판은 하종오 리얼리즘의 내적 특성을 전혀 보지 못하고 그 외면만 훑어본 탓이다. 시에서 소재가 중요하지 않다는 생각은 한낱 오류에 불과하다. 하종오 리얼리즘에 있어서 아래로부터의 진실을 내포하는 모든 소재는 다루어질 수 있는 것이며 다루어져야만 하는 것이다. 시에서 의미의 과잉을 피해야 한다는 주장은 근거의 결핍으로 귀결될 뿐이다. 하종오 리얼리즘의 시편들은 아래로부터의 자세를 꿋꿋이 지키는 한 특정한 이데올로기로 환원되는 법 없이 변화하는 현실에 따라 무한한 의미를 생성한다. 시에서 이해되기 쉽게 쓰는 것이 형식상의 새로움을 방해한다는 이론은 단지 편견에 지나지 않는다. 하종오 리얼리즘이 취하는 아래로부터의 문법은 누구나 이해할 수 있지만 잘 드러나지 않는 현실의 진실을 통찰하기 때문에, 엘리트들만이 즐길 수 있는 난해한 형식이 아니라 간결하면서도 유일무이한 하종오 시만의 형식을 찾아낸다. 가령 이러한 특성은 분단의 문제를 대할 때,

> 꿀벌 치는 강화주민들이 분봉해서
> 당국을 통해 개풍주민들에게 무상으로 분양한 다음
> 강화의 최북단 산자락에, 개풍의 최남단 산자락에
> 각각 벌통을 놓게 하면 계절에 따라 강화와 개풍에
> 같은 꽃이 피어나는지 다른 꽃이 피어나는지
> 꿀맛으로 알 수 있지 않겠시꺄
> 그거 먼저 아는 게 중요치 않겠시꺄
>
> ─「신강화학파의 꿈」, 부분

위와 같은 작품을 산출해낸다. 『남북주민보고서』, 『남북상징어사전』, 『신북한학』 등 남북 분단 상황을 다룬 하종오의 시편은 '탈분단문학'이라는 용어로 명명되었다. 탈분단문학의 개념을 제대로 이해하려면 장성규의 논의를 참조해야만 한다. 그에 따르면 탈분단문학은 70년대 민족문학 담론이 제출한 '통일문학'의 개념을 비판하는 데에서부터 출발한다. 그는 통일문학이

남한 사회를 일방적으로 제국의 피해자로만 인식한다는 점을 비판한다. 오늘날 남한 사회는 "제국의 일방적인 수탈대상인 식민지"가 아니며 오히려 "중심부 제국을 대행하여 주변부 인민을 착취하는 반주변부"가 되었기 때문이다. 나아가 장성규는 '통일문학'이 '통일은 곧 선'이라는 당위적 구호와 민족이라는 추상적 가치에 매달리고 있다고 비판한다. 그러한 태도는 남북한 권력에 의하여 핍박받고 있는 인민의 삶과 분단 체제 속에서 적대적 공생관계를 이루고 있는 남북한 권력 사이의 차이를 은폐하게 된다는 점에서 심각한 문제를 발생시키기 때문이다(「통일문학을 넘어 탈분단 문학으로」, 『실천문학』 2010년 여름호, 56~57쪽).

통일문학의 이러한 한계들은 모두 "민족–국가라는 대문자 주체를 넘어서는 새로운 문제 설정을 도입"하지 못한 데에서 비롯한 것이다. 그러므로 탈분단문학은 "통일문학의 규범으로 환원되지 않는 남북한 인민들의 삶을 다루"는 것이다. 이때 "중요한 것은 민족이나 통일 등의 추상적 심급이 아니라 남북의 지배 이데올로기로 동시에 기능하고 있는 분단 체제가 구체적인 개체로서의 인민들의 삶을 어떻게 억압하고 있는가에 대한 탐색이다."(위의 글, 64~65쪽) 쉽게 말해서 남북한 권력의 지배 이데올로기에 오염되어 있는 민족이나 통일 따위의 구호를 외칠 것이 아니라, 권력과 인민을 구분하여 권력에 의해 억압받는 인민의 삶을 포착해야 한다는 주장이 탈분단문학의 입장인 것이다. 탈분단문학은 추상적이고 당위적인 이념에서 삶으로 내려오는 것이 아니라, 구체적이고 현실적인 삶에서 모든 문제를 바라보려 한다는 점에서 하종오 리얼리즘의 방법론과 통한다. 그리하여 장성규는 한국 시문학에서 탈분단문학이 성취된 사례로서 하종오를 소개한다.

시집 해설을 통해 장성규는 하종오의 탈분단시가 "과거 절대적인 '선'으로 설정되었던 통일 담론이 남북한 지배 체제에 의해 포획된 지점을 폭로하고, 나아가 남북한 인민들에 의한 아래로부터의 탈분단이라는 새로운 시적 지향을 제시하고 있다"고 평가한다(「전지구적 자본주의 시대 탈분단시의 가능성」, 하종오, 『남북상징어사전』, 실천문학사, 2011, 156쪽). 여기에서 잘 지적되었듯 하종오 리얼리즘에서 탈분단문학의 성격이 나타날 수 있었던 근원 역시 '아래로부터'의 구호이다. 각자 맡은 생업에 충실하면서 서로를 차별 없이 이웃으로 받아들이는 이들은 본디 민족–국가로 분할될 수 없는 존재이다. 「신강화학파의 꿈」에서 나타나는 탈분단의 방법론도 이러한 맥락에서 이해되어야 한다.

신강화학파는 "강화와 개풍으로 교차 귀향할 수 있는 법을 / 당국에 요청하는 일"을 거부하는데, 왜냐하면 그것은 국가 주도 방식의 분단 해법이기 때문이다. "강화와 개풍에서 나는 인삼을 / 한 자리에 모아 축제하는 계획을 / 당국에 제안하자는 아이디어" 역시 '아래로부터'의 정신에 어긋나는 것이기에 신강화학파에 의하여 거절된다. 탈분단의 관점에서 가장 먼저 이루어져야 하는 일은 강화와 개풍의 주민들이 각 지역의 꿀맛을 나누는 것이며, 그리하여 "계절에 따라 강화와 개풍에 / 같은 꽃이 피어나는지 다른 꽃이 피어나는지"를 아는 것이다. 이 방식은 구체적인 삶의 현실을 이해하는 데에서부터 분단을 벗어날 수 있는 첫발을 내딛는 것이기에 시의 제목인 '신강화학파의 꿈'과 같다고 할 수 있다. 남북한 주민들의 양봉업으로부터 분단 문제를 고찰한다는 점에서 이 작품은 의미상으로도 형식상으로도 한국 현대시에서 유래가 없는 것이라 할 수 있다. '아래로부터'의 윤리와 미학은 분단 문제뿐만 아니라 이주민 현상과 같은 제국—자본—인종 문제도 놓치지 않는다.

> 강화에 와서 내가 왜 끝없이
> 햇빛을 받는지 바람을 맞는지 아느냐고
> 신강화학파를 향해 질문하고는
> 태국인도 중국인도 네팔인도 끝없이
> 햇빛을 받고 바람을 맞기 때문이라고
> 나 자신을 향해 대답했다
> 같이 논다는 건
> 햇빛을 같이 받고 바람을 같이 맞는 것과 같은 것이다
> —「신강화학파의 햇빛과 바람」, 부분

위 시에서 시적 화자는 신강화학파에 가입하는 조건으로 공장에서 일하는 이주노동자들과 더불어 놀자는 제안을 한다. 왜냐면 그는 "강화 주민들만 모아 무슨 일을 벌이는 건 / 시절에 어울리지 않는 짓거리이며", "이방인들과도 어떻게 놀 건지 / 궁리해야 무슨 일이든 더 잘된다고" 생각하기 때문이다. 더욱 많은 사람과 함께할수록 무슨 일이든 더욱 풍성해질 수 있고 흥성거리게 된다. 이 원칙 앞에서는 노동자와 자본가, 이주민과 원주민, 제3세계와 제국의 경계가 무의미하다. 그러고 나서 시적 화자는 신강화학파에게 위에 인용한 바와 같이 되묻고 스스로 대답한다. 자신이 햇빛과 바람을 맞는 이유를 이주민들도 햇빛과 바람을 맞는다는 사실에 연결하는 시적 화자의 자문자답은 대단히 시적인 통찰이다. 햇빛과 바람을 맞고자 하는 것은 모든 존재가 가지고 있는 보편적 욕구이다. 그러나 보편이라는 말뜻은 한두 사람만을 두고 쓰일 수 없다. 나의 욕구가 보편적이라고 말하는 것은 나 이외의 모든 사람도 나와 같은 욕구가 있음을 인지한 뒤에라야 가능하다. 그러므로 이주민들이 햇빛과 바람을 맞기에 나도 햇빛과 바람을 맞는다고 말할 수 있는 것이다.

시인의 깊은 사유는 여기에서 멈추지 않고 더 나아가 존재의 보편성을 유희의 차원으로 승화시킨다. 유희는 존재의 보편성이라는 층위 위에서 수행될 때만 참으로 유희다운 것이 된다. 특히 "같이 논다는 건 / 햇빛을 같이 받고 바람을 같이 맞는 것과 같은 것이다"와 같은 구절은 절창으로 꼽을 만하다. 이 문장에서는 '같-'이라는 형태소를 무려 네 번이나 반복함으로써 역동적인 운율을 빚어낸다. 이때 놓치지 말아야 할 부분은 시적 화자가 햇빛-바람을 맞는 행위와 햇빛-바람 자체를 세밀하게 나누어 이야기한다는 지점이다. 햇빛과 바람을 누리는 행위가 공통적일 수 있어도 그것 자체는 독자성을 가질 수밖에 없다고 시인은 생각한다. 강화의 햇빛은 "강화에서만 득시글거리는" 것이며, 강화의 바람은 "강화에서만 잉잉거리는" 것이다. 이주민 문제를 생각할 때 우리가 흔히 빠질 수 있는 오류는 세계화globalization의 보편성을 강조하느라 지역성locality의 특수성을 간과하는 것이다. 그런데 시인은 햇빛과 바람 자체의 특수한 지역성을 함부로 무시하지 않으면서도 그것을 누리는 행위는 보편적일 수 있다는 놀라운 사유를 보여준다. 이 작품의 수준은 세계화와 지역성이 조화를 이루어야 한다는 이 시대의 세계사적 요청을 선취한 것이다.

> 들고양이는 나에게 남몰래 움직이는 법을 가르쳐 주기 위해
> 우리 집 앞 논둑에 친히 나와서 몸짓을 보여주었다 싶으니
> 들개는 나에게 함부로 소리치는 법을 가르쳐 주기 위해
> 우리 집 앞 밭둑에 친히 나와서 목소리를 들려주었다 싶으니
> 갑자기 우러러 보이었다
>
> ─「신강화학파의 분파」, 부분

분단이나 이주민 문제를 거쳐 하종오 리얼리즘의 시선은 인간중심주의마저 비판적으로 성찰한다. 지구는 인간의 것만이 아니며 이 땅 위에서 숨 쉬고 있는 모든 생명의 것이다. '아래로부터'의 자세는 인간의 영역에만 갇히지 않고 뭇 목숨의 영역으로까지 확대될 만큼 큰 힘을 가지고 있다. 인용한 작품에서처럼 신강화학파는 사람으로만 이루어지는 것이 아니다. 거기서는 들고양이나 들개도 저마다 한 분파를 이루고 있다. 단순히 '고양이'나 '개'라는 시어를 쓰지 않고 '들고양이'나 '들개'와 같은 시어를 골라 넣은 시인의 배려 역시 무척 미묘한 효과를 자아낸다. '들-'이라는 접두사는 야생으로 자란다는 뜻을 더하는 말이다. 그저 고양이나 개라고 한다면 그것은 애완동물의 어감을 가짐으로써 인간중심주의의 혐의로부터 자유롭기 어렵다. 하지만 '들-'과 같은 접두사를 붙임으로써 시골에서 자주 볼 수 있는 동물을 등장시키면서도 인간으로부터의 소외감을 효과적으로 환기한다.

들고양이와 들개가 시적 화자에게 가르쳐주는 내용 또한 범상하게 넘길 만한 성질의 것이 아니다. 들고양이는 "남몰래 움직이는 법"을, 들개는 "함부로 소리치는 법"을 일러준다. 두 가르침은 내용상 성질이 전혀 다른 것이다. 전자는 자신을 숨기는 것이며 후자는 자신을 드러내는 것이기 때문이다. 동시에 그 두 가지 방법은 인간을 포함한 모든 생명이 살아가는 데 필요한 것이기도 하다. 때로는 자신을 숨기는 것이 현명할 때가 있으며, 때로는 자신을 드러내는 것이 정당할 때가 있기 때문이다. 그런데 그 가르침은 말이 아니라 실천으로 전달된다는 대목에도 주목할 필요가 있다. 지식은 말이나 글이 아니라 실천으로 옮겨질 때 진정성을 가질 수 있다는 시인의 예지가 여기에 담겨 있다. 이 때문에 시적 화자는 들고양이와 들개를 우러러보게 된다.

> 강화에서 농사지으며 살아남는 법에 대하여
> 갑론을박하던 신강화학파 중에서
> 혹자는 저들이 울음소리로 논바닥을 넓히는 중이라고 하고
> 혹자는 저들이 울음소리로 논둑을 트는 중이라고 하고
> 혹자는 저들이 울음소리로 자신들이 논의 주인이라 우기는
> 중이라고 했다
>
> —「한밤중의 신강화학파」, 부분

인간중심주의를 넘어서 뭇 생명의 가르침을 겸허히 받아들이는 순간을 위 작품도 다루고 있다. 이 시는 인간과 개구리를 병치의 기법으로 결부시킨다. 이때 농사를 짓는 것만으로는 살아남기 어려운 인간의 처지는 인간의 농사 행위 때문에 살아남기 어려워진 개구리의 처지가 절묘하게 대응된다. 나아가 개구리가 "울음소리로 논바닥을 넓히는" 것은 인간이 "작은 논뙈기

를 넓게" 가는 것과 짝을 이루고, 개구리가 "울음소리로 논둑을 트는" 것은 인간이 "자기 논뙈기를 남의 논뙈기에" 잇는 것과 짝을 이루며, 개구리가 "울음소리로 자신들이 논의 주인이라 우기는" 것은 인간이 "주변 논뙈기의 주인을 알아볼 줄 알아야 한다는" 것과 짝을 이룬다. 첫 번째 가르침은 작은 것을 불만스럽게 여기기만 하지 말고 오히려 그 속에서 더욱 큰 가치를 찾아내야 한다는 의미이다. 두 번째 가르침은 물질 중심의 소유 관계에 얽매이지 말고 생명과 생명 사이의 경계를 허물어야 한다는 뜻으로 읽을 수 있다. 세 번째 가르침은 자연의 주인은 인간이 아니라 자연이라는 것이다.

> 넙성리에서 이천편시를 쓰지 않고 이천 번째 시를 썼으며
> 그리고 나서 첫 번째 쓴 시와 이천 번째 쓴 시가 같고
> 일편시와 이천편시가 다르지 않은 걸 보았기에
> 신강화학파에 들어갈 필요를 느끼지 않는다고 말했다
> (중략)
> 앞으로 쓰는 시는 홍왕리 사람에게 전해지도록
> 바람에게 들려주고 햇빛에게 보여주어야겠다
> ─「신강화학파와 이천편二千篇」, 부분

무수한 현실의 모순들을 두루 성찰하고 나니 시적 화자는 어느새 시집의 앞부분에서 밝힌 목표, 즉 "이천편시를 완성하겠

다는 포부"(「강화학파의 새 일파」)를 달성하게 되었다. 아니, 이천편시를 써놓고 보니 자신은 "이천편시를 쓰지 않고 이천 번째 시를" 쓴 것이었다고 시적 화자는 깨닫게 된다. 그렇다면 "이천편시"와 "이천 번째 시"는 어떻게 다른 것인가? 해석의 실마리는 "첫 번째 쓴 시와 이천 번째 쓴 시가 같고 / 일편시와 이천편시가 다르지 않"다는 다음 두 행에 있다. 이는 두 가지 의미로 해석된다. ① 첫 번째 쓴 시(처음)와 마지막으로 쓴 시(끝)가 같다. ② 이천 편의 시 가운데 한 편의 시가 이천 편의 시 전체와 같다. ①은 시인이 시를 창작하는 방법론과 현실을 바라보는 태도가 처음부터 끝까지 일관된 것이었다는 뜻이다. 이때 그 일관된 것은 '아래로부터'의 정신임을 우리는 알 수 있다. ②는 자신이 쓴 많은 작품 중 어느 하나를 꼽는다고 하더라도 그 속에 자기 시 세계 전체가 함축되어 있다는 것이다. "이천편"이라는 분량 자체는 의미가 없으며, "이천 번째"라는 순서만이 의미 있을 따름이다.

자신의 시 세계를 집약적으로 정리한 뒤에 시적 화자는 "신강화학파에 들어갈 필요를 느끼지 않는다"고 결론 내린다. 이전까지 신강화학파는 시적 화자에게 있어서 올바로 살아가는 방법을 보여주는 참다운 관계의 모습이었다. 그러나 왜 이제 그는 신강화학파에의 가입을 거절하는 것인가? 엄밀히 말하면 시적 화자는 가입을 거절하는 것이 아니라 불필요하다고 여기는 것이다. 그리고 그 이유는 그가 처음부터 끝까지 일관되게 '아래로부터'

쓰인 시 속에서 자족할 수 있으며, 시 세계 전체를 담아내도록 쓰인 시 속에서 넉넉할 수 있기 때문이다. 그러한 시를 썼기에 시인은 신강화학파에 들어가지 않더라도 이미 신강화학파이다. 신강화학파라는 이름으로 규정되지 않더라도 신강화학파는 어디에나 있는 것이다. 시적 화자가 앞으로 쓰일 자신의 시를 "바람에게 들려주고 햇빛에게 보여주"겠다고 생각하는 까닭이 여기에 있다.

한 가지 덧붙일 말은 하종오 시가 비판되어야 할 점이랄지 또는 나아가야 할 점에 관한 지적이다. 이번 시집이 가지는 가장 큰 독창성은 여태껏 학문 공동체를 구성하는 서사를 다룬 시가 없었다는 사실에서 획득되는 것이다. 하지만 그 상황과 사건의 새로움에 비하여 연작시 각각이 한 편의 작품으로서 성취하는 참신함에 대해서는 의문의 여지가 남는다고 할 수 있겠다. 이 시집의 여러 시편에서 제시되는 은유나 상징들이 다소 명확한 주제의식이나 중심의미로 환치되기 때문이다. 이는 시인의 창작 원리를 도식성에 빠뜨릴 위험이 있는 것이다. 이는 또한 시인의 사유를 이미 정해진 해답에서 벗어나지 못하도록 할 수도 있다. 그것은 이번 시집에 실린 여러 시의 형식이 (행과 연의 배열만 눈으로 훑어보아도 알 수 있듯이) 완벽한 대칭과 호응 관계의 짜임새를 갖추고 있는 이유와도 상통한다.

앞으로 하종오의 시는 더 웅숭깊은 서정과 더 문제적인 서사가 필요하다. 해설에서도 밝혀졌듯이 『신강화학파』의 마지막

장을 읽을 때까지 시집을 손에서 놓지 못하게 만드는 재미는 그것을 이끌고 나가는 치열한 서정과 독특한 서사 탓이다. 그렇지만 개별적인 작품은 그 작품들이 모여서 빚어내는 전체적인 수준에 못 미치지 않는지를 되짚어볼 수 있다. 이때 유일한 출구는 더 많은 서정과 서사일 것이다. 가짜 화해를 거부하고 손쉬운 해결책 제시를 유보함으로써 시를 읽는 이들의 인식을 확장할 수 있는 시인만의 진실 탐구가 필요하다. 나아가 그 진실을 시인만의 것이면서도 모든 사람이 공감할 수 있는 것으로 만들어 줄 수 있는 서사가 요청된다. 서사가 시의 새로움을 생성하는 것은 특수할수록 보편이 되는 사례이기 때문이다. 이처럼 고된 작업을 수행할 시인이 2010년대 한국 시단에 하종오를 빼놓고는 그리 많아 보이지 않는 까닭은 어째서일까.

보론補論 — 하종오 리얼리즘이란 무엇인가

지금까지 시집 『신강화학파』에 나타난 하종오 리얼리즘의 서정과 서사를 고찰해보았다. 이때의 서정이란 나와 남이 서로 자리를 바꾸거나 시선을 겹치는 데에서 발생하는 것이며, 이때의 서사란 위로부터의 담론이나 고정적인 이데올로기를 거부하고 아래로부터 관계를 넓혀가는 것이다. 하종오 리얼리즘의 서정은 윤리와 미학이 만나는 지점에서 꽃피며, 현실 속에 은폐된 진실을 꽃피운다. 하종오 리얼리즘의 서사는 우리의 진정한 내면을 들여다보게 함으로써 우리를 둘러싼 타인의 여러 문제와 관계하는 데까지 나아가도록 한다.

이렇게 뜻을 간추려놓고 보면 하종오의 시에 대한 기존의 평가 중에서 하종오 리얼리즘이라는 말만 사용하지 않았을 따름이지 그 내용에는 상당히 근접한 경우가 이따금 눈에 뜨인다. 하종오의 시는 "자연을 미학적인 감흥의 원천으로 삼는 시인들과는 다른 층위에" 있으며, "자신이 그 고통과 모순의 일부임을 끊임없이 자각하"는 것이라는 김수이의 평가도 하종오 리얼리즘에서 크게 벗어나지 않은 사례이다(「자연의 매트릭스에 갇힌 서정시」, 『서정은 진화한다』, 창비, 2006, 28~29쪽). 그 지적은 하종오의 시에서 현실 의식과 미적 의식이 떨어져 있지 않으며, 내면에 자폐적으로 갇힌 감상의 시선이 아니라 사회의 고통과 적극적으로 관계 맺는 태도가 드러난다고 이야기하고 있기 때문이다.

그러나 그러한 접근들이 하종오 시의 종합적인 면모를 파악하지 못하고 특수한 일면만을 짚는 데 그치고 마는 경우가 대부분이었다. 반면에 김유중은 민족 민중 문학적 색채를 선연하게 가지고 있었던 초기 작품 경향과 그 이후로 하종오 시 세계를 구별하는 기존의 고찰 방식에 대하여 문제를 제기한다. 따라서 그는 하종오의 시편 저변에 일관되게 흐르고 있는 하나의 원리를 '관계'라는 이름으로 부르려 한다. 그가 보기에 하종오 시가 "지향하는 것은 그보다 한층 원대하고 근본적인 어떤 관념, 다시 말해서 인간과 자연, 나아가서는 인간과 그를 둘러싼 모든 환경 조건들을 아우르는 바람직한 '관계' 설정에 대한 모색 의지"이기 때문이다. 그리고 "이와 같은 관계에 대한 그의 인식 속에서는 모두가 동등한 자격을 지"니며, "이들은 서로의 존재를 상호 긍정하고 아울러 서로에게 피해를 미치지 않는 범위 내에서, 조화로운 관계의 정립을 위해 노력하여야 할 의무를 지닌다"고 김유중은 덧붙인다(「관계의 시학」, 『문학과환경』 3집, 2004, 10, 119~123쪽). 한마디로 말해서 하종오 시는 나를 둘러싼 모든 존재와의 상호적 관계를 찾아내는 데에 그 본뜻이 있다는 논의이다. 이로써 김유중이 이름한 '관계의 시학' 또한 우리가 앞에서 정리해본 하종오 리얼리즘의 대의로부터 그리 멀지 않은 개념이라 하겠다.

본격적으로 하종오 리얼리즘이라는 용어를 처음으로 쓴 것은 하종오 시집 『남북상징어사전』을 소개하는 임지연의 글에서였다(「세계시민 탈북자 하종오 씨」, 『문학의오늘』 2011년 겨울호, 150쪽). 여기서 임지연은 하종오 리얼리즘에 대하여 다음과 같이 평가하였다. "하종오의 시의 독법이 내용과 소재의 면에 치우치게 되면 그의 시적 방법을 파악할 수 없다. (중략) 여전히 리얼리즘의 계보에 있되, 서정시도 아니고 저항시도 아닌 시 형식을 하종오식 리얼리즘이라고 불러도 좋을 것이다." 하종오의 시 세계를 내용과 소재의 측면에 치우쳐서 해석해서는 안 된다는 임지연의 지적은 대단히 적실한 것이었다. 『신강화학파』를 읽어나가는 과정에서 우리도 하종오 리얼리즘에서 형식이 얼마나 중요한 것인지 여실하게 보았다. 그리고 하종오 리얼리즘의 형식이 서정시도 아니고 저항시도 아니라는 분석 역시 「저항시의 시효가 끝나고, 서정시의 시효가 끝나고」라는 시에 근거를 두었기에 타당한 것이라 할 수 있다.

그렇지만 하종오 리얼리즘이 정확히 어떠한 측면에서 리얼리즘의 계보에 있는지에 대한 설명을 생략한 것은 문제가 될 수 있다. 하종오 리얼리즘이라는 용어 설정이 유의미할 수 있는 까닭은 그것이 기존 리얼리즘으로 도저히 설명될 수 없는 측면을 가지고 있기 때문이다. 한국에서 리얼리즘이라는 개념은 70~80년대 민족민중 문학론의 이념적 도식으로부터 탈피하기 어렵다. 그렇기에 리얼리즘 문학은 이제 유효하지 않은 것으로 치부되기도 한다. 그러나 이 글의 첫머리에서 진정한 리얼리즘은 고정될 수 없으며 끝날 수도 없음이 언급된 바 있다. 하종오는 진정한 리얼리즘의 정신에 비추어볼 때 한국 시단 최후의 리얼리즘 시인이다. 이러한 상황에서 기존 리얼리즘 계보에 그의 시 세계를 편입시키기보다는 그것의 단절과 갱신의 측면에서 하종오 리얼리즘을 바라볼 필요가 있다.

다음으로 하종오 리얼리즘 개념을 사용한 경우는 하종오 시집 『신북한학』에 대한 고명철의 해설이다(「'하종오 리얼리즘'의 득의得意 — 탈분단과 지구적 시계視界」, 하종오, 『신북한학』, 책만드는집, 2012, 127쪽). 여기에서 고명철은 하종오의 시가 "일국주의적一國主義的 프레임을 훌쩍 벗어나 지구적 시각을 확보함으로써 한국 리얼리즘 시가 당면한 문제를 해결하는 데 견인차 역할을 맡고 있"으며, "이러한 시 쓰기를 이른바 '하종오식 리얼리즘'으로 파악한다." 그리고 "이것은 그의 리얼리즘 시 쓰기가 종래 우리에게 낯익은 한국문학의 주제적 영토의 경계에 속박되지 않고, 그것을 지구적 시계視界 속에서 실천"한다는 평가를 덧붙인다. 하종오 리얼리즘이 단일한 민족─국가라는 한국문학의 (특히 민족문학론에서의) 주제적 영토에서 벗어나 지구적 시각을 확보하였다는 고명철의 평가는 틀림없는 것이다. 그것은 하종오 리얼리즘이 탈분단의 관점에서 분단 문제를 바라본다는 이 글의 분석과도 합치하기 때문이다.

하지만 하종오 리얼리즘은 앞에서 우리가 고찰한 바와 같이 분단 문제에만 국한되는 것이 아니라 이주민 문제, 나아가 인간 중심주의에 의하여 소외되는 자연 문제로도 확장되는 것이다. 더욱이 고명철의 평가는 하종오 리얼리즘의 형식적 측면을 간과하고 그것의 주제적 측면에 다소 치우친다는 점에서 적지 않은 한계를 드러낸다. 하종오 리얼리즘이 무엇인지를 제대로 이해하기 위해서는, 그 속에 담긴 주제가 어떠한 방식으로 특수한 형식을 만들어내며 반대로 그 형식이 주제를 드러내는 과정에서 어떠한 효과를 구체적으로 발생시키는지를 해명할 수 있어야 한다.

개념의 정립으로 향하는 주요 논의들을 살펴보는 과정에서 끊임없이 문제가 되는 것은 '기존의 리얼리즘'이 도대체 무엇이냐 하는 점이다. 임지연은 하종오 리얼리즘이 기존 리얼리즘의 계보에 놓여 있다고 하고, 반대로 고명철은 그것이 기존 리얼리즘의 한계를 돌파하고 있다고 한다. 이러한 설명의 혼란은 결국 기존 리얼리즘의 정체를 명확히 인지하지 못하는 데에서 기인한다. 기존 리얼리즘의 성격을 규명하는 일은 이 자리에서 오롯이 마칠 수 없는 것이다. 하지만 그 성격을 핵심적으로 압축하여 대표하는 이론가를 살펴봄으로써 그 전체의 뼈대를 가늠해볼 수 있다. 현재까지 리얼리즘 담론의 주도권을 꽉 쥐고 있는 논자는 단연 백낙청이다. 한국의 현실 상황에 맞추어 리얼리즘 이론을 다듬어온 작업 중에서 가장 엄밀한 사례로 손꼽히며, 문학 시장의 유통 구조에서 거대 자본으로서의 출판 권력을 여전히 행사하고 있는 그다. 따라서 보론의 마지막은 시집 해설의 성격에 조금 어긋나는 것을 무릅쓰고서라도 백낙청 리얼리즘론을 비판적으로 검토하고자 한다. 그중에서도 특히 시에 관한 부분을 중심으로 살펴보겠다.

백낙청 평론 중에서 리얼리즘론의 정초는 두 차례에 걸쳐서 이루어졌다. 하나는 「리얼리즘에 관하여」(『민족문학과 세계문학 Ⅱ』, 창작과비평사, 1985. 이하 『민족문학』으로 약칭)이며, 다른 하나는 「민족문학론과 리얼리즘」(『통일시대 한국문학의 보람』, 창비, 2006. 이하 『통일시대』로 약칭)이다. 두 평론 사이에는 무려 20여 년이라는 세월의 간격이 있다. 하지만 그 세월의 흐름이 무색할 정도로 두 글에는 모두 토씨 하나 틀리지 않고 되풀이되는 공식이 들어 있다. 앞의 글에서 백낙청은 "시에서의 리얼리즘이란 훨씬 미묘한 문제"이기 때문에 리얼리즘 시에는 "결국 당대 현실의 사실적 묘사 그 자체보다도 현실에 대한 정당한 인식과 정당한 실천적 관심이라는 다소 애매한 기준이 적용되게 마련"이라고 했다(『민족문학』, 356쪽). 뒤의 글에서 그는 "민족문학론은 당면한 민족적 현실에 대한 정당한 인식과 정당한 실천적 관심이라는 자신의 '리얼리즘적' 속성을 고수하면서, '탈근대' 또는 '탈현대'라 일컬어지는 이 시대의 새로움에 부응하는 또 한 번의 이론적 약진을 이룩해야 할 처지"라고 말했다(『통일시대』, 367쪽).

반복되는 공식은 '현실에 대한 정당한 인식과 정당한 실천적 관심'이다. (여기서 '현실' 앞에는 언제나 '민족적'이라는 말이 숨어 있음을 주의해야만 한다.) 이것이 백낙청의 리얼리즘에 대한 정의이다. 앞에서 이 정의는 시에서의 리얼리즘에만 적용되는 기준인 듯이 언급되었지만, 뒤에서는 민족문학론의 리얼리즘적 속성 일반으로 지칭된다. 이를 백낙청의 공식이 확대된 것으로 보기 어렵다. 백낙청에게 있어서 '정당한'이라는 표현은 '시적'이라는 말과 상통하는 용례를 가지기 때문이다. 20여 년의 시간이 흐르는 동안 자신의 문학적 방법론에 일체의 수정을 허락하지 않았다는 점만 보아도 올바른 의미의 리얼리즘에 어긋나는 모종의 보수적 성격이 감지된다. 하지만 그것은 내용의 보수성이 아니라 세계관의 보수성이기에 어느 정도 용납될

여지가 있다. 그보다 중요한 문제는 리얼리즘에 대한 백낙청의 공식화된 정의의 이론적 토대, 구체적인 의미, 실제 작품 비평의 일치 여부를 검토함으로써 그것이 어느 정도의 정당성을 가질 수 있느냐 하는 것이다.

세계문학 사조의 역사에 대한 풍부한 식견을 토대로 백낙청은 고전주의 · 신고전주의 · 낭만주의 · 자연주의와의 비교 속에서 리얼리즘을 검토하였다. 도식으로 고정된 규칙에 따라야 한다는 신고전주의에 대하여 반발하며 평범한 삶 속에서 인간 본성의 기본 법칙을 발견하고자 했던 낭만주의 운동에서 백낙청은 고전주의적인 것으로서의 리얼리즘 개념을 읽어낸다. 그리고 그는 본질상 고전주의에 가까운 리얼리즘의 문학적 이념을 전체성과 객관성으로 규정한다. 전체성과 객관성 각각을 백낙청은 사회의 총체성과 인물의 전형성으로 호환한다. 그리고 그 점에서 리얼리즘은 자연주의와 구분된다. 자연주의에서 있는 그대로 보여주는 현실 단면들의 합이 현실 전체가 될 수 없는 반면에, 전체성(총체성)과 객관성(전형성)을 통하여 현실 전체를 인식하는 것, 이것이 바로 백낙청식 리얼리즘의 정의에서 "현실에 대한 정당한 인식"에 해당하는 부분이다.

백낙청이 "현실의 정확한 인식은 '시적' 창조의 과정에서만 가능"하다고 할 때, '시적'인 것의 구체적 의미 역시 이러한 맥락에서 이해되어야 한다. 앞에서 백낙청 리얼리즘론이 시적인 지향성을 배태하고 있다고 설명한 까닭이 여기에 있다. 백낙청의 리얼리즘 공식에서 "현실에 대한 정당한 인식"이 문예사조사에 관한 검토를 통하여 도출되었다면, 그 공식의 나머지 부분인 "정당한 실천적 관심"은 어디에서터 유래하는가? 백낙청에 따르면 "정당한 실천적 관심"은 "정당한 인식"의 자동적인 귀결이다. 이는 진정한 앎이 반드시 올바른 실천을 불러일으킨다는 논리를 취하는 일종의 주지주의主知主義이기도 하다.

그러나 'representation'이라는 용어는 재현과 표상, 이렇게 두 가지 번역어를 취한다. 재현은 현실을 모방할 뿐이라는 수동적인 의미가 강하다. 이 때문에 사회의 총체성과 인물의 전형성은 스탈린의 소비에트에서 제창된 사회주의 리얼리즘에서의 지도 이념이 되었다고 할 수 있다. 반면에 표상은 인식 주체의 내적 메커니즘을 중시하는 개념이다. 외적인 세계가 같다고 하더라도 주체 각각의 속성에 따라 다른 지각의 방식이 가능하기 때문이다. 문학에서 작가가 제시하는 표상은 이미 존재하는 사회적 표상들을 자신의 선택으로 정교하게 다루어서 없는 것을 드러내는 것이다. 표상의 작용이 가장 활발하게 이루어지는 것이 문학일진대, 사회주의 리얼리즘은 표상의 계기를 포기하였기에 실패로 귀결될 수밖에 없다. 이와 관련한 더 섬세한 논의를 살펴보려면 방민호의 「리얼리즘론의 비판적 재인식」(『비평의 도그마를 넘어』, 창비, 2000)을 참조할 필요가 있다.

이러한 재현의 논리에서 총체성과 전형성은 엄밀히 말해서 분리되는 개념이 결코 아니다. 왜냐하면 사회를 총체적으로 포착하기 위해서는 그것을 전형적으로 그릴 수밖에 없으며, 인간 군상을 전형적으로 표현하는 것은 그들을 총체적으로 드러냄을 그 목적으로 삼기 때문이다. 한마디로 백낙청 리얼리즘의 핵심은 총체성의 구현에 있다. 총체성Totalität은 헤겔 철학에서 중요한 개념으로서, 모든 모순과 대립을 '하나의 것'의 서로 다른 모습으로 파악하는 것이다(『헤겔사전』, 도서출판b, 2009). 이때 모순과 대립은 우연적인 현상에 지나지 않으며 오직 실재하는 것은 '하나의 것'일 뿐이다. 그러므로 아무리 총체성이 모순과 대립의 구별을 무시하지 않는다고 하더라도 거기서 궁극적으로 우위를 차지하는 것은 '하나의 것' 즉 통일성이다.

총체적 인식을 목표하는 백낙청 리얼리즘에서 '하나의 것'의 자리에 놓이는 것은 기어코 민족이다. 즉 한반도를 포함한 전 지구상의 현실 모순은 민족의 문제로 통일될 수 있다는 것이다. 바로 이 대목에서 백낙청은 리얼리즘과 민족문학론을 연결 짓는다. 20여 년 뒤의 글을 보면 백낙청은 지배 세력으로서의 제국주의적 자본주의 국가(제1세계), 소비에트 중심의 사회주의 국가(제2세계), 그 외의 제3세계 국가, 이러한 삼분법이 중간 항(제2세계) 몰락 이후 이분법(제1세계와 제3세계)으로 전환되었다고 파악한다. 이는 각각 모더니즘·포스트모더니즘(제1세계 문학론), 사회주의 리얼리즘(제2세계 문학론), 민족문학론(제3세계 문학론)에 해당한다(『통일시대』, 408쪽).

그러나 이러한 논리에는 오직 민족—국가의 이데올로기만이 작동하고 있으며, 그것으로 환원되지 않는 다양한 인민의 삶이 탈각될 수밖에 없다. 어떻게 계급, 여성, 생태, 성 소수자, 장애인, 이주민 등 중심에서 멀리 떨어져 있다는 이유 하나만으로 자행되는 세계 도처의 폭력과 차별이 민족과 같은 단 하나의 이데올로기로 통일될 수 있겠는가? 백낙청의 이론에 깃들어 있는 헤겔주의에 맞서서 다음과 같은 명제가 가능하다. 총체성이 추구하는 '하나의 것'이 오히려 허구적 우연이며 텅 비어 있는 허울이고, 무한히 분화하는 모순과 대립만이 참으로 존재하는 것이다. 우리에게는 통일성을 향한 총체성이 아니라 더 많은 모순과 대립에 대한 인식이 필요하다. 하종오 리얼리즘은 민족과 같은 최종 심급으로 결코 환원할 수 없는 사람살이의 다양한 고통을 포착한다는 점에서 백낙청이 버리지 못하는 헤겔의 망령과 결정적으로 선을 긋는 것이다.

　20여 년이 지난 뒤의 글에서 백낙청은 총체성이나 전형성을 뒤로 감추고 그 대신 당파성을 전면에 내세운다. 여기에는 현실 사회주의 국가의 붕괴도 분명히 영향을 끼쳤을 것이다. 하지만 용어만이 바뀌었을 뿐, 그에게서 총체성은 끝끝내 포기되지 않는다. 백낙청에 따르면, "세계 전부를 본다는 것은 인간의 능력 밖"에 있는 것이며, "다만 각자 처한 위치에서 눈에 보이는 부분에 대한 정확한 인식을 전체에 대한 최대한의 인식으로 끌어올리는 변증법적 전환"만이 가능한 것이기 때문이다. 이때 그가 고수하려는 세계관(민족문학론으로서의 리얼리즘)은

"'세계'의 어느 일부가 아니라 그 전부"를 "총체적으로 볼 필요성을 환기"해줄 수 있는 것이 된다(『통일시대』, 410쪽). 백낙청은 시와 리얼리즘의 관계를 논의하는 자리에서 당파성 개념을 집중적으로 도입한다. 지금까지 그의 이론이 어떠한 이론적 토대를 가지고 있으며 그 의미가 무엇인지를 비판적으로 고찰했다면, 이제는 본격적으로 시에 대한 이론 적용이 얼마나 정당한지를 살펴볼 차례이다.

「시와 리얼리즘에 관한 단상」이라는 글에서 백낙청은 당파성의 의미에 대하여 설명한다. 그것을 사회주의 리얼리즘을 연상시키는 총체성이나 전형성 등의 용어로 풀이되는 방식은 의식적으로 회피된다. 대신 당파성에는 '중도', '사무사', '지공무사' 등 오히려 더 고전적인 색채가 덧입혀진다. 나아가 지공무사의 당파성이라는 과제를 달성하기 위하여 "'전형' 개념이 함축하는 정확·원만하고 포괄적인 현실 인식의 중요성은 더 깊이 연구"되어야 한다고 부연한다(『통일시대』, 431쪽). 20여 년 전에 '총체성'과 더불어 중요한 개념으로 제시되었던 '전형' 개념이 백낙청 이론에서 현재까지도 목숨을 부지하는 것이다. 중도나 사무사나 지공무사와 같은 유교의 용어들을 활용한 것은 백낙청의 고전주의 취향을 부각하는 동시에 총체성 및 전형성 개념에의 집착을 위장하려는 연막전술과 같다.

「선시와 리얼리즘」이라는 글을 통하여 백낙청은 위와 같은 리얼리즘의 시에 대한 기준이 가장 잘 적용된 사례로 고은高銀의 선시禪詩를 꼽는다. 여기에서도 백낙청의 "지공무사한 경지"가 곧 "전형적이고 총체적인 현실 인식"에로 이어진다고 밝힌다(『통일시대』, 220쪽). 이는 백낙청의 리얼리즘 이론이 근본적으로 변하지 않았다는 가설을 다시 증명하며, 그 이론이 변화하는 현실 속에서 감추거나 놓치는 것이 있을 수밖에 없음을 방증하는 대목이다. 하지만 더 문제가 되는 것은 문학사적으로 전혀 연관성이 없는 두 대상을 연관시키려 하는 것이다. 이 논의가 정당화되려면, 지금까지 백낙청이 고집해온 리얼리즘의 특성이 선시에서도 발견된다는 것이 명시되어야 한다.

그러기 위해서는 선시의 특성이 무엇인지가 우선 규명되어야 옳다. 하지만 아무리 호의적인 태도로 진득하게 글을 읽어도 선시를 선시로서 성립시키는 구체적인 조건을 찾아보기 어렵다. 단지 논리 전개가 가파른 경사를 이루며 비약하여 잠언 투의 아리송한 깨달음으로 귀결되는 고은 시편을 선시의 사례로 나열할 뿐이다. 선시의 성질이 객관적으로 서술되는 유일한 부분은 선시와 리얼리즘 사이의 공통점을 도출하는 결론에 이르러서야 나타난다. 백낙청은 "비유를 의심하면서 비유에 의존하고 심지어 새로운 비유의 창조를 장기로 삼는다는 점에서" "선시와 리얼리즘은 일치한다"고 말하며, 고은 시편의 "선시적 요소와 리얼리즘적 요소의 공존 가능성은 편의적인 공존이라기보다 양자의 본질적 친연성에 바탕한 일치의 가능성"이라고 비약적으로 결론짓는다(『통일시대』, 234쪽). 선시의 본질이 무엇인지를 충분하게 설명하지 않은 까닭에, 선시와 리얼리즘이 서로 근본적으로 가깝다는 주장은 선명하게 이해되기 어려운 것이다.

다만 우리는 백낙청이 정립해온 리얼리즘의 정체를 정확하게 파악하고 있으므로, 그에 비추어 선시의 특성으로 제시된 내용을 해석해볼 수 있다. 그의 리얼리즘은 총체성(전체)에 대한 인식을 목표로 삼는다는 점을 염두에 둘 때, 비유를 의심한다는 것은 곧 우리의 언어가 총체성을 인식하지 못한다고 의심하는 것을 의미한다. 다음으로 백낙청에게 있어서 총체성은 전형성(최근의 표현으로 바꾸어 말하자면 지공무사의 당파성 또는 객관성)을 통해서만 진정으로 얻어지는 것이기에, 비유에 의존한다는 것은 곧 총체성에 대한 인식이 전형의 제시와 같은 올바른 방법을 통해서만 가능하다는 것을 의미한다. 마지막으로 새로운 비유를 창조한다는 것은 총체성에 더욱 가까이 다가가는 노력을 한다는 의미이다.

이렇게 볼 때 비유를 의심하면서도 비유에 의존하며 새로운 비유를 창조한다는 것은 결국 백낙청 리얼리즘 논리의 기본적인 구도의 다른 말이다. 그러므로 문제는 이와 같은 규정이 비단 선시에만 국한되지 않는다는 점에 있다. 다시 말해 백낙청이 고은의 선시를 평가할 때 제시되는 근거는 그 선시만이 가지는 특수한 성과를 드러낼 수 없는 탓에 정당한 근거라고 할 수 없는 것이다. 오히려 그것은 선시뿐만 아니라 리얼리즘 시,

더 나아가 리얼리즘 문학을 평가할 때에도 통용될 수 있을 만큼 광범위한 것이다. 백낙청이 자신의 리얼리즘 이론을 고은의 선시로 집중하려는 것이 억지스러운 까닭이 여기에 있다.

선시와 리얼리즘 사이를 결부시키려는 노력이 비록 선시를 리얼리즘으로 흡수해버린 것이라 할지라도 기존 백낙청 리얼리즘론에서 크게 벗어난 것은 아니라고 할 수 있다. 하지만 용납이 어려운 문제는 백낙청이 시를 포함한 한국 리얼리즘 문학의 역사에서 가장 높은 봉우리로 고은 문학을 올려놓는다는 것이다. "고은의 문학세계 전체를 리얼리즘의 관점에서 평가한다면" "리얼리즘 문학의 본령에 터를 잡았다고 할 소설가 중에서도 그보다 리얼리즘적 평가의 대상으로 더 절실한 사례가 한국문학에 있을지 또한 의문"이라고 백낙청은 단도직입적으로 말하고 있다(『통일시대』, 235쪽). 이러한 평가에 동의할 사람들이 과연 몇이나 될까 하는 의문은 접어두고라도, 비평가의 이론에 흡수되어버린 시인의 시가 여타의 시보다 좋다고 말하는 것 자체가 모순이다. 다른 시에 대한 그 시만의 특수한 성취를 이론은 보장하지 못하기 때문이다.

참다운 의미에서 리얼리즘은 이론이나 비평에 따라 견인될 수가 없다. 그것은 오로지 모든 이론의 틀을 뛰어넘는 실제 창작에 따라 다시 새로워질 수 있을 뿐이다. 한국 리얼리즘은 이론이 작품보다 앞서 있는 경우가 대부분이었다고 해도 지나친 말이 아니다. 이와 같은 병폐는 이론에 맞추어 작품이 생산되기를 주문하는 비평가의 권력 의지 탓이기도 하지만, 궁극적으로는 이론을 뛰어넘고 갱신할 만한 작품을 창조해내지 못하는 작가들의 게으름과 무반성에 그 책임이 있다. 문학이 새로운 이론을 따라서 위대해지는 것이 아니라 이론이 위대한 문학을 따라서 새로워지는 것이라는 명제는 리얼리즘을 위시한 모든 문예사조에서 공통된다. 이러한 맥락에서 시인 하종오에게 한국 최후의 리얼리즘 시인이라는 칭호를 붙이는 것은 수사이자 진실이다. 백낙청이 진실한 리얼리즘의 이론가라면, 그는 시집 『신강화학파』에 이르는 하종오 리얼리즘 시에 대하여 자신의 관점을 정당하게 표명해야 할 의무가 있다.

동물의 목소리로 발견되는 단독성

'학파'에서 '분파'로

시인 하종오는 『신강화학파』(도서출판 b, 2014)를 펴내고 나서, 신강화학파 연작으로서 시집 『신강화학파 12분파』를 쓴다. 시집 『신강화학파』는 하종오 리얼리즘의 핵심적 미학이자 사유 방식인 '아래로부터'의 방법론을 통하여, '나'와 '남'의 시선을 서로 바꾸어보며 '우리'를 '다른 우리'로 표현해낸 시집이다. 하종오에게 있어 더 새롭고 좋은 시를 쓴다는 일은, 아직 심각한 문제로 알려지지 않은 누군가의 고통을 발견하여 형상화하는 일이며, 그 고통의 원인과 극복까지 짚어보는 일이다. 그러기 위해서는 나만을 앞세우는 생각에서 벗어나 소외된 남들의 시선으로 세상을 바라볼 필요가 있으며, 자칫 폐쇄적일 수 있는 '우리'의 울타리에서 나아가 또 다른 '우리'를 상상할 필요가 있다.

　이러한 맥락에서 하종오는 실제로 시인 자신이 발 딛고 살아
가는 강화도를 시적 배경으로 삼아『신강화학파』연작을 쓰는
것이다. 이는 유행하는 철학 이론이나 문예사조에 맞춰서 시를
제작하기보다는, 자신과 가장 가까운 것에서부터 시를 찾아내
는 작업이기도 하다. 그렇다고 해서 시인이 자기 주변의 아름다
운 자연 사물을 읊조리거나 자폐적인 환상에 갇혀 있다는 뜻은
아니다. 사회나 역사의 모순과 그에 대한 전망을 총체적으로
제시한다는 뜻도 아니다. 공허하고 독단적인 시를 넘어서, 시인
은 제 언어를 서로 다른 인간들의 삶에 연결한다.

　『신강화학파 12분파』(이하 '『12분파』'로 약칭)는 먼저 시집
의 제목에서부터 하종오 리얼리즘의 특성을 뚜렷하게 드러낸다.
신강화학파의 '분파分派'라고 한다면 우리는 쉽게, 신강화학파가
주류를 이루는 집단이며, 분파는 그로부터 갈라져 나온 비주류
집단이라고 예상해볼 수 있다. 그러나 이 시집은 주류와 비주류
간의 구분 자체에 관한 문제 제기에서부터 출발한다. 나아가
『12분파』는 비주류와 주류 간의 위계질서를 무너뜨리고, 오히
려 비주류라고 일컬어지는 존재들의 삶에서 우리가 알지 못했던
무엇인가를 찾고자 한다. 심지어 이 시집은 동물의 목소리를
빌려서까지, '인간'이라는 상식적 범주 자체가 얼마나 보잘것없
는지 이야기한다.

　일반적으로 '파派'와 같은 집단의 작동 원리는 다른 집단과

경쟁하고, 다른 집단을 복속시키고, 그리하여 자기 집단을 확대하는 것이다. 하지만 그와 반대로 시집 『신강화학파』는 '분파'에 주목하였다. 이와 같은 행보는 총체성totality이라는 미명 아래서 다양한 현실의 고통들을 고정된 전망perspective이나 이론으로 환원하는 것이 아니다. 이러한 측면에서 『신강화학파』 연작은, 한국의 문단에서 여타의 리얼리즘 문학 이론과 '미래파' 담론, 그리고 '문학과 정치' 담론 등이 여태껏 저질러온 일에서 벗어난다. 전망이나 이론으로 다루어지지 않은 현실의 다양한 측면에 더욱 세밀하게 접근하는 것이야말로 '분파'에 주목하는 하종오 리얼리즘의 고유한 성격이다.

충돌하는 의견들을 직시하고 이해하기

시집 『12분파』는 시간적 배경에 따라 겨울에서 봄으로, 그리고 여름과 가을을 거쳐 다시 겨울을 맞는 사계절의 흐름으로 나뉠 수 있다. 이처럼 시인이 섬세하게 짜놓은 시집 구성을 고려하여 우리는 이 시집을 읽을 필요가 있다. 먼저 겨울에서 봄으로 계절이 바뀔 때의 시편들은, '동물'과 같은 타자의 목소리에 어떻게 귀 기울일 수 있는지 고민한다. 농사를 준비하는 초봄의 시편에서, 시인은 인간과 인간의 의견이 충돌하는 상황을 동물의 시선으로 바라보거나, 동물 의견과 인간의 의견이 충돌하는 상황을 그려낸다. 예를 들어 「신강화학파 까치 분파」(이하 시 제목에서 '신강화학파'는 생략)라는 작품을 살펴보자.

이규보 옹에게 문안 여쭈러
길직리 유택을 찾아갔더니
요즘 까치들이 수시로 몰려와서
신강화학파의 언행을 시시콜콜 전하니
마음 편할 날이 없다고 말했다

내가 들은 소문에도
이 마을 저 마을에서
토박이 출신 신강화학파 주류가 덜 뿌리고 더 거두도록
새들을 쫓아내야 한다고 주장할 때마다
외지인 출신 신강화학파 비주류가 더 뿌리고 덜 거두어서
새들을 가까이해야 한다고 주장할 때마다
까치들이 마구 우짖었다는 것이다

작품을 써서 묻어두기 일쑤인 이규보 옹이
허구한 날 시를 발표하는 나를
신강화학파로 여겨서
까치들의 고자질을 앞세워
불편한 심기를 드러내는가 싶다가도
이토록 이규보 옹이 귀를 기울인다면
까치들이 신강화학파를 이룬 게 틀림없다는 생각을 했다

내가 넙성리 조립식주택에 돌아와서

까치들에게 말을 걸어보려고 하는데

나를 거들떠보지도 않고 날아다녔다

—「신강화학파 까치 분파」, 전문

이 시의 1연에서 시적 화자는 "이규보 옹에게 문안"을 여쭈러 간다. 고려 시대 시인인 이규보를 21세기 시인인 시적 화자와 만나게 하는 놀라운 상상력은 이전 시집 『신강화학파』에서부터 활용되었다. 이렇게 과거의 시인과 현재의 시인을 직접 대화하는 관계로 설정한 것은, 구질서와 현세대 간의 차이, 옛날의 시를 쓰는 방식과 현대시를 쓰는 방식 간의 긴장을 효과적으로 형상화한다. 예컨대 위 시에서 이규보는 "작품을 써서 묻어두기 일쑤인" 반면에, 시적 화자는 "허구한 날 시를 발표하는" 시인이다. 더우기 이규보는 '까치들'이 전하는 소식을 알아듣는 반면에, 시적 화자는 "까치들에게 말을 걸어보려고" 해도 외면당하고 만다. 이러한 이규보와 시적 화자의 격차는, '까치들'이라는 매개체를 중심에 두고, 2연에 나타난 '토박이 출신 신강화학파 주류'와 '외지인 출신 신강화학파 비주류'의 갈등과 구조적으로 짜임새 있게 짝을 이룬다. 다시 말해서 「까치 분파」는, '까치'를 중심축으로 하여, 통시적으로는 '과거 시인'과 '현대 시인'의 대응 관계를, 공시적으로는 '토박이 출신'과 '외지인 출신'의 대응 관계를 설정해놓은 것이다.

이와 같은 구조적·형식적 정교함을 통하여, 시인은 강화도라는 배경에 특정 지역 이상의 의미를 부여한다. 『신강화학파』 연작에서 강화도는 하나의 섬인 동시에, 통시적·공시적으로 여러 현실이 맞물려 얽힌 시공간인 것이다. 자신이 살아가는 지금 여기를 주목하면서, 거기에 현실의 다양한 국면들을 함축시키는 것은, 하종오 리얼리즘이 '아래로부터' 현실을 인식하기에 가능한 시적 성취다.

시인이 과거의 수많은 시인 중에 유독 이규보를 시 속에서 등장시킨 까닭도 이와 마찬가지다. 이규보는 생의 말년에 강화도에서 후학을 양성하며 살다 죽어서 거기 묻혔다. 시인이 현재 사는 곳에서 이규보도 과거에 살았다. 따라서 시인은 상상력을 통하여, 자신의 터전에 깃든 과거로서 인물들을 작품 속에 소환하고, 그들과 적극적으로 소통하는 가운데 시인이 처해 있는 오늘날의 현실을 낯설고 심층적으로 바라보고자 한다.

1연에서 '까치들'이 시시콜콜 전해서 이규보의 마음을 불편하게 만드는 "신강화학파의 언행"은 2연에서 '토박이 출신'과 '외지인 출신' 간의 갈등으로 밝혀진다. '토박이 출신'들은 농사의 효율성과 수확량을 위하여 새를 쫓아내야 한다고 주장한다. 이와 달리 '외지인 출신'들은 인간과 새 사이의 공존과 상생을 주장한다. 전자의 경우는 아마도 농사를 오랫동안 지어왔기 때문에, 자신의 생계 문제를 중심으로 생각하게 되었을 것이다.

반면 후자의 경우는 상대적으로 생태계 문제를 고려하는 동시에 농업의 어려운 현실을 잘 모르기 때문에 그와 같은 주장을 하게 되었으리라. 이러한 정황에서 '까치'들은 인간에 의하여 쫓아내거나 불러들여야 할 대상으로 규정되는 '새'의 대변인이자 메신저 역할을 한다.

하지만 여기에서 흥미로운 대목은 '까치'가 '새'로서의 자기 권익만 옹호하기 위하여 '외지인 출신'들의 입장만을 편중되게 전하는 것이 아니라, 자신을 내쫓자는 '토박이 출신'들의 입장도 함께 전한다는 점이다. 2연의 3~4행과 5~6행이 "~가 ~라고 주장할 때마다"라는 통사 구조를 반복하면서 대구對句의 방식으로 병치를 이루는 것도 이러한 이유에서다. 이러한 통사의 반복 및 병치 기법을 통하여, 의견 충돌 중 어느 한쪽의 편을 드는 것이 아니라 그 충돌하는 의견들 모두를 각각 전한다는 '까치'의 속성이 더욱 뚜렷이 드러나기 때문이다. '까치'가 충돌하는 의견들 각각을 평등한 관점에서 전달한다는 것은, 3연에 가서 곧 시를 쓴다는 일과 크게 다르지 않다는 사유로 이어진다. 나아가 2연의 마지막 행에서 이규보는 '까치'에 대하여 "마구 우짖었다"고 말을 하는데, 이러한 '까치'들의 울음소리는 이규보의 마음을 불편하게 만든다는 측면에서, 3연에서 "허구한 날 시를 발표하는" 시적 화자에 대하여 이규보가 "불편한 심기"를 가진 것과 자연스럽게 호응한다.

3연을 통하여 시의 독자는, 시적 화자가 "허구한 날 시를 발표하는" 것 또한 '까치'의 "고자질"처럼, 충돌하는 의견들을 있는 그대로 다른 누군가에게 전달하려는 행위임을 추측해볼 수 있다. 반면에 이규보가 "작품을 써서 묻어두기 일쑤"라는 것은, 그가 세상 속에서 충돌하는 의견들을 보았음에도 묵과하는 편임을 의미한다. 이러한 차이가 바로 앞에서 필자가 언급하였던 과거와 현재 간 시작詩作 방식의 차이이다. 더욱이 이는 '토박이 출신'들과 '외지인 출신'들의 격차와 대칭을 이루고 있다.

그러나 '까치'들이 충돌하는 양쪽의 의견들을 공평하게 전달하듯이, 시적 화자도 또한 '까치'들의 울음소리에 대한 이규보의 속마음을 부정적인 동시에 긍정적인 것이 아닐까 헤아려본다. 한마디로 말해서 시적 화자는 이규보라는 타자가 지닌 속마음의 양면성을 파악하려는 것이다. 그러므로 '까치'들과 시적 화자의 태도는 세상 또는 사람을 단편적으로 이해하지 않고자 한다는 점에서 상통한다.

이처럼 「까치 분파」를 비롯한 『12분파』의 봄 시편들은, 오늘날의 현실을 다양한 의견들의 충돌로 바라본다. 나아가 봄 시편들은 그 의견들 각각을 불편부당不偏不黨하게 직시하고 충분하게 이해하려는 것이 올바른 시詩의 방향임을 이야기한다. 진정한 민주주의의 원칙이란 무엇인가? 다수결의 원칙이란 여러 사람의 의견을 하나로 정하기 위한 형식이자 제도에 불과하지 않은가? 오히려 의견 충돌 그 자체가 민주주의 아닌가? 사람들은 저마다 다른 생각을 가질 수 있다고 믿으면서, 그렇게 다른 생각을 품게 된 맥락과 이유를 최대한 이해하고자 노력하는 태도가 참된 의미의 민주주의일 것이다. 『12분파』의 봄 시편들은 그러한 태도를 인간이 아닌 동물의 목소리까지 빌려 형상화한다.

비주류와 주류의 구분을 넘어

봄 시편 뒤에 놓인 여름 시편은 신강화학파의 조건이 무엇인지를 묻는다. 예컨대 「매미 분파」라는 작품은 신강화학파에 대하여 "소리 내는 모든 미물이 시인으로 대접받는 / 세상을 꿈꾸는" 것이라고 말한다. 또한 「매미 분파의 말」에서도 '매미'는 "이미 어투도 문장도 낡"은 과거의 시인들이 사라져도 좋다며, 그들과 어울리려는 시적 화자를 강하게 "힐난"한다. 그와 동시에 '매미'는 "요즘 발표되는 현대시"에 대해서도 "자신들보다 치열하게 언어를 / 구사할 줄 모른다고 빈정"거린다. 하지만 '이규보 옹'이나 '이건창 옹'과 같은 과거의 시인들은 다시 시적 화자를 찾아와 "현대시는 표현이 혼란스럽다느니 / 구조가 복잡하다느니 갑론을박"한다. 현대시의 표현이 혼란스럽고 구조가 복잡해진 까닭은 결국 "소리 내는 모든 미물들"을 "시인"처럼 "대접"하기 위해서가 아닐까? 그것이야말로 진정으로 "치열하게 언어를 / 구사"하는 "현대시"라고 할 수 있지 않을까?

이와 같은 맥락에서 「개미 분파」는 "진정한 신강화학파는 제 길을 가면서도 / 누구나 다 같은 호흡으로 걸음걸음을 걷게 하는” 것이라고 노래한다. “진정한 신강화학파”, 즉 진정한 공동체의 구성 원리란, 저마다 자신에게 고유한 삶을 꾸려가면서도, 동시에 남들도 고유한 삶을 살아가도록 배려하는 것이다. 「개구리 분파」 또한 신강화학파의 조건으로서 “미물들과 말 트고 지내는” 것을 중요시한다. 신강화학파는 권위를 세우기 위한 이름이 아니라 철저히 권위를 무너뜨리기 위한 이름. 「개구리 분파와 어법語法」이라는 작품에서도 “소위 신강화학파라면 누구에게나 스스럼없는 무리가 되어 / 아무데서나 횡설수설할 줄도 알아야 한다”는 구절이 확인된다. 이는 『12분파』의 봄 시편이 다양한 의견들의 충돌을 있는 그대로 인정하고 이해하고자 하였던 것과 서로 통한다.

이처럼 『12분파』의 여름 시편은 매미나 개미나 개구리 등, 너무나 작고 낮고 하찮게 여겨지는 존재들의 목소리를 빌려온다. 그러한 ‘미물’들의 목소리는 폐쇄적이고 권위적이고 배타적인 집단에게 경고의 메시지를 보내는 것이다. ‘신강화학파’란 특정 집단의 이념이나 이데올로기를 주류로 만들고자 하는 것이 아니라, 오히려 특정 집단에 집중된 권력을 끊임없이 해체하고 분배하기 위한 명명의 방식이라고 할 수 있다. 이러한 측면을 잘 보여주는 작품 중 하나가 바로 「야화野話」이다.

어느 날 나는 이런 야화를 들었다

(중략)

그들 열두 동물들 중에는

알에서 태어난 무리가 가장 많다고 했다

신강화학파 주민들 중에도

알에서 태어난 자들이 있어

어떤 주민들은 왜가리의 알에서 태어났다 해서

왜가리들과 손잡고 허공을 날고

어떤 주민들은 개구리의 알에서 태어났다 해서

개구리들과 너나들이하며 물속에서 놀고

어떤 주민들은 개미의 알에서 태어났다 해서

개미들과 앞서거니 뒤서거니 땅속을 돌아다닌다고 했다

그러다가 알을 깨고 나왔던 때가 생각나면

왜가리들은 날아서 천신天神에게 가 하늘을 차지할 수 있기를

왜가리의 알에서 태어난 주민들과 함께 은밀히 날며 빌고

개구리들은 뛰어서 수신水神에게 가 물을 차지할 수 있기를

개구리의 알에서 태어난 주민들과 함께 은밀히 뛰며 빌고

개미들은 기어서 지신地神에게 가 땅을 차지할 수 있기를

개미의 알에서 태어난 주민들과 함께 은밀히 기며 빈다고 했다

그러고 나면 왜가리들도 개구리들도 개미들도

알에서 태어난 주민들도 알을 마음껏 낳게 되지만

자식들을 낳아 젖을 먹여 키운

신강화학파 주민들한테서는 홀대를 받는다 했다

어느 날 나는 이런 야화를 들은 뒤
신강화학파 중에는 알에서 태어난 무리가 더 있으니
그들마다 그들만의 신神을 찾는다면
모두 진정한 이단자들이겠다고 생각했다

　　　　　　　　　—「신강화학파 12분파 야화野話」, 부분

　위에 인용한 시의 처음 1연은 "어느 날 나는 이런 야화를
들었다"라는 하나의 행으로 쓰여 있다. 이는 뒤에 이어질 2연의
내용 전체가 일종의 "야화"임을 함축적으로 뜻한다. 야화란
정설과 대비되는 말이다. 모든 서사는 모종의 욕망을 품고 있다.
예를 들어 정설과 같은 서사는 국가나 사회 등 권력 집단에
의하여 공인된 것이 대부분이다. 권력 집단에 의하여 공인되고
교육되는 서사는, 집단의 질서를 유지·강화하려는 욕망과 관
련된다. 그와 달리 야화는 국가나 사회의 질서를 안정시키는
데 무관한 서사이다. 그 속에는 체제의 질서가 배제하거나 은폐
하고 싶어 하는 갖가지 욕망이 들끓고 있다.
　위 시의 마지막 연과 연관하여 말하자면, "진정한 이단자들"
의 이야기가 바로 야화인 것이다. 「야화」의 2연에서는 『12분
파』에 등장하는 열두 동물들 가운데 "알에서 태어난 무리가
가장 많다"는 사실이 제시된다. 이에 그치지 않고 야화는 "신강
화학파 주민들" 중에서도 "알에서 태어난 자들이" 있다는 이야

기까지 한다. 당혹스러울 정도로 신선한 이 상상력을 과연 어떻게 이해할 수 있을까? 상식적으로 인간이 포유류에 속한다고 한다면, 알에서 태어난 인간은 기존 사회 질서에서 벗어나는 이단자들을 빗댄 것이다.

시적 화자가 들은 야화에 따르면, 신강화학파 주민들은 왜가리 알에서 태어나면 왜가리들과 허공을 날고, 개구리 알에서 태어나면 개구리들과 물속에서 놀고, 개미 알에서 태어나면 개미들과 땅속을 돌아다닌다고 한다. 요컨대 신강화학파 주민들은 자기 자신이 타고난 정체성을 버리지 않고, 거기에 맞춰 자신들에게 알맞은 삶을 사는 것이다. 그런데 하늘과 물과 땅의 족속들은, 제각기 "알을 깨고 나왔던 때가 생각나면" 하늘과 물과 땅을 "차지할 수 있기를" 자신들의 신神에게 빈다. 그러한 소망의 행위 속에서 그들은 "알을 마음껏 낳게" 된다고 한다. 이를 바꾸어 해석한다면, 알에서 태어난 족속들은 자신들만의 삶을 사는 데 적합한 자신들만의 영역을 차지하려고 한다는 의미가 된다. 그리고 그와 같은 삶에의 적극적 의지는 다시금 그 족속들이 또 다른 생명을 낳게 하는 원동력이 될 수 있다. 알에서 태어난, 즉 이단적 존재로서의 신강화학파 주민들 또한 평범한 주류의 존재들과 마찬가지로 자신들만의 삶을 열심히 누리고 싶어 한다는 것이다.

하지만 2연의 마지막 두 행에서 "알에서 태어난 주민들"은, "자식들을 낳아 젖을 먹여 키운 / 신강화학파 주민들한테서는 홀대를 받는다"고 한다. 자식들에게 젖을 먹여 키운 신강화학파 주민들은 평범한 주류의 존재들에 해당한다. 이처럼 시인은 2연의 마지막 단 두 줄을 통하여, 주류가 비주류를 무시하고 억누르던 인간의 비극적 역사를 암시적으로 포착해낸 것이다. 그와 달리 알에서 태어난 이단적 인간은 하늘과 물과 땅에서 거주하며, 그곳의 신들에게 제 뜻을 전할 줄 아는 존재이다. 하늘과 물과 땅은 인간의 삶을 가능케 하는 근원적 터전이다. 또한 천신天神과 수신水神과 지신地神은 유한한 생명의 개인들보다 훨씬 더 오래되고 신성한 존재이다. 따라서 그러한 터전과 신성함은 이단자들이 지닌 삶에의 권리를 분명하게 보장하는 근거이기도 하다.

시의 마지막 3연에서 시적 화자는 "신강화학파 중에는 알에서 태어난 무리가 더 있으니 / 그들마다 그들의 신神을 찾는다면 / 모두 진정한 이단자들이라고 생각"한다. 이러한 사유에는 '모든 생명은 자신의 존재 방식에 따라 자기만의 신을 가지고 있다'는 전제가 깔려 있다. 여기에서 말하는 신이란 결국 이단자와 권력자, 비주류와 주류의 구분과 상관없이, 지금 여기의 뭇 목숨이 누려야 할 삶에의 의지를 의미하는 것이다.

일과 꿈 사이의 삶

『12분파』의 가을 시편에서는 생계를 위하여 노동하면서 동시에 자족하며 보다 높은 이상을 추구할 줄도 아는 존재들이 등장한다. 이를 통하여 시인은 그러한 행위 모두가 삶에서 중요하다고 생각한다. 예를 들어 「꿀벌 분파와 개미 분파와 나의 행동거지」의 시적 화자는 어떤 주민이 꿀벌과 친하게 지내거나, 어떤 주민이 개미를 싫어하더라도, 오히려 그러한 인간과의 호불호 관계 속에서 꿀벌과 개미 모두 신강화학파로서 활동할 수 있다고 사유한다. 그것은 목숨 있는 존재들이 고유하게 살아가는 방식이므로 굳이 "달가워"하거나 애써 "싫어"할 문제가 아니기 때문이다. 누군가와 어울리거나 반목하는 일도 다 생명 활동의 한 가지일 뿐이며 각자가 지닌 "능력"이 발휘되는 측면일 뿐이다.

무위無爲란 아무것도 하지 않는 상태를 뜻하는 말이 아니다. 무위란 "저마다 제 할 일"을 하는 것이다. 그러므로 무위는 각자의 목숨을 유지하기 위하여 노동하는 것이며, 어느 정도 목숨을 유지할 정도가 되면 자족할 줄 아는 것이다. "누구라도 배고프면 신강화학파도 할 수 없는 노릇이며 / 무엇이든 신강화학파는 배고프지 않을 만큼만 먹는다(「고라니 분파와 가을걷이」." 자신이 먹고살 만큼만 일하며 만족해야 하는 까닭은 무엇일까? 시인이 생각하기에 모든 생명은 생계 문제를 해결한 뒤에 자기만의 이상을 추구하는 것이다. 현실적인 문제와 이상에의 추구야말로 가장 중요한 존재 방식의 두 가지 형태임을 「신강화학파 까치 분파와 왜가리 분파의 비상飛翔」은 아름답게 표현한다.

강화의 마을과 들판에서 잘 살아남는

신강화학파에 끼기 위해

까치들과 왜가리들이 선택한 방법이

제각각 다름을 본다

신강화학파 주민들이 쉴 때면

까치들은 마을 전깃줄에 앉아 깍깍거리고

왜가리들은 들판 논고랑에 서서 왝왝거린다

신강화학파 주민들이 일할 때면

까치들은 마을 전깃줄에 가만히 앉아 있고

왜가리들은 들판 논고랑에 가만히 서 있다

신강화학파 주민들에게

가까워져야 할 때와 멀어져야 할 때를

까치들과 왜가리들이 아는 것이다

그런데도 신강화학파 주민들은 너나없이

까치들과 왜가리들에게 눈길 주지 않는데

두 날개와 두 다리를 가진 무리는

하늘과 땅바닥을 다 누릴 수 있기 때문이라고 한다

이런 신강화학파는 되고 싶지 않은 내가

마을과 들판을 오가면

까치들과 왜가리들이 일제히

땅바닥을 하늘로 끌어올리려고 날아올랐다가

하늘을 땅바닥으로 끌어내리려고 날아내린다

환한 하루, 사방팔방이 한꺼번에 다 보인다

―「신강화학파 까치 분파와 왜가리 분파의 비상飛翔」, 전문

　인용한 위 작품에서 '까치'와 '왜가리'가 살아가는 방식은 각기 다른 것으로 묘사된다. 하지만 시의 1~4행에서 시적 화자는 그처럼 다른 두 동물의 존재 방식이 "신강화학파에 끼기" 위한 것이라고 여긴다. 여름 시편을 살펴봄으로써 알 수 있었듯, '신강화학파'란 특정 이념으로 다양한 삶의 방식을 획일화하려는 집단이 아니라, 오히려 다양한 삶의 방식을 끌어안기 위하여 요청되는 진정한 공동체 구성의 원리라고 할 수 있다. 그러므로 시적 화자가 두 동물의 서로 다른 존재 방식을 모두 "신강화학파에 끼기" 위한 것으로 해석한다는 것은, 각기 삶의 모습이 다르더라도 그 모두가 차별 없고 구분 없으며 위계 없는 공동체 속에서 긍정되어야 한다는 인식을 보여주는 것이다.

　시의 5~10행은 '까치'와 '왜가리'가 구체적으로 어떻게 다르게 사는지를 그리고 있는 대목이다. 더 정확하게 말해서 여기에는 두 동물과도 다른 신강화학파 주민들의 존재 방식이 담겨 있다. 5~10행은 다시 신강화학파 주민들이 쉴 때인 5~7행과, 주민들이 일할 때인 8~10행으로 나뉜다. 전자의 경우에서 두 동물은 마치 쉬고 있는 주민들에게 말이라도 건네는 듯이 자신만의 목소리로 울음을 운다. 후자의 경우에서 두 동물은 일하는

주민들을 방해하지 말아야겠다는 듯이 자신만의 위치에서 가만히 앉거나 서 있다. 두 동물이 주민들의 노동을 배려하는 것처럼 묘사함으로써, 시인은 노동의 고단함에 대한 따스한 시선을 드러내었다. 11~13행에 제시된 시적 화자의 해석과 같이, "신강화학파 주민들에게 / 가까워져야 할 때와 멀어져야 할 때를 / 까치들과 왜가리들이 아는 것이다."

그런데 시의 14~17행에서 신강화학파 주민들은, 이러한 두 동물들의 배려에 대하여 "눈길"을 돌리지 않고 애써 외면하려고 한다. 주민들은 "두 날개와 두 다리를 가진 무리"가 "하늘과 땅바닥을 다 누릴 수 있"다고 생각하기 때문이다. '까치'나 '왜가리' 같은 새의 무리와 달리, 인간은 하늘을 날 수 없고 오직 땅바닥에 근근이 붙어서만 살 수 있을 뿐이다. 특히 이 작품의 시적 배경이 인간의 분주한 노동 현장임을 고려해본다면, 인간이 땅에 붙박여 살아간다는 것은 곧 끝없는 생존 문제를 해결하기 위하여 일해야 하는 인간의 고달픈 운명을 강렬하게 환기한다. 그렇다면 "하늘"을 누린다는 것은 노동해야 하는 인간적 숙명과 대비되어, 더 높은 이상에의 추구를 의미하는 것이 된다. 신강화학파 주민들은 자신의 꿈을 마음껏 좇지 못한 채 먹고사는 일의 굴레에 허덕여야만 한다. 그러기에 아무리 두 새가 일하는 주민들에게 살갑게 군다고 하더라도, 새들은 땅바닥뿐만 아니라 하늘까지 누릴 수 있기에 주민들의 시기와 질투를 받을 수 있다.

18~22행에서 시적 화자는 자신의 삶이 그러한 주민들의 삶과 같지 않기를 희망한다. 그러한 희망을 품은 채로 시적 화자가 "마을과 들판을" 오갔다는 구절은, 시적 화자가 "마을"에 사는 '까치'의 삶을 동경하기도 하며, "들판"에 사는 '왜가리'의 삶을 바라기도 하였다는 뜻으로 읽힐 수 있다. 시적 화자의 서성거리는 행위를 통하여, 강마른 지상의 현실에서 벗어나 꿈을 추구하려는 방황의 심리가 지극하게 묘사되었다.

이러한 시적 화자의 방황에 화답이라도 하듯, '까치'와 '왜가리'는 "땅바닥을 하늘로 끌어 올리려고 날아올랐다가 / 하늘을 땅바닥으로 끌어 내리려고 날아내린다." 땅바닥을 하늘로 끌어 올리고자 하였다는 것은, 두 동물이 지상의 삶을 천상의 것으로 승화시키고자 하였다는 의미가 된다. 이러한 상상력을 발휘함으로써, 시인은 모든 생명이 먹고사는 일에만 골몰할 수 없으며 언제나 그 이상以上의 이상理想에 이르고자 하리라는 사유를 드러낸다. 이를 뒤집어 하늘을 땅바닥으로 끌어 내리고자 하였다는 것은, 두 동물이 이상에의 추구를 현실의 차원에 결부시키고자 하였음을 뜻한다. 이는 다시 말해서 모든 생명이 먹고사는 일에만 만족하지 못한 채 꿈을 찾게 된다고 하더라도, 그러한 꿈 또한 현실의 삶 속에 근거를 두어야 한다는 의미이다. 우리가 꿈을 꾸는 이유도 결국은 그 꿈을 현실 속에서 이루고자 하기 때문이며, 현실을 떠난 꿈은 한낱 꿈에 그치기 때문이다. 이처럼 놀라운 인식의 확장은, 삶의 이면과 심층까지 두루 통찰할 때

비로소 시적 사유가 얼마나 깊어질 수 있는지를 유감없이 보여준다.

하늘에서의 삶과 땅에서의 삶은 모두가 중요하다. 그 양쪽의 삶을 다 누릴 수 있는 자유가 있으므로 인간은 비로소 인간이 된다. 위 작품의 마지막 23행은 이러한 인식을 끔찍할 만큼 미묘하면서도 아름다운 하나의 문장으로 표현하였다. "환한 하루, 사방팔방이 한꺼번에 다 보인다." 하루란 모든 존재자에게 끊임없이 평등하게 허락되는 생명의 시간이다. 이러한 하루를 시적 화자가 환하게 느끼는 까닭은, 그가 사방팔방을 한꺼번에 다 볼 수 있기 때문이다. 지상의 삶과 천상의 꿈 모두를 삶의 일부로 긍정하기에, 시적 화자는 사방팔방을 한꺼번에 볼 수 있는 것이다.

『12분파』의 봄 시편은 충돌하는 의견들을 공평하게 존중하고, 그 의견들의 맥락을 충분하게 이해하려는 시도였다. 그러기 위하여 여름 시편은 이단자와 같은 비주류의 존재 방식을 긍정하며, 동시에 비주류와 주류의 구분 자체를 허물어뜨리는 사유를 보여주었다. 이다음에 등장하는 가을 시편은, 비주류와 주류의 구분이 어째서 삶을 누리려는 의지 앞에서 무의미한지, 그 근거를 탐구한다. 시인은 그 근거를 일과 꿈이라는 삶의 두 축에서 찾아낸다. 모든 생명은 먹고살기 위하여 일해야 하는 탓에, 그 방식이 무엇이 되었든 삶을 위한 일은 가치의 높낮이를 갖지 않는다. 더욱이 모든 생명은 저마다의 꿈을 향하여 나아가고자 하며, 그 꿈은 자신의 온몸을 던질 만한 것이므로, 그러한 꿈을 꾼다는 것만으로도 모든 생명은 긍정되어야 마땅한 존재가 된다.

목숨들은 늘 남과 다르게 살고자 한다

가을 시편이 일과 꿈의 두 축을 중심으로 제각기 다른 삶의 방식을 긍정하는 것이라면, 『12분파』의 겨울 시편은 더욱 적극적으로 남들과 다르고 살고자 하는 욕망을 표출한다. 「왜가리분파와 자세」에서 시적 화자는 신강화학파 주민들에게 "왜가리들의 자세로 서 있느냐"는 의혹마저 받는다. 그것도 그럴 것이 시적 화자는 "요즘 들판에 나가서 / 비행하는 법을 가르쳐 달라고 / 왜가리들에게 조르는 중이다." 왜냐하면 시적 화자는 "땅을 박차고 / 하늘로 날아오르고 싶은 꿈"을 가지고 있기 때문이다. 또한 시적 화자는 "태어난 곳을 일구며 살다가 / 그곳에 죽어 묻히는 / 신강화학파 주민들과는 / 좀 다르게 살고 좀 다르게 죽"고자 한다. 진정한 공동체는 모두가 똑같이 살게 하는 이념을 따르지 않아야 할 것이다. 좋은 시 또한 "좀 다르게 살고 좀 다르게 죽으려"는 삶의 양상을 포착할 필요가 있다.

그러한 시적 화자의 욕망에 대하여 '왜가리'는 "들판을 삶터로 삼고 / 공중을 무덤으로 삼"아야 한다고 "귀띔"한다. 이 두 줄은 감정을 최대한 절제하여 건조하기까지 한 문장이면서, 서늘한 절절함을 담고 있다. "들판"은 먹고사는 일에서 완전히 벗어날 수 없는 운명으로서의 "삶터"이다. 반면 "공중"은 죽어서라도 마침내 도달하고픈 꿈의 "무덤"이라 할 수 있다. 삶을 다하여 일하면서도 꿈에 이르러 죽길 바라는, 그 사람의 마음은 얼마나 처연한가. 그러므로 「왜가리 분파와 자세」는 "신강화학파 주민들과 더는 나눌 / 이야깃거리가 없"다는 시적 화자의 비정한 독백으로 끝을 맺는다.

「들고양이 분파」라는 작품에서도, 세상을 살아가는 그 모든 것에게 남다른 삶의 방식이 있어야 한다고 시인은 말한다. "내가 탐하는 음식과 시간을 / 탐하지 않는 들고양이들도 / 마땅히 신강화학파로 불러야 한다." 음식과 시간에 대한 욕망은 생명체마다 다를 것이다. 내가 탐하는 음식과 시간은 들고양이가 탐하지 않는 것일 수 있다. 이 시에서 또 한 가지 주목할 점은, 인간이 음식과 시간을 탐한다고 표현되는 반면에 들고양이는 그것들을 탐하지 않는다고 표현된다는 점이다. 인간은 마치 자신이 동물보다 이성적이고 고상한 것처럼 행세하지만, 실은 동물에 비하여 훨씬 탐욕스러운 경우가 많다. 반면에 위 시의 중심적인 존재인 들고양이는, 인간에 의하여 애완용으로 길든 집고양이와 달리 야생의 성격을 잃지 않은 동물이다(「야화」라는 작품에서 '야화'가 말 그대로 '들'과 '이야기'의 합성어라는 사실도 이러한 맥락과 같다). 인간의 탐욕에 물들지 않은 야생적·자연적 존재라는 측면에서, 시인은 들고양이가 "음식과 시간"을 "탐하지 않는"다고 표현하였다.

그렇다면 남들과 다르게 사는 일은 『12분파』의 겨울 시편에서 왜 그토록 중요하게 여겨지는가? 남다른 삶은 별다른 까닭도 없이 그 자체로 소중한 것일 뿐인가? 「들개 분파와 들고양이 분파의 뒷담화」와 「붕어 분파와 개구리 분파의 겨우살이」는 다르게 산다는 것이 결코 다름만을 위한 다름에 머무르지는 않는다고 말한다.

먼저 전자의 시에서 '들개'와 '들고양이'는 "인간이라면 결코 알 수 없는 산천초목의 정보를" 자신들이 가지고 있으며, 그 정보는 "자신들이 사방팔방 떠돌아다니며 절로 알게 된" 것이라고 자부한다. (여기에서도 단순한 '개'와 '고양이'가 아니라 '들개'와 '들고양이'가 등장한다는 점을 놓치지 말아야 한다.) 다시 말해서 그 동물들은 인간들이 결코 알 수 없는 정보를 가지고 있으므로, 인간이 자신들의 정보를 얻는다면 큰 도움이 될 것이라는 뜻이다. 그리고 '붕어'와 '개구리' 또한 "자신들은 내년에 일어날 일들"을 미리 알 수 있으므로, 인간들이 자신들에게 "고견을 구"해야 한다고 입을 모은다. 주류의 인간이라면 결코 알 수 없는 현실의 다채로운 면면을 소수자, 비주류, 약자는 알 수 있는 일이다. 익숙하게 드러나지 않는 현실, 낯선 현실, 더욱 낮고 작은 현실, 무시되는 현실, 그러한 현실들이 오히려 우리의 삶에 더 중요할 수 있으며, 우리의 삶을 더 풍요롭게 할 수 있다. 이렇게 주장하는 미물의 목소리를 증폭하여 들을 때 우리는 어느덧 신강화학파가 된다.

아래에 인용한 시 「들개 분파와 집개의 첫눈」은 우리가 귀
기울여 듣지 않는 목소리들을 매우 소중하고 세밀하게 보듬는
수작이다. 이 작품에는 봄, 여름, 가을 시편에서 탐색한 주제들이
한꺼번에 응축되어 있다. 그렇게 시집 『12분파』의 세계관을
포괄하면서도, 그 세계관을 쉽게 살아낼 수 없는 인간의 서글픔
을 감동적으로 전한다.

　　　　옆집 주인이 매일 집을 비워서
　　　　집개는 종일 마당에 앉아 있었다
　　　　혼자서 심심하고 지겹겠단 생각이
　　　　문득 든 찬바람 부는 날,
　　　　옆집에서 개소리가 들려 내다보니
　　　　들개들이 집개 앞에 서서
　　　　뭐라고 뭐라고 떠들고 있었다
　　　　가만히 귀를 기울여 들어보니
　　　　요지는 단순명료하였다
　　　　들개들은 인간의 집을 지켜주지 말고
　　　　들로 함께 떠돌자는 것이고
　　　　집개는 개답게 살려면
　　　　집에 머물러 있어야 한다는 것이었다
　　　　들개들의 말에도 집개의 말에도
　　　　진심이 담겨 있다는 생각이 들어

한동안 먹먹히 지켜보았다

더 이상 갑론을박하지 않겠다는 듯이

들개들과 집개가 나란히 앉았는데

나와 눈이 딱 마주쳤다

컹컹컹, 모든 개들이 짖으며 날뛰자,

슬슬슬, 첫눈이 흩날렸다

갑자기 내가 마음이 동해

옆집에 가서 목줄을 풀어주니

와락, 집개가 뛰쳐나가자,

펑펑, 함박눈이 쏟아지기 시작했다

들개들이 집개를 뒤따라 뛰어갔고

나는 오래 서 있었다

　　　　　　　－「신강화학파 들개 분파와 집개의 첫눈」, 전문

먼저 제목에서부터 시인이 얼마나 치밀한 의도를 작품에 반영하였는지 드러낸다. '들개'에게는 '분파'라는 용어가 붙어 있지만, '집개'는 '집개 분파'가 아니라 그저 '집개'라고 쓰였다. 앞에서 우리는 '야화', '들개', '들고양이' 등, '들'의 뜻이 담겨 있는 시어들이 시집 『12분파』의 핵심과 직결되어 있음을 살펴보았다. 그 핵심이란 결국 이단적인 삶, 그리고 비주류와 주류의 구분을 허물고 소통시키는 삶이다. 이와는 대조적으로 '집개'는 자신의 야생성 또는 동물성을 잃어버리고 인간에게 길든 존재자라고 할 수 있다. 따라서 '집개'는 '들개'에 비하여 '신강화학파 분파'라는 호칭과 거리가 있는 것이다.

위 시의 1행에서 7행까지는, 시적 화자가 겨우내 혼자 집을 지켜야 하는 집개의 외로움과 쓸쓸함을 헤아리다가, 어느 날 문득 집개와 들개들의 대화를 듣게 되는 정황이다. 상식적으로 들개들이 집개에게 찾아와서 말을 건다는 정황 자체는 허구이며 환상이다. 그러나 그 이전에는 집개에 대한 시적 화자의 생각이 바탕색처럼 칠해져 있다. 사실 집개가 겨우내 주인이 없는 집을 혼자 지킨다고 해서, 외로워할지 아니면 기꺼워할지는 아무도 모르는 일이다. 그런데도 시적 화자가 집개의 외로움을 상상하는 까닭은, 시적 화자 자신도 외로움에 사무쳐 있는 탓이다. 시적 화자의 상상은 그의 심리적 투사이기 때문에, 이후 전개되는 들개들과 집개의 대화는 시적 화자의 환상이자 그의 심리적 진실이 된다.

8행부터 14행까지에는 들개들과 집개가 나눈 대화의 요지가 진술된다. 한편으로 들개들은 집개에게, 인간의 집을 지켜주지 말고 자신들과 더불어 들판을 떠돌자고 제안한다. 여기에서는 '지키다'와 '떠돌다'라는 두 개의 동사가 의미의 대조를 이루고 있다. 지킨다는 것은 무엇인가를 보존하며, 어딘가에 안주하며, 변화를 달가워하지 않는다는 뜻이다. 반면에 떠돈다는 것은 아무것에도 의존하지 않고, 정해진 목표 지점 없이 방황하며, 기꺼이 낯선 것을 받아들일 준비가 되었다는 뜻이다. 시집 『12분파』에서 제시하는 '신강화학파 분파'의 지향성은 '지키기'보다 '떠돌기'에 더 가까운 것이다. 왜냐하면 '신강화학파 분파'는 의견의 충돌을 있는 그대로 이해하는 것이며, 미물들의 목소리마저 주류와 대등하게 경청하는 것이며, 남달리 살고자 하는 것이기 때문이다.

다른 한편으로 집개는 들개들에게, "개답게 살려면 / 집에 머물러 있어야 한다"고 대거리한다. '개답게 산다'는 저 구절은, 일상에 얽매여 사는 우리 인간들에게 깊은 비감을 안겨준다. 우리가 '들판으로 떠돌기'를 꿈꾼다고 할지라도, 손쉽게 그 길을 택하지 못하는 까닭은 무엇인가? '인간답게 살기' 위해서, 의식주를 넉넉하게 해결하기 위해서, 편안하게 살기 위해서 그런 것이 아니겠는가? 집개도 이와 같은 이유로 집에 머무르는 편을 선택하였을지도 모른다. 그런데 지금 이 시의 전체적인 정황은 시적 화자의 심리가 투사된 것임을 떠올려보자. 그렇다면 들개들의 '떠돌기'도, 집개의 '지키며 머물기'도, 양쪽 모두 시적 화자의 내면 깊은 자리에 박혀 있는 욕망인 것이다.

15행부터 17행까지 시적 화자는 들개들의 말에도 일리가 있고 집개의 말에도 일리가 있다고 판단한다. 다시 말해서 여러 의견이 서로 충돌하더라도, 그 의견들 각각은 다 주장되어야 할 만한 나름의 이유를 가진 것으로 인정되어야 한다는 의미이다. 이는 『12분파』의 봄 시편에서 시인이 밝힌 중심 내용이었다.

마지막으로 18행~28행은 들개들과 집개가 대화를 주고받다가, 자신들을 엿듣는 시적 화자를 발견하면서 벌어지는 사건이다. 들개들과 집개가 시적 화자와 눈을 딱 마주치는 장면은 독자들이 긴박감과 섬뜩함을 느끼게 한다. 그때 시적 화자에 대한 들개들과 집개의 반응은 "컹컹컹" 짖으며 날뛰는 것으로 묘사된다. 그전까지 시적 화자는 들개들과 집개 사이의 대화를 인간의 언어로 번역하여 들을 수 있었다. 하지만 그들과 눈이 마주친 이후로 시적 화자는 모든 개의 소리를 인간의 언어로 이해할 수 없게 된다. 전자에서는 시적 화자와 동물들 사이의 감정 이입, 동일시, 심리적 투사가 잘 이루어졌지만(몰래 엿듣고 있었기 때문에), 후자에서는 그것이 섬뜩함에 의하여 중단되었기 때문이다. 인간의 언어로 알아듣기 어렵도록 "컹컹컹" 짖어 대는 개들의 울음소리에, 호응하는 것처럼 하늘에서는 첫눈이 "슬슬슬" 내리기 시작한다.

개들은 왜 눈이 내리면 마구 날뛰며 좋아하는 것일까? 그 이유를 완벽하게 알 수는 없겠지만, 어쩐지 시적 화자는 "마음이 동해" 옆집 개의 목줄을 풀어준다. 그러자 집개는 들개들처럼 들판으로 뛰쳐나간다. "펑펑" 쏟아지는 눈은 아마도 집개가 달아나며 남긴 발자국을 덮을 것이다. 이러한 묘사는 시적 화자가 들판으로 방황하고자 하는 의지를 강하게 내포한다. 이어 시의 마지막 행에서 시적 화자는 그것을 바라보며 "오래" 서 있게 된다. 시적 화자는 들판을 내달리는 개들처럼 자신의 일상으로부터 간편하게 벗어나기 어려울 것이다. 그러면서도 "오래"

개들을 바라보며 서 있다는 것은, 시적 화자가 벗어나기 어려운 일상에서 탈출하고자 욕망한다는 의지를 암시하는 뛰어난 마무리이다.

단독성singularity이란 무엇인가

지금까지 살펴본 『12분파』의 동물 시편은 어떠한 시적 의의를 지니는가? 나는 그 의의를 단독성singularity이라는 개념으로 집약해보고 싶다. 미시적으로 보면 인간의 삶은 학교, 일터, 병원 등으로 둘러싸여 있으며, 그러한 장치들을 통하여 끊임없이 교육되고, 훈련되고, 분석되는 것이다. 이러한 온갖 규율에 얽매이며 인간의 삶은 통제받는다. 거시적으로 보면 인간의 삶은 정치와 경제를 통하여 합리적 선택을 강요받는 소비자와 생산자로 살아가게 되어 있다. 우리는 생명의 차원에서 통치되는 것이다. 원래 사회나 국가는 인간이 필요해서 만들어낸 것이리라. 하지만 이 관계가 뒤집혀서, 사회와 국가 등의 집단 질서는 체제의 유지를 위하도록 인간을 조종하게 되었다.

하종오 시집 『12분파』 봄 시편에서 더 많은 의견 충돌을 요청하는 것과 달리, 전체주의적 집단의 질서는 의견 통제를 원한다. 여름 시편이 진정한 공동체의 조건으로서 비주류와 주류 간의 구분 자체를 무력화하고자 하였다면, 억압적인 국가나 사회는 자기 체제 유지에 도움이 되는 존재들만을 주류로 인정하고자 한다. 가을 시편이 인간의 생존 의지와 이상 추구

양자를 긍정하는 반면에, 천박한 자본주의 메커니즘은 인간의 생계를 볼모로 삼아서 인간이 제 꿈을 버리게 한다. 겨울 시편을 통해 모든 생명이 남들과 다르게 자신만의 고유한 삶을 원하는 것으로 그려졌다면, 반민주적인 체제는 튀지 말라고, 남들과 비슷해지라고, 평범해지라고 자꾸만 요구한다.

사람 하나하나를 위해서 집단이 존재하지 않으며, 역으로 집단 자체를 위하여 사람이 자신의 생명력을 소진해야만 하는 상황이 지금 여기다. 이처럼 권력은 언제나 인간을 통제하고 질서 지으며 자신을 더 단단하고 커다랗게 만든다. 이에 따라서 갈수록 사람의 삶은 비슷비슷해지고 평범해져 가고 있다. 그러나 남들처럼 생각하고 남들과 같이 살아간다면, 그것을 과연 나만의 삶이라고 할 수 있을까? 나의 삶이 남들의 삶과 별반 다르지 않다면, 내가 굳이 계속 살아야 할 이유는 과연 어디에 있겠는가? 만약 거짓말과 참말 사이를 구분할 수 있다면, 남이 시켜서 하는 말, 남의 생각을 그대로 따라서 하는 말은 모두 거짓말인 동시에 허위의식이라고 할 수 있다.

그러나 사람들이 아무리 정치와 경제의 제도에 얽매이고 지배 권력의 이데올로기에 맞추어 살더라도, 그렇게 평범해지더라도, 나는 여전히 결코 너와 대체될 수 없다. 아무리 인간들을 지배하는 권력이 강력하더라도, 여전히 나는 너와 다르다. 이러한 대체 불가능성이 단독성이다. 이 단독성이 거짓 아닌 참말이며, 나만의 진실이자, 내 삶을 정당화해줄 수 있는 근거가 된다.

시집『12분파』에서 말하는 '분파'의 미학, 하종오 리얼리즘이 찾고자 하는 '리얼한 것'이 바로 단독성이다.

하이데거는『존재와 시간』의 4장에서 세인das Man이라는 용어를 제시한다. 세인은 대중사회 속에서 살아가는 우리의 모습을 일컫는 말이다. 대부분 대충 알고 있는 것 같으면서도 하나도 모르는 사람, 모든 것을 책임지려고 하는 것 같으면서도 하나도 제대로 책임지지 않는 사람을 세인이라고 한다. 하이데거에 따르면 나라는 존재는, 세계 내의 삶 속에서 평균적이고 일상적인 남들(세인)과 구별된 나로서 존재하기 이전에, 그러한 세인 중의 일부로서 존재하기 마련이라고 한다(Martin Heidegger, *Sein und Zeit* §27, Max Niemeyer Verlag Tübingen, 1979, p. 126. 이하 번역은 Martin Heidegger, *Being and Time*, trans. John Macquarrie & Edward Robinson, New York: HarperPerennial, 1962 를 판본으로 한 필자의 번역이다). 반면에 세인과 대조적인 인간의 모습으로 하이데거는 '진정한 자기echte Selbst'를 말한다. "현존재는 세인 속에 상실되어 있기 때문에, 먼저 자기를 찾지 않으면 안 된다 …… 본래성을 만회하는 길은 오직 현존재가 세인 속에 상실된 자기를 단독적 자기 자신으로 되돌려 오는 것뿐이다(Ibid §54, p. 268)."

그렇다면 단독성은 왜 그토록 중요한 가치가 있는가? 단순히 기존 권력과 지배 질서에서 탈주하는 데 필요한 것인가? 탈주를 위한 탈주는 그 자체로 무의미에 지나지 않을 것이며, 위반을 위한 위반은 그 또한 방황에 지나지 않을 것이다. 단독성은 더욱 참다운 유토피아utopia로 나아가는 방편이기에 시인의 시 속으로 자꾸 들어오는 것이다. 단독성을 지향하지 않는다면 시, 나아가 문학, 더 나아가 예술은 존재의 의의를 마련하기 힘들 것이다. 주류에 포섭되기를 강요받는 비주류의 목소리를 증폭시키고, 나아가 누구나 자신만이 지닌 고유의 꿈을 찾아 나서는 공동체가 시집 『신강화학파 12분파』에 나타난 단독성이다. 그리하여 하종오의 이번 시집은 단독성의 문제를 본격적으로 다루고자 하지 않는 오늘날 한국 현대시에 있어서, 진정한 언어예술의 존재 의의를 증명하는 문제작으로 우리 앞에 서 있다.

한 편의 시에 한 사람의 삶을 담을 때까지

인간이라는 그 단독성의 원천

하종오 시집 『신강화학파 33인』은 『신강화학파』, 『신강화학파 12분파』에 이은 '신강화학파' 세 번째 연작이다. 먼저 『신강화학파』는 하종오 리얼리즘의 핵심적 방법론인 '아래로부터'의 시적 사유를 통하여, 시인 자신이 발 딛고 살아가는 '지금 여기'에서부터 인간의 현실적 삶을 이해하려 한 시집이었다. 두 번째 연작시집 『신강화학파 12분파』는 비주류의 목소리를 최대한 증폭시킴으로써, 어떻게 주류 중심의 사회 질서를 느슨하게 만들 수 있을지 모색하였다. 첫 번째 시집에서 두 번째 시집으로 나아갈 때 시인은 '학파'에서 '분파'로의 방향을 취하였다. 이는 '아래로부터'의 방법론을 더욱 심화시켜서, 비주류 혹은 이단적 존재에 더 주목하려는 시도라고 할 수 있다. 그리하여 시인은 비주류와 주류 사이의 구분 자체를 허물어트리고자 한다.

'학파'에서 '분파'로 옮겨가는 하종오 시인의 행보는 '단독성'이라는 개념으로 이해될 수 있다. 지금 여기의 사회 질서는 인간을 통제하기 위하여 우리의 삶을 획일화하고 평범하게 만든다. 그리하여 사회는 주류와 비주류를 구분하고, 비정상을 배척하여 정상의 틀에 끼워 맞추고자 한다. 하지만 '나' 자신은 결코 '너'로 대체될 수 없으며, '나'를 단독적인 '나'로 살도록 하는 지점이 있다. 그것이 바로 단독성이다. 하종오 시집 『신강화학파 12분파』에서 비주류의 목소리에 귀 기울이고 이단자의 존재를 긍정하였던 것은, 단독성을 끝끝내 포기하지 않기 위함이었다.

'열두 동물'의 의미를 담은 시집의 제목 및 구성 또한 단독성의 문제와 긴밀히 연관된다. 열두 동물은 상징성이 강하다. 상징은 언제나 권위와 맞닿아 있다. 권위는 색다른 해석을 용납하지 않으면서 고정관념과 상식을 강제로 우리에게 주입하기 때문이다. 예컨대 열두 동물을 동양 문화권의 십이간지라는 상징으로 해석한다면, 그것은 전통의 권위가 우리에게 강제한 고정관념일 것이다. 그렇지만 하종오 시집에서 열두 동물은 어떠한 상징적 의미도 내포하지 않는다. 그 동물들은 모두 시인이 강화도에서 흔하게 마주치고 겪은 존재들이기 때문이다.

신강화학파 연작의 세 번째 시집 제목인 『신강화학파 33

인』에서 '33인'도 표면적으로는 강한 상징성을 지닌 것처럼 보인다. 이렇게 볼 때, 동물을 열두 종류로, 인간을 서른세 명으로 설정한 것은 명백하게 시인의 의도가 반영된 것이라고 할 수 있다. 이러한 시집 제목은 독자들이 제목을 상징적 의미로 해석하도록 유도한다. 하지만 실상 시집을 다 읽고 나면, 독자들은 열두 동물과 서른세 명이라는 시인의 기획이 어떠한 통념에도 의존하지 않는다는 사실을 깨달을 수 있다. 상징적 의미를 기대하게끔 유혹한 뒤에, 그러한 기대를 깨뜨리는 것이 '12분파'와 '33인'이라는 시인의 기획 의도인 셈이다. 이와 같은 기대감과 실제 내용 사이의 격차로 하여 독자는 더욱 커다란 충격을 받을 수 있다.

기대감과 실제 내용 사이의 낙차가 전달하는 충격은, 독자들이 고정관념에서 벗어나 열두 동물과 서른세 사람 각각의 단독성에 주목하게끔 한다. 열두 동물과 서른세 사람들은 실제로 시인 자신이 강화도에 살면서 마주쳤던 존재이다. 그들은 더욱 고상하고 숭고한 관념을 상징하는 것이 아니라, '지금 여기'에 있는 존재일 따름이다. 그들은 특정한 역사적 전망이나 세련된 이데올로기를 보여주지 않는다. 그리하여 그들은 특정한 관념으로 환원되지 않는 단독적 삶의 모습을 드러낼 수 있다.

그렇다면 시집『신강화학파 12분파』에서 여실하게 형상화되었던 비주류의 목소리, 이단적 존재의 단독성은 도대체 어디에서 오는 것인가? 이 물음에 관한 실마리가 시집『신강화학파

33인』속에 담겨 있다. 이 시집의 '시인의 말'에서 하종오 리얼리즘이 표현하는 단독성은 다름 아닌 '인간의 삶'으로 언급된다. "시인이라면 한 편의 시에 한 인간의 일생을 담아낼 수 있는 창조적 고투를 해야 한다는 생각도 해왔다." 하종오 시는 인간의 삶이라는 원천으로부터 단독성을 길어냄으로써 시 세계의 새로움을 열어나가는 것이다.

'한 편의 시가 한 사람의 삶을 담아내는 형식일 수 있다'는 인간성에의 믿음 아래서 『신강화학파 33인』은 창조되었다. 인간의 삶 자체를 시로 표현하는 일은 수없이 많은 편견에 부딪혀야만 한다. 우리의 편견 속에서 인간의 삶은 시적이지 못하며 산문적인 것으로 여겨지기 때문이다.

인간의 삶이 시적이지 못하며 산문적이라고 느껴지는 까닭은 인간이 원래 시적이지 못한 존재라서가 아니다. 지금 여기의 세상이 인간의 삶을 산문적으로 만든 탓이다. 하종오 시집 『신강화학파 33인』은 그렇게 말하고 있다. 그러나 인간의 삶을 산문적인 것으로 치부해버리는 시인은 인간을 획일화하는 권력과의 공범자가 되기 쉽다. 『신강화학파 33인』은 인간이 아무리 점점 획일화되더라도, 그 인간의 삶이 결코 남들과 대체될 수 없다는 엄연한 현실을 입증한다. 이 시집은 언어예술이 획일적 사회에서 벗어날 수 있는 진정한 가능성, 즉 단독성을 오히려 인간의 삶 자체에서 찾고자 한다.

예술과 삶의 진정한 합일

하종오 시집 『신강화학파 33인』(이하 '33인'으로 약칭)의 구성은 「신강화학파 33인 유래담」(이하 시 제목에서 '신강화학파 33인'은 생략)에서 「전편前篇」까지, 「전편前篇」에서 「후편後篇」까지, 「후편後篇」에서 「후일담」까지, 이렇게 크게 세 부분으로 나눌 수 있다. 먼저 첫 번째 부분인 「유래담」에서 「전편前篇」까지는, 일하는 삶과 예술 행위를 시적으로 결합한 작품들이 모여 있다. 예를 들어 「재비」는 스스로를 강화의 마지막 풍물재비라고 부르는 사람이 주인공으로서 등장한다. 이 시에서 '재비'는 시대의 변화로 인하여 풍물놀이를 그만두었음에도, 자신의 일터에서 쓰이는 사물들인 호미와 논물과 삽과 밭둑을 두드려 풍물소리를 낸다. 여기에는 급속한 유행의 흐름에 밀려 사라져가는 옛것의 슬픔이 담겨 있다. 그러나 시인은 사라져버린 옛것을 그리워하거나 안타까워하기만 하는 대신에, 일하고 숨 쉬는 삶 자체를 예술적인 활동으로 형상화했다. 원래 풍물놀이라는 문화 자체가 공동체로부터 자연스레 발생한 유희이자 예술이었을 것이다.

「시인」이라는 작품도 '시인'이라는 예술가를 주인공으로 등장시킨다는 점에서 「재비」와 맞닿는다. 「시인」은 시인과 그의 시작詩作을 소재로 삼는다는 점에서 일종의 시에 관한 시, 다른 말로 메타시meta poetry라 할 수 있다. 메타시는 언제나 언어예술로서의 시란 근원적으로 무엇인지를 묻는 것이다. 그러면서도 이 시는 인정받으려 하며, 명성을 빛내려 하며, 누군가에게 각별히 기억되고자 하는 인간적 욕망의 문제를 다룬다. 시의 중심인물을 '아무개 시인'이라고 이름 붙인 방식 자체가, 그와 같은 문제를 표현하려는 시인의 세심한 의도에서 나왔다. 왜냐하면 '아무개'란, 어떠한 사람을 구체적인 이름 대신에 이르는 인칭 대명사이기 때문이다. 특히 '아무개'라는 말의 부정적인 어감은, 제대로 알려지지 않은 자, 그렇지만 남들에게 이름을 남기려고 하는 자의 정서를 환기한다.

> 이웃마을에 사는 아무개 시인이
> 이규보 옹이 시회詩會를 작파하고
> 적적하게 지낸다는 소식을 알고
> 문안 여쭈러 가자고 찾아왔다
> 신강화학파로 자칭한 적 없는데
> 주민들이 대놓고 신강화학파로 경칭하는 바람에
> 신강화학파가 되어 버린 아무개 시인은 흐뭇해하며
> 시를 열심히 썼다
> 어느 해 시회에서
> 아무개 시인이 써낸 즉흥시를
> 이규보 옹이 읽고는 시마詩魔를 만났다면서
> 거푸 술 석 잔 따라준 적이 있었으나
> 그뿐, 바깥세상에 이름이 나지 않았다

아무개 시인과 나를 맞은 이규보 옹이

어디서 풍문을 들었는지,

옛 시인은 지필묵으로 시를 써서 돌려 봤지만

현대 시인들은 시집을 냈다가

무명으로 남는 것이 너무 두려워서

유명 출판사에 투고한다는데, 맞는가?

무명 출판사에서 시집을 내면

평자들이 찾아 읽어주지 않아서

유명해질 수 없다는데, 맞는가?

거푸 확인하려 들 때

나는 설명할 수 없어 잠자코 있었고

아무개 시인이 떨리는 목소리로 말했다

제가 신강화학파 시인으로 떠받들어져 흐뭇해하는 것도

따지고 보면 주민들이 저를 알아주고 있다는 점 때문입니다.

현대 시인은 시만 잘 써서는 안 되는군.

이규보 옹이 중얼거리기에 나는 눈길을 돌렸다

　　　　　　　　　　　　　　　　　　─「신강화학파 시인」, 전문

　위에 인용한 시의 1행부터 4행까지는 '아무개 시인'이 '이규보 옹'에게 문안 인사를 드리러 같이 가자고 '나'를 찾아온 정황을 담고 있다. '나'도 실제로 강화도에 사는 시인이라는 점에서, '아무개 시인'은 '나'의 거울상과 같은 분신이라 할 수 있다.

이 분신과 만난 사건에서부터 시는 시작하는 것이다.

　5행부터 8행까지는 '아무개 시인'이 강화도에서 시를 쓰며 살아가는 모습을 표현하였다. 그는 '신강화학파'로 '자칭'한 적 없지만, 이웃 주민들이 그를 '신강화학파'로 '경칭'하는 바람에, 흐뭇해하면서 시를 열심히 쓰게 되었다고 한다. '자칭'과 '경칭'이라는 시어의 미묘한 대비를 통하여, '아무개 시인'이 명예욕을 절제하는 모습과 이웃 주민들이 남을 존중하는 자세가 짜임새 있게 표현되었다. 생각해보면 '아무개 시인'이라는 인물의 정체성을 이루는 요소들은 각각을 따져보면 평범하고 일상적인 것들뿐이다. 강화도에 사는 사람들도 많을 것이고, 시를 쓰는 사람들도 흔할 것이며, '신강화학파'와 같이 어떠한 학파에 소속된 사람들도 여럿이고, 남들이 경칭을 해주면 좋아할 사람도 대부분일 것이다. 그러나 따로따로 놓고 보면 평범하고 일상적인 삶의 국면들은 서로 얽히고 겹쳐짐으로써 세상에 오직 하나뿐인 인간의 삶을 빚어낸다. 이처럼 하종오 리얼리즘은, 언뜻 하잘것없고 밋밋하게만 보이는 인간의 삶을 모아서 문득 눈부신 단독성을 드러낸다.

　9행부터 13행까지는 '아무개 시인'과 '이규보 옹'이 만났던 과거에 해당한다. 여기에서는 '시마詩魔'를 비록 만나더라도 세상에 이름이 나지 않는 '아무개 시인'의 슬픈 처지가 나타나 있다. 실상 '아무개 시인'이 '시마'를 만났다는 것도 결국 '이규보 옹'이라는 고전적 시인의 견해에 지나지 않으므로, 그것이 현대적 기준에 알맞은 견해인지 알 수 없는 노릇이다. 그런데 '나'와 '아무개 시인'이 '이규보 옹'을 문안 인사차 찾아갔을 때, '이규보 옹'은 14행부터 22행까지의 대목에서 현대 시인의 행태에 관한 풍문을 질타하듯 캐묻는다. 그 물음의 내용은, 무명 출판사에서 시집이 출판되면 제대로 주목받지 못하는 탓에 현대 시인이 유명 출판사에서 시집 내기를 선호하는지를 묻는 것이다. 상대적으로 과거의 시인은 시를 쓸 때 독자를 중요하게 의식하지 않았다. 따라서 그의 시각에서는 시가 소비되어야만 명성이 뒤따르는 현대 문화산업이 언짢게 보일 수 있다.

　이러한 '이규보 옹'의 물음에 대하여 '나'는 대답하지 못하지만, '아무개 시인'은 떨리는 목소리로 대답한다(23~25행). '나' 또한 시를 함부로 소비해버리고 마는 현대 문화산업과 무관하지 않으므로 떳떳하게 대답하지 못하였을 것이다. 그에 반하여 '아무개 시인'이 떨리는 목소리로 대답하였다는 것은, 분신의 입을 통하여 시적 화자의 내밀한 마음을 표출하였다는 뜻이다. 그 내밀한 마음이란, 자신이 '신강화학파'로 떠받들어져서 흐뭇해하는 까닭도 주민들이 자신을 알아주기 때문이라는 것이다 (26~27행). '아무개 시인'의 이 대답에는 두 가지 서로 다른 의미가 들어 있다. 하나는 어떠한 사람이라도 남들에게서 인정받고 싶어 하는 욕망을 완전히 덮기란 어렵다는 회한이다. 다른 하나는 그 욕망을 넘어서 시를 쓴다는 일이 누군가에게 다가가 기억되기를 바라는 몸짓임을 뜻한다.

그러자 '이규보 옹'은 시의 마지막에서 현대 시인은 시만 잘 써서는 안 된다고 비아냥댄다. 이는 일차적으로 오늘날 한국 시단에 종사하는 자들이 겪어야 하는 문제를 지적한다. 하지만 인간이 사는 일 또한 이와 별반 다르지 않을 것이다. 우리도 우리 이름을 널리 빛나게 만들고 싶어 하지만, 그것은 곧장 자본주의 산업사회의 메커니즘 속으로 흡수되기 쉽다. 이것은 손쉽게 해결될 문제가 아니라, 끊임없이 그 해법을 고민해야 하는 문제이다. 「시인」이라는 작품이 만남과 충돌, 대화와 토론의 형식을 취하는 것도 이러한 이유에서다. 하종오는 이처럼 인간의 근원적 욕망과 예술 행위의 문제를 직접적으로 연결함으로써, 예술과 삶의 문제가 멀리 떨어져 있지 않음을 시적으로 나타낸다.

여기에서 「노래꾼」은 「시인」에 화답하는 시로 읽힐 수 있다. 작품 「노래꾼」에서 중심인물 '노래꾼'은 시적 화자의 '친구'로 일컬어진다. 여기에서 시적 화자가 '노래꾼'을 '친구'라고 부르는 형식 또한, '노래꾼'이 일종의 예술가로서 시적 화자의 분신과 같은 존재임을 은연중 드러낸다. 그 '노래꾼'은 강화에 살러 온 이후, 노래를 부르려 하지 않고 오로지 바람과 햇빛과 물을 보려고만 한다. 그 자연물들의 속성은 저마다 처한 자리에 따라 달라지는 것으로 표현된다. 이때 "소나무에서 잣나무로 건너가면 소리가 달라지는 바람"과 같은 구절은, 그 자체만으로 마치 현미경과 같이 놀라운 관찰력을 보여주는 묘사이다. 이렇게 처한 자리에 따라 자연의 사물들이 달라지는 모습이 다름 아닌 노래의 원천이라고 '노래꾼'은 생각하였을 터이다. 사람이 부르는 노래 또한, 자신이 지금 여기의 자리를 살아가는 방식에 따라서 소리와 빛깔과 모양을 달리하며 뿜어져 나오는 것이기 때문이다.

하지만 '노래꾼'은 노래할 만한 풍경을 그저 제 속에 담아두기만 할 뿐, 남들에게 들려주려고 하지 않는다. 노래하는 순간에는 그동안 제 속에 담아왔던 모든 것이 사라져버린다는 사실을 '노래꾼'이 이미 알고 있는 탓이다. 그의 생각에 따르면 남에게 더 많이 알려지는 것만을 목적으로 삼을 때, 예술의 진정한 가치는 곧 사라지는 것이 된다. 이러한 「노래꾼」의 주제 의식을 통하여 「시인」에서 현대 시인을 얽어매었던 문화산업은 간접적으로 비판된다. 그리하여 '노래꾼'은 풍경이 뿜어내는 노래를 빌려서 남들에게 들려주고자 하기보다는, 풍경을 쳐다보고 거기서 울려 나오는 노래를 제 속에 들여놓기만 한다. 그렇다면 풍경을 쳐다보는 행위 자체가, 더 정확히 말해서 그 풍경의 노래를 제 속에 들여놓는 행위 자체가 바로 노래일 것이다. 이 시는 '노래꾼'의 삶을 진정한 예술로 형상화한 수작이다.

예술의 값어치를 돈이나 명성과 같은 단위로 따진다면, 그러한 예술은 인간의 고통을 외면하는 것이거나, 아니면 벌써 삶과 훌쩍 동떨어진 것이기 쉽다. 하지만 『33인』에서 시인 하종오는 삶 자체에서 참된 예술을 길어 올려야 한다고 사유한다. 이

명제는 뒤집어 말하더라도 진실이어서, 우리 인간의 삶이 예술과 합일될 때에야 그 삶은 삶다운 것일 수 있다고 시인은 생각한다. 예술이 인간을 세속에서 구원할 수 있는 까닭은 단독성을 찾아 나서기 때문이다. 시인은 인간에게 단독성을 돌려줄 수 있는 단독성이 다름 아닌 인간의 삶에서 나온다고 믿는다.

'남'과 연결됨으로써 비로소 '나'다운 나

하종오 리얼리즘에 따르면 언어예술로서의 시가 단독적일 수 있는 까닭은 인간의 삶이 단독적이기 때문이라고 한다. 그렇다면 인간의 삶에서는 왜 단독성이 우러나오는 것인가? 하종오 리얼리즘은 개인 내부에서만 시의 원천을 찾지 않는 듯하다. 시집 『33인』의 「전편前篇」부터 「후편後篇」까지에 놓인 시편들은 하종오 시 세계에서 단독적 인간의 삶이 어떠한 방식으로 형상화되는지를 잘 보여준다. 그것은 바로 '남'과의 연결이다.

「잡부」는 농촌에 살면서 건축현장으로 일하러 가는 '잡부'의 이렇다 할 것도 없는 삶과, 지나가는 사람들에게 짖어대는 '집개'와 '들개들'의 모습을 뛰어나게 연결하여 포착한 작품이다. 이 시의 도입부는 '사내'가 농사일을 '안사람'에게 맡겨둔 채 건축현장으로 일하러 가는 까닭을 진술한다. 농사일은 가을철에야 목돈이 만들어지므로, 그 돈만으로는 일 년 내내 여유롭게 먹고 쓰기가 어렵기 때문이다. 이처럼 작품의 첫 대목은 평범한 한 사람의 삶을 통하여, 시대 변화와 그에 따른 고통을 비범하게 시 속에 부려놓았다.

　그처럼 냉혹하게 변화하는 현실의 흐름 속에서도 생명과 생명 사이의 연대連帶가 솟아나는 장면을 「잡부」는 솜씨 있게 그려내었다. '사내'가 새벽에 집을 나설 때마다 왜 '집개'와 '들개들'이 짖어대는지를 시인은 의문스럽게 생각했다. 상식의 차원에서 보자면 사람이 지나갈 때 개가 짖는 것은 지극히 당연한 일일 뿐이다. 하지만 남들이 자연스럽게 여기는 사건을 남들과 다르게 바라보는 순간에 비로소 시는 간신히 태어난다. 시인은 '사내'가 지나갈 때마다 개들이 짖는 이유를, 과거에 '사내'가 뺑소니차에 치여 피 흘리던 '들개 한 마리'를 치료해주었던 사건과 연결한다. 그 사건으로 인하여 '들개들'은 '사내'를 '신강화학파'로 대우하게 되었다는 것이 시인의 놀라운 상상력이다. 뺑소니차에 치여 피 흘리던 '들개 한 마리'의 모습 속에서, 사내는 농사를 지을수록 가난해져서 자신과 가족의 생계를 위해 다른 일터로 떠밀려가는 자신의 모습을 보았던 것이 아닐까.

　이전 시집 『신강화학파 12분파』는 강화도에서 흔히 마주칠 수 있는 열두 동물의 목소리와 시선을 빌려온 형식이었다. 이전 시집의 열두 마리 동물들 가운데에서도 '들개'는 특별한 의미로 시 속에서 나타나던 존재였다. 그것은 '집개'와 대비되어, 길들지 않는 야성의 삶, 이단적 존재 방식을 뜻하였기 때문이다. 『33인』의 「잡부」에 등장하는 '들개'도 마찬가지로 뺑소니차로 인하여 피를 흘릴 위험에 처한 존재로서, 주류 집단 권력의 폭력 때문에 언제든 희생될 수 있는 비주류의 존재를 암시한다. 심화하는 자본주의에 떠밀려 이제 더는 농사를 짓지 못하고 건축현장에서 날품을 파는 '잡부'도, 들개와 같이 삶의 터전을 빼앗긴 비주류에 해당하는 것이다.

비주류가 살아가야 할 이유는 주류의 질서에 의하여 결정되기 쉽다. '잡부'가 건축현장에서 일해야 하는 것도, 농부의 생계유지를 불가능하게 만드는 자본주의 질서에 의하여 결정된 것 아니겠는가? '들개'들이 마음대로 다닐 수 있는 삶의 터전을 잃어버리고 자동차의 질주에 목숨을 내걸어야 하는 것도, 환경을 제 욕심에 따라 함부로 바꿀 수 있다고 믿는 인간의 오만함 탓이다. 그렇다면 '잡부'와 '들개'는 자기만의 정체성, 스스로 창조해내는 삶의 이유를 영영 가질 수 없는 것일까? 당신은 어떻게 남들과 다른 당신만의 존재 의의를 마련할 수 있는가? '잡부'는 도로에 피 흘리고 쓰러져 있는 '들개'를 구하였을 때, 비로소 다른 '잡부'들과 구별되는 '잡부'가 된다. 다른 당신과 연결됨으로써, 당신은 다른 당신과 다른 당신, 당신들을 제 속에 담으면서도 단 하나뿐인 당신, 단독적인 당신이 될 수 있다. 남과의 연결을 통한 나의 단독성 확보는 「양계업자」에서 탁월하게 묘파된다.

　　참새들이 계사鷄舍에 들어가

닭들과 함께 모이를 쪼아 먹으면서
날개를 양쪽에 가지고도 날지 못하는 건
양계업자가 가둬놓은 탓이라고 속닥거렸다

참새들과 양계업자는
상대방의 말을 할 줄 아는
자유로운 영혼을 지닌 신강화학파지만
모이를 주는 양계업자와
모이를 슬쩍하는 참새들은
닭들에 관한 한 입장이 너무나 달라서
말하지 않고 지냈다

장사치들이 신강화학파라면 무조건 믿으며
닭값을 제대로 쳐주었으므로
양계업자는 늘 표 나게
신강화학파로 행세하면서도 닭들을 막 대했고
참새들은 신강화학파답게 닭들을 가엽게 여겼다

어느 날 계사에 들어간 참새들이
닭들 사이에서 모이를 쪼아 먹다가
슬금슬금 날갯짓하는 법을 가르쳐주기 시작했다
양계업자가 우연히 그 광경을 목격하고는

참새들이 나타나기만 하면 참새들의 말로 외쳤다
후여후여!

—「신강화학파 양계업자」, 전문

위 시의 1연에서 참새는 계사에 들어가서 양계업자가 뿌려놓
은 닭 모이를 훔쳐 먹는다. 그러면서 참새는 닭들에게, 날개를
가지고도 날지 못하는 이유는 양계업자가 닭을 가두었기 때문이
라고 속삭여준다. 참새가 비록 남의 먹이를 훔쳐 먹는 신세임에
도 불구하고, 은밀하게 반역을 선동하고 도모하는 혁명가처럼
묘사된 것이 1연의 재미난 부분이다. 여기에는 생존과 자유
사이의 갈등이라는 주제가 담겨 있다. 예컨대 한국 사회는 1960
년 4월 혁명을 통하여 인민이 정치의 진정한 주체로서 역사상
누려본 적 없는 정도의 자유를 느낄 수 있었다. 그러나 그 열기는
박정희의 5·16 군사쿠데타와 독재정권이 표방한 경제 성장의
슬로건에 의하여 억눌리게 되었다. 자유와 생존이라는 두 가지
가치 간의 길항은 인간에게 쉽사리 풀리지 않는 보편문제인
동시에, 한국 현대사를 통과해온 인민의 몸속에 깊이 박힌 화두
중 하나이다.

2연에서 참새들과 양계업자는 상대방의 말을 할 줄 아는
"자유로운 영혼"으로 진술되는데, 이러한 상상력은 우화적이면
서 독특하다. 시인이 생각하기에 "자유로운 영혼"이란, 무슨
짓이든 할 수 있다는 뜻에서의 자유가 아니라, 남의 언어를

헤아릴 수 있으며 남에게 제 언어를 전달할 수 있다는 뜻에서의 자유이다. 서로에게 등 돌리거나 함부로 상처를 주는 지금의 여기에서, 언제쯤에나 자유자재의 소통이 가능해질까 생각하면 아득하기만 하다. 상식적으로 따질 때 참새들과 양계업자가 대화하지 못한다는 사실을, "닭들에 관한 한 입장이 너무나 달라서 / 말하지 않고 지냈다"면서 슬쩍 눙치는 솜씨도 일품이다. 자유로이 날아다닐 수 있는 존재는, 갇혀 있는 존재에게 자유를 이야기해줄 수 있지만, 역설적으로 그 자유 때문에 굶주리며, 갇힌 존재에게서 양식을 빌려야 한다. 남을 억압하고 이용할 자유가 있는 존재는, 그 때문에 자신이 억압하는 존재를 먹여 살릴 수 있다. 이처럼 복잡한 사유와 이율배반의 형상화는 언뜻 단순해 보이는 이 시에 깊이를 부여한다.

「양계업자」의 3연에서 양계업자는 '신강화학파' 행세를 하는 것으로, 참새들은 '신강화학파'다운 것으로 제시된다. 그러나 이 작품의 화자는 시 전체에 걸쳐 참새들과 양계업자 모두를 '신강화학파'에 속하는 것으로 진술한다. 다시 말해서 시인은 자유로운 존재와 억압하는 자 사이에서 어느 한쪽의 편을 들어주지 않는 것이다. 하종오 시인이 이처럼 선악의 이분법에 손쉽게 기대는 것을 거부하는 까닭은 무엇일까? 그의 '신강화학파' 연작에서 '신강화학파'는, 자기 나름의 존재 이유를 가지고 저마다 살아가는 모든 생명을 뜻한다. 이는 못났든 잘났든 그렇게 사는 데에는 그럴 만한 까닭이 있다는 시적 사유를 드러낸다.

참새들도 자유롭게 살고 싶어서 날아다니는 것이며, 양계업자들도 돈을 많이 벌고 싶어서 닭들을 가두는 것이다.

4연에서 참새들은 양계업자에 의하여 다루어지는 닭들을 가엽게 여겨, 닭들에게 날갯짓하는 법을 슬금슬금 가르쳐주기에 이른다. 이에 맞서서 양계업자는 닭들의 모이를 빼앗으며 닭들에게 자유를 가르쳐주는 참새들을 내쫓고자 한다. 이때 "후여후여"가 참새들의 말이라는 표현은 대단히 흥미롭다. 우리는 보통 참새 울음소리를 '쨱쨱'과 같은 것으로 생각하며, "후여후여"는 참새를 쫓는 사람의 말로 여긴다. "후여후여"는 아주 오래전 농경사회일 때부터 사람들에게 제2의 본성처럼 육화되었을 언어이리라. 양계업자는 자연적으로 발생하여 까마득한 시간 동안 사용되었던 언어를 그저 내뱉은 것이다. 그 언어는 그렇게 자연적인 언어인 만큼 참새와 같은 자연적인 존재를 움직일 힘을 가지고 있으며, 참새를 움직일 힘을 가진 만큼 참새의 언어이기도 하다.

한마디로 말하자면 "후여후여"는 사람의 언어이기도 하지만, 참새들이 없었다면 존재하지 않았을 것이므로 참새의 언어이기도 하다. 그것은 자기 고유의 목적을 이루기 위한 사람의 존재 방식을 나타내지만, 그것은 참새의 삶과 밀접히 이어져 있다. 참새들이 닭을 가여워하는 성격과 감정도, 닭에게 날갯짓하는 법을 속삭이는 행위도 마찬가지로 양계업자의 삶과 긴밀하게 연결되는 것이다. 자기 나름의 목적을 추구하는 삶은 늘 자기를 둘러싼 존재들과 순환 관계를 이루고 있다. 남들과 얽히고 부딪치기 때문에, 나의 삶은 남들과 관련된 특정 목적을 추구하게 된다. 그렇게 나의 삶은 고유한 목적을 추구하기에 남들의 삶과 연결될 수 있다. 그렇게 무수한 연결들이 겹치며 하나의 삶은 비로소 남다른 삶이 되는 것이다.

시집 『33』에서 「유래담」부터 「전편」까지의 시편은 예술이 되는 삶, 삶이 되는 예술을 그려내었다. 하나의 예술작품과 하나의 삶은 모두 자기만의 존재가치, 즉 단독성을 가질 때에만 빛을 발할 수 있다. 「전편」부터 「후편」까지의 시편에서 단독성은 인간의 삶, 더욱 정확히 말하자면 다른 인간들의 삶과 어울리는 데서 솟아 나오는 것으로 제시되었다. 하종오는 이를 시적으로 형상화하기 위하여, 「양계업자」에서 참새들과 양계업자가 닭에 대한 견해 차이로 충돌하는 모습을 표현한다. 여기에서 엿볼 수 있는 하종오 리얼리즘의 시 창작방법 중 하나는, 시에 등장하는 존재들이 자기 나름의 목적을 관철하고자 하는 성격 · 감정 · 행위를 통하여 다른 존재들과 연결되는 것이다. 이러한 미학적 원리는, 사람이 저마다 다른 모습으로 살아가는 데에는 그만한 나름의 까닭이 있음을 이해해야 한다는 시인의 사유와 맞닿아 있다. 따라서 하종오 리얼리즘은 지상에서의 삶과 그 의미 하나하나를 인식하고 긍정하는 몸짓이라 할 수 있다.

죽음은 왜 삶의 일부인가

뒤이어 시집 『33인』의 「후편」 이후 시편에서는 「상여꾼」이나 「산역꾼」에서처럼 죽음을 곧 맞이하려는 사람들의 이야기가 여럿 나온다. 앞서 「전편」과 「후편」 사이의 시편에서는 삶과 그 의미를 인식하고 긍정하려는 몸짓이 있었는데, 어째서 「후편」 이후 시편은 죽음을 노래하고 있는 것일까? 삶으로부터 멀찍이 떨어져 죽음 쪽에서 삶을 바라보았을 때, 우리는 삶의 본모습을 더 선연하게 들여다볼 수 있다. 삶의 한가운데에서 아등바등 허덕일 때는 정작 삶의 정체가 무엇인지를 알아차리기 쉽지 않은 탓이다. 죽음 쪽에서 삶을 바라보는 일은 어쩔 수 없이 견뎌야 하는 두려움이 따르며, 두려움마저 미소로 바꿀 수 있는 커다란 용기가 필요할지도 모른다. 죽음을 삶의 일부로 톺아보려는 시는, 삶을 부분적으로만이 아니라 통째로 긍정하려는 시이다.

「상여꾼」은 남들의 죽음을 예우하던 마음으로 자기 죽음을 준비하는 상여꾼을 서늘하게 그리고 있다. 이 작품에서 제목 빼고는 시의 중심인물인 "이웃동네 사내"를 상여꾼이라고 직접적으로 알려주는 대목이 전혀 없다. 다만 시의 공간적 배경이 "뒷산 공동묘지 오르는 길섶"이며, "이웃동네 사내"가 그 길섶의 "낡은 곳집"에 이따금씩 들른다는 정황만이 중심인물의 정체에 관한 실마리를 제공한다. 공동묘지로 가는 길섶의 곳집은 대체로 묘지 관련 직업을 지닌 사람이 머무는 곳이기 때문이다.

"이웃동네 사내"는 정체가 흐릿하여 시적 화자와 독자의 상상력을 더욱 자극한다. 또한 시인이 시 본문에서 상여꾼을 "이웃동네 사내"라고만 표현한 것은 "신강화학파는 무명無名으로 존재해야 한다는/내 나름의 경외심"이라는 시의 구절과 미묘하게 맞닿는다. 이처럼 「상여꾼」은 설명을 최소화할수록 오히려 내밀하고 풍부한 의미를 전달한다.

> 우리 집에서 귀를 기울이면
> 뒷산에 날아다니는 딱따구리가 앞소리를 내고
> 뒷산에 멎은 바람이 뒷소리를 냈는데
> 공동묘지 내려가는 이웃동네 사내를 바라보면
> 혼자 앞소리를 메기고 혼자 뒷소리를 받았다
>
> ―「신강화학파 상여꾼」, 부분

"뒷소리"는 민요에서 '받는소리'라고도 하며, 한 사람이 앞소리를 메기면 뒤따라 여럿이 함께 받아 부르는 일종의 후렴을 의미한다. 한국 전통 장례에서 상여꾼들은 무덤으로 상여를 메고 가며 상엿소리를 부른다. 상엿소리는 요령을 흔드는 자가 앞소리를 메기면 나머지 상여꾼들이 뒷소리로 받는 형식의 노래이다. 「상여꾼」은 시 전체가 앞소리와 뒷소리처럼 메기고 받는 형식으로 짜여 있다. 시 전체의 전반부와 후반부는 이웃동네 사내의 등산–하산, 딱따구리의 나무 쪼기–날아가기, 바람의 지나감–멎음 등으로 '먹이고 받는' 호응 관계를 이룬다. 전반부 (등산, 나무 쪼기, 지나감)과 비교하면, 후반부(하산, 날아가기, 멎음)는 무언가 사라지고 마무리되는 것을 부각한다. 이는 마치 상여가 무덤으로의 머나먼 길로 떠나가면서 상엿소리가 차츰 아련하게 잦아드는 느낌마저 자아낸다.

시 전체에 앞소리와 뒷소리의 짜임새가 갖추어져 있으면서, 위에 인용한 대목에도 메기고 받는 구조가 나타난다. 이는 전체 가 부분에서 반복되는 프랙털fractal 같은 것이다. 인용한 부분은 이웃동네 사내가 뒷산 곳집을 떠난 상황과 뒷산 공동묘지를 내려가는 상황, 이렇게 둘로 나뉜다. 이웃동네 사내가 뒷산을 떠나 곳집을 비워두었을 때는, 사람 대신 딱따구리나 바람과 같은 자연 사물이 요령소리와 상엿소리를 낸다. 여기에서 특히 "뒷산에 멎은 바람이 뒷소리를 냈는데"는 꾸밈없는 시어들만을 가지고서도 오히려 화려한 수사법보다 더욱 아찔하도록 아름다 운 구절이 된다. '부는 바람이 소리를 낸다'고 하면 일반적인 묘사이겠지만, '멎은 바람이 소리를 낸다'는 대목은 사라진 것 속에서도 아직 흔들리며 움직이고 있는 파동까지 인식해낸 묘사이다. 반면 이웃동네 사내가 뒷산을 내려가는 인용 부분의 후반부에서, "혼자 앞소리를 메기고 혼자 뒷소리를 받았다"라는 시구詩句는, 누구나 죽음 앞에서 절대적으로 고독할 수밖에 없음 을 형상화한 절창이다.

필자가 윗부분을 따로 인용한 것은, 눈부신 묘사 탓이기도 하지만, 이웃동네 사내라는 중심인물의 존재 여부에 따라서 상엿소리가 확산·수렴되는 구조를 밝히고자 함이다. 인간이 없을 때는 애도의 노래가 자연 사물로 퍼지다가 인간이 있을 때는 애도의 노래가 인간으로 수렴되는 것이다. 모든 생명체는 죽어야 하는 운명에 던져져 있지만, 그중에서도 죽음의 운명을 상기하면서 거기에 의미를 부여할 수 있는 존재는 오로지 인간일 뿐이다. 인간이 단독성의 원천인 것도 이와 같은 이유에서일 것이다. 상엿소리가 자연 사물로 퍼졌다가 하나의 인간으로 수렴되는 구조는 그러한 뜻으로 해석될 수 있다. 「산역꾼」 또한 죽음을 삶의 일부로 인식하는 존재가 인간뿐임을 말한다.

　　무덤을 만들어주고 먹고사는 육순 사내는
　　신강화학파란 없다고
　　거두절미했다

　　그리고 반문했다
　　묘혈을 파다 보면
　　모든 인간의 넓이가 같고
　　하관을 하다 보면
　　모든 인간의 깊이가 같고
　　봉분을 올리다 보면
　　모든 인간의 높이가 같은데

신강화학파가 그걸 알겠느냐고

논밭에서 곡식을 키워 먹고사는 신강화학파가
그런 걸 알 리가 없겠지만
신강화학파라면 당연히 알아야 할 점이니
당신이야말로 신강화학파라고
내가 맞대꾸했더니
육순 사내가 달구소리로 대꾸질했다

어허라 달구, 신강화학판들 죽지 않으시꺄?
어허라 달구, 죽지 않으면 신강화학파 아니시다.
어허라 달구, 신강화학파 아무리 많다 해도
어허라 달구, 세상엔 산 자 죽은 자뿐이시다.

　　　　　　　　　　　　　—「신강화학파 산역꾼」, 전문

　산역꾼이란 시체를 묻고 뫼를 만들거나 이장하는 일을 직업으
로 하는 사람을 가리키는 말이다. 1연에서 산역꾼의 직업을
"무덤을 만들어주고 먹고사는" 것이라는 한마디로 간추리는
구절은 의미심장하다. 무덤을 만들어준다는 것은 죽음과 관계
하는 일이다. 반면에 먹고산다는 것은 삶의 다른 말이기도 하다.
따라서 "무덤을 만들어주고 먹고사는" 산역꾼의 일이란, 죽음과
삶이 강렬하게 마주치는 자리이며, 죽음도 삶도 인간이 결코

피할 수 없는 문제임을 대변하는 행위이다. 또한 산역꾼의 나이가 "육순"이라는 점 또한 범상치 않다. 실제로 이 시를 쓸 무렵 시인 하종오의 나이가 예순 부근을 넘어서고 있었기 때문이다. 이렇게 보면 위 작품은 중심인물인 산역꾼과 시적 화자인 '나'라는 서로 다른 두 사람의 대화이면서, 동시에 한 사람이 스스로와 나누는 내적 대화일 수도 있다.

「산역꾼」 첫 번째 연에서 산역꾼은 "신강화학파란 없다"고 선언한 뒤, 2연에서 그 이유를 설의법으로 이야기한다. 묘혈을 파고, 하관을 하고, 봉분을 올리는 산역을 하다 보면 모든 인간의 넓이와 깊이와 높이가 같다고 산역꾼은 말한다. 그런데 신강화학파는 그러한 사실을 모르기 때문에 "신강화학파란 없다"는 것이다. 시에서 보통 '넓이', '깊이', '높이'와 같은 낱말은 매우 추상적이고 개념적이기 때문에 거느릴 수 있는 정서의 폭이 좁은 것으로서 기피되기 마련이다. 그러나 죽어서 산역꾼의 손을 거친 인간의 넓이와 깊이와 높이라고 하였을 때, 그것은 죽은 인간이 품었거나 품고 싶었을 영토, 복잡하고 험했을 마음의 경로, 다다르고자 하였을 꿈의 아름다움 등을 한꺼번에 떠올리게끔 한다.

3연에서 "논밭에서 곡식을 키워 먹고사는 신강화학파"는 1연의 "무덤을 만들어주고 먹고사는 육순 사내"와 구조적으로 대칭을 이루고 있다. "논밭에서 곡식을 키워 먹고사는" 일이란, 인간의 목숨에 직결되는 먹을거리를 생산함으로써 자신의 목숨을 이어나가는 일이다. 반면 "무덤을 만들어주고 먹고사는" 일이란, 인간의 목숨이 다하고 난 자리를 어루만짐으로써 자신의 목숨을 이어나가는 일이다. 전자가 생生을 통하여 생生을 가능케 하는 것이라면, 후자는 사死를 통하여 생生을 가능케 하는 것이라 할 수 있다. 그 때문에 '신강화학파'라는 보통내기는 후자의 측면을 잘 모르고 지낸다. 하지만 시적 화자는 산역꾼이 전하는 진실을 보통내기도 알아야 한다고 힘주어 말한다.

세속적인 삶 속에서 보통 우리가 죽음을 입에 담기 꺼리며 쉬쉬하고 덮어두려는 이유는, 그것이 너무도 무서워서 '정상적'으로 삶을 영위하는 데 방해되기 때문이다. 죽음의 두려움이 문득 삶에 엄습할 때, 우리는 과연 우리 존재가 얼마나 값진 것인가 회의하며 허무에 빠지기 쉽다. 하지만 그 때문에 죽음의 공포를 떠올리는 일은 오히려 우리가 지금껏 지나온 길을 돌아보게끔 하는 역설적 힘을 지닌다. 만일에 내가 지금 당장 죽는다면 내 삶이 보람되었다고 자부할 수 있는가? 나는 죽어서 이 세상에 어떠한 의미를 남길 수 있는가? 이처럼 죽음에의 상기想起는 삶 속에서 추구하는 가치가 과연 얼마나 큰지를 시험하는 시금석이다. 그러므로 산역꾼과 그의 삶을 곁에서 바라보는 시적 화자는, 죽음을 삶의 소중한 일부로서 보듬어야 한다고 역설하는 것이다.

달구소리란 시신을 땅에 묻고 흙과 회를 다지며 부르는 경기 민요이다. 「산역꾼」의 마지막 4연은 "ㅡ(으)시꺄"나 "ㅡ(으)시다"

와 같은 강화지역의 방언으로 달구소리를 담으면서, "세상엔 산 자 죽은 자뿐"이라는 주제를 효과적으로 표현했다. 하종오 시인은 그의 대표작 중 하나인 「벼는 벼끼리 피는 피끼리」에서도, 분단 극복이라는 주제를 경상도 방언을 시적 어조에 담음으로써, 남북한의 국가적·정치적 분단을 해소할 가능성으로서 자신이 발 딛고 서 있는 지역에서의 공동체적·인간적 연대連帶를 형상화하였다. 이와 마찬가지로 「산역꾼」 또한 강화 방언을 시에 적극적으로 끌어들임으로써, 일터에서의 노동이 지니는 특수성과 죽음을 포함한 삶이라는 문제의 보편성 사이를 직결시키는 것이다. 4연에서 모든 시행의 앞머리에 되풀이되는 "어허라 달구"는, 달구질이라는 노동의 힘겨움을 덜어주는 노동요 본래의 기능을 고려해볼 때, 땅을 다지는 달구의 물리적 무거움뿐 아니라 죽은 인간을 땅으로 돌려보낼 때의 심리적 무거움까지도 견디려는 의지의 반복적 표현일 수 있다.

아이와 같은 시 쓰기

이처럼 『33인』에서 「후편」 이후의 시편은 '상여꾼'이나 '산역꾼'같이 매우 특수하며 차츰 과거 속으로 사라져가는 직업군의 인물을 소환함으로써, 죽음을 피할 수 없는 인간의 보편적 운명을 환기한다. 그리하여 죽음에 관한 시는 사람들 각각이 지금 여기에서 살아가야 할 만한 까닭이 무엇인지를 독자들이 자문하도록 이끈다. 그런데 이 시집에서 '신강화학파 33인'

중 가장 먼저 등장하는 존재는 '남자아이'이며, 가장 나중에 나오는 인간은 '여자아이'이다. 이처럼 「남자아이」와 「여자아이」가 시집 전체의 구성에 있어서 수미쌍관을 이루는 것 또한, '아이'라는 존재가 삶의 출발 지점에 놓인다는 뜻에서, 삶의 갈무리 장면을 다루었던 시편과 관련될 수 있다. 죽음에 관한 시는 삶의 끝 부근에서, '아이'에 관한 시는 삶의 처음 부근에서 각각 삶의 의미를 묻는 것이다.

「남자아이」에서 중심인물인 남자아이는, '신강화학파'라면 마을길을 걸을 때 집개의 걸음걸이로 걸어야 하며 '신강화학파'가 아니라면 이웃의 걸음걸이로 걸어야 한다고 말한다. 이때 하종오의 '신강화학파' 연작에서 '신강화학파'는 모든 생명을 가리키는 범주이므로, '신강화학파'인 존재와 그렇지 않은 존재는 사실 같은 것이다. 그러므로 남자아이의 질문은, 누구나 자신의 집을 벗어나서 외부 세계로의 길을 걷고자 한다면 남들의 걸음걸이를 빌려야 한다는 것으로 간추려질 수 있다. (남들의 걸음걸이가 비유하는) 타자의 존재 방식과 자신의 존재 방식이 어떻게 연결되어 있는지를 이해할 때만, 자신은 (집으로 비유되는) 한정적이고 폐쇄적인 영역에서 벗어나서 자기만의 존재 방식을 구가할 수 있는 것이다. 시집 『33인』에서 진정한 자기, 남과 다른 단독자로서의 '나'를 남들과의 연결 속에서만 감지되는 것으로 표현하는 까닭도 이와 같을 것이다.

이와 달리 「여자아이」에서 주인공인 이웃 여자아이는, 자신이 부모 세대와 같은 '신강화학파'가 되지 않게 해달라고 기원한다. 여자아이의 기원을 통하여 이 시는 시간의 흐름과 현실의 변화에 따라, 인간의 삶은 끝없이 달라지고 새로워질 수밖에 없는 것임을 이야기한다. 「남자아이」에서 말한 바와 같이, 개체 발생은 계통 발생을 반복하면서 자기에게 내재해 있는 뭇 생명과의 공통성에 참여한다. 하지만 그와 더불어 개체 발생이 계통 발생에서 벗어나 돌연변이를 만들어내면서 (발전이 아니라 변화라는 뜻에서의) 진화한다는 「여자아이」의 주제도 부정될 수 없는 진실이다.

아이는 씨알과 같다. 씨알 속에는 보편적인 삶과 죽음의 절차가 담겨 있는 동시에, 그것이 자리 잡은 터전에 따라 독특하게 자라날 가능성도 들어 있다. 우리가 인간과 공감하고 인간을 기억하는 까닭은, 인간이 인간으로서의 공통성을 가지면서도 남과 다른 유일무이의 삶을 남기기 때문이다. 그리하여 삶에의 진정한 긍정을 가능케 하는 시는 인간에 관한 시일 것이다. 이 시집의 '시인의 말'에서 시인이 한 편의 시에 한 사람의 삶을 담겠다고 밝힌 이유가 여기에 있다. 이는 곧 하종오 리얼리즘이 성취한 고유의 미학이기도 하며, 시집 『33인』이 인간을 단독성의 원천으로 노래하였던 까닭이기도 하다.

하종오 시의 총체적 분석이 지닌 문단사적 의의
―홍승진의 첫 비평집에 부쳐

이숭원(李崇源, 문학평론가, 서울여대 명예교수)

하종오 시인은 세계에 유례가 없는 다작의 시인이다. 1981년에 첫 시집 『벼는 벼끼리 피는 피끼리』를 낸 후 지금까지 헤아릴수 없이 많은 시집을 냈다. 2008년에 낸 시집 『베드타운』 '시인의 말'에서 "시의 다작은 내 운명이고, 나는 시 쓰다가 죽을 것이다."라고 말한 것처럼 그는 필사적으로 시를 창작해 왔다. 이렇게시집을 많이 내도 읽는 사람이 없다는 것을 그는 잘 알고 있다. "시집을 읽는 독자가 시인이고, 시집을 내는 시인이 독자인요즘"(『죽은 시인의 사회』, 시인의 말, 2020)의 현실을 그는누구보다 잘 알고 있는 것이다. 그럼에도 불구하고 그가 계속시집을 내는 것은 그에게 발언할 내용이 많기 때문이다. 발언할내용이 많다는 것은 문제의식이 많다는 것을 의미한다.

초기의 시집들은 분단 상황과 민중의 삶에 관심을 기울였고 그 과정에서 굿이나 서사 무가의 가락을 수용한 형식 실험이 있었다. 그 후 서정시로의 회귀를 탐색하다가 얼마간 침묵의 시기를 거친 후 정신적 추구의 대상으로 '님'을 설정하고 존재의 의미를 탐색한 님 주제의 연작 시집을 연이어 발표했다. 이 연작시에는 정신이나 영혼의 문제만이 아니라 자연과 삶의 관계에 대한 문제의식도 개입되어 있다. 이와 병행하여 자본주의 삶의 모순과 허황됨을 폭로하는 비판적인 내용의 시집도 연이어 출간했다. 그의 문제의식이 가장 첨예하면서도 의미 있게 제기된 것은 2004년에 나온 『반대쪽 천국』이다. 이 시집에는 한국의 분단 상황과 자본주의 현실 문제와 함께 아시아계 입국자에 대한 문제의식이 등장하는데, 이후 아시아계 입국자 문제는 그의 시의 뚜렷한 계보를 이룬다. 그 주제는 2007년에 나온 두 권의 시집 『아시아계 한국인들』, 『국경 없는 공장』과 2011년에 나온 『제국』으로 이어진다. 그의 시야는 더 확대되어 분단 상황에 처한 남북의 삶의 문제를 종합적으로 고찰하게 되는데, 그 성과는 2011년에서 2013년 사이에 나온 『남북상징어 사전』, 『신북한학』, 『남북주민보고서』, 『세계의 시간』에 집약된다. 분단 상황과 다문화 사회 환경에서 살아가는 일상적 삶의 다양한 국면을 하종오만큼 집중적으로 탐구해 온 시인은 없다. 강화에 완전히 정착한 후 더 많은 시집을 내게 되는데 그 첫 작업이 2014년에 나온 『신강화학파』이고 그 이후 지금까지 13권의 시집을 더 냈다.

이 책의 저자 홍승진은 하종오 시의 중요한 특징을 '하종오 리얼리즘'으로 규정하고 그의 리얼리즘 시가 개성적이고 적극적인 변화를 보인 시점을 시집 『지옥처럼 낯선』(2006)에서 찾고 있다. 이 시집은 이전의 그의 시집들이 보여주었던 서정적 감수성과 뛰어난 시적 표현을 일정 부분 배제하고 일견 단조롭고 건조한 화법으로 현실의 삶을 냉정하게 제시했기 때문이다. 이 시집 이후의 시편들이 "여타의 기법들을 지워내고 오로지 하종오 리얼리즘의 고유함을 계속 심화"하여 성취를 보였다고 판단했다.

그러면 '하종오 리얼리즘'이란 무엇인가? 고명철, 임지연, 장성규의 관점을 끌어들여 외연을 확장한 결과 홍승진은 넓은 개념을 설정했다. "리얼리즘 시는 인간의 삶에 관한 시이며, 그리하여 여러 다른 인간의 삶들을 이루는 구분과 연결에 관한 시이다."라는 규정이 그것이다. 홍승진은 "인간의 삶과 그것을 둘러싼 구분 및 연결을" 비정하게(냉정하고 객관적으로) 바라볼 때, "우리는 비로소 인간의 삶을 가짜로 꾸미지 않고 사실적으로 인식할 수 있을 것"이라고 보았다. 여기서 중요한 개념은 '연결(관계)', '냉정한 객관성', '사실적 인식'이다. 요컨대 인간의 삶을 이루는 여러 관계를 냉정하게 객관적으로 관찰하여 제시함으로써 독자에게 사실적 인식을 심어주는 시를 '하종오 리얼리즘'으로 규정한 것이다.

홍승진의 이 책은 『신강화학파』 이후 나온 14권의 시집을 분석한 작업이다. 소재와 주제가 다양한 14권의 시집을 넷으로 나누어 분석했는데, 1부와 2부는 공간을 중심으로, 3부와 4부는 시간을 중심으로 구분했다. 1부는 넓은 시각의 지구나 세계를 대상으로 한 시집, 2부는 한국의 공간을 대상으로 한 시집을 분석했다. 3부는 시인 자신의 개인적 삶을 중심으로 한 시집을 다루고, 4부는 사람들의 보편적 삶의 시간을 중심으로 한 시집을 분석했다. 홍승진은 이 분석 작업을 통해 하종오 시의 중요한 맥락과 지점을 도출하여 그 의미를 새롭게 규정했는데, 그 중요한 지표를 추출하면 다음과 같다.

1. 자연이나 생태의 문제를 다룰 때 인간에 중심을 둔 재래의 시각에서 벗어나 인간과 비인간의 경계를 허물고 "인간 이외의 지구 생명체도 인간만큼 중요한 주체로 등장하는 '지구적' 세계"를 설정하여 "지금까지 세상이 작동되어온 방식을 전환해야 한다는" 문제의식을 제시했다.

2. 지배와 피지배, 소수와 다수의 이분법을 해체하고 이 양항의 대립이 얼마든지 전복될 수 있는 가변적인 관념임을 암시하여 모든 자연 집단이 다양한 정체성으로 이루어져 있음을 드러냈다. 존재는 열린 가능성을 향해 나아가는 것인데, 그것을 억압하는 힘에 맞서 존재의 영역을 넓혀가는 것이 진정한 자유의 추구요 생명 운동의 본질이라는 주제를 암시했다.

3. 하종오 리얼리즘이 취하는 "아래로부터의 문법"은 엘리트

들만이 즐길 수 있는 난해한 형식이 아니라 간결하면서도 적확한 일상적 화법의 형식을 채택함으로써 어떤 규범으로 환원되지 않는 평범한 사람들의 생생한 삶을 다룬다고 보았다. 이런 점에서 "하종오 리얼리즘은 민족과 같은 최종 심급으로 결코 환원할 수 없는 사람살이의 다양한 고통을 포착한다는 점에서 백낙청이 버리지 못하는 헤겔의 망령과 결정적으로 선을 긋는" 결정적인 역할을 한다고 보았다.

4. 하이데거의 '단독성'의 개념을 원용하여 하종오 시에 등장하는 존재들이 "평등하게 허락되는 생명의 시간" 속에서 "지상의 삶과 천상의 꿈 모두를 삶의 일부로 긍정"하는 단독자들임을 밝혔다. 이러한 사유는 "사람이 저마다 다른 모습으로 살아가는 데에는 그만한 나름의 까닭이 있음을 이해해야" 한다는 단독자적 평등의 사유로 확대되며, 그의 시에서 가장 중요한 것이 "지상에서의 삶과 그 의미 하나하나를" 충실히 인식하고 긍정하려는 몸짓이라고 해석했다.

5. 하종오의 시가 "보통 사람들이 작가의 말년 작품에 기대하는 원숙함, 성숙한 지혜, 현실과의 화해, 평온한 달관 따위"에서 완전히 탈피하여 삶과 죽음의 본질적인 문제에 전면적으로 돌진하여 지금 이 자리에서 써야 하고 또 쓸 수 있는 문제를 찾아 독자적인 화법으로 제시한다고 평가했다. 말하자면 하종오는 노년이나 말년이라는 감각 없이 늘 최후의 주제를 찾아 최선의 시를 쓰는 시인이라는 뜻이다. 그런 점에서 홍승진은

"하종오의 말년 시는 한국 시문학사에서 매우 드물게, 진정한 의미의 '말년성'을 드러내는 희귀 사례"라고 보았다.

　현재 활발히 활동하는 시인의 일정 시기 작품을 집중적으로 분석하여 책으로 출판하는 일은 한국문학에서 거의 전례가 없는 드문 일이다. 이 작업이 이루어진 것은 하종오 시인과 홍승진과의 특별한 인연에서 비롯된 일이지만, 이러한 실천적 노력은 문학과 비평에 뜻을 둔 사람이라면 누구든 시도해 볼 만한 사안이다. 하종오가 아닌 다른 시인에 대해서도 이러한 작업이 계속 진행된다면 한국문학은 더욱 풍요로운 내일을 맞이하게 될 것이다. 홍승진은 이런 작업의 선례를 이룬 비평가 이고 그런 의미에서 이 실천은 더욱 특별한 문단사적 의의를 지닌다. 이것이 계기가 되어 하종오 시가 더욱 찬란한 말년 문학의 꽃을 피우고, 홍승진은 또 다른 장년 문학의 내일을 향해 시야를 확장해 가기를 바란다.